北欧のコテージで
見つけた生命の輝き

森の来訪者たち

ニーナ・バートン
羽根由 訳

Livets tunna väggar

Nina Burton

草思社

Livets tunna väggar
by Nina Burton

First published by Albert Bonniers Förlag, Stockholm, Sweden
Original title: Livets tunna väggar
Published in the Japanese language by arrangement with Bonnier Rights,
Stockholm, Sweden and Tuttle-Mori Agency, Inc., Tokyo.

目次

＊文中の〔　〕は訳者による注。

第一章　自然の中へ

目に見えないもの、派手な色彩のもの。好戦的なもの、愛情深いもの。地上のあらゆる生命が私の周りでうごめいている。子どものころ自分の住所を書くときに、番地、市、県、国だけでなく、さらに地球上のどこにあるのかまで詳しく書いた。まるで自分を取り囲む壁が広がっていくかのように。だがこれは私だけではなく、どうやらほかのみんなも世界の中心は自分だと考えているようなのだ。おまけにそれは人間だけではなく、自然界のあらゆるところに「中心」が無数にあるらしい。こうして疑問が芽生えはじめた。

自然とは何だろう？　それは「環境」や「自由」や「生まれつき」などの意味でも使われるが、nature（自然）は nativity（誕生）と語源が同じであることを考えると、「絶えず生まれること」の意味もあるのではないか。すなわち、何十億もの異なる中心が「自分こそは重要だ」と主張しながら連なっている生命体なのだ。おのおのが独自のリズムと視点を持っているので、一度にすべてを把握するのは不可能だ。

高校で言語学系のコースにいた私は、選択科目として生物学の授業を取った。そこでリンネとダーウィンが人間を動物に分類したこと、だから人間も自然界に属していることを学んだ。その後、大学に進学し、文学と哲学を専攻した。なぜならこの組み合わせを勉強することで、生きることへの答えが得られると信じていたからだ。だが文学はおもに個人に焦点を当てるものであり、当時の哲学はもっぱら抽象的概念を扱っていた。私は、哲学者が自然を探究していた古代ギリシャ時代に戻りたくなった。デモクリトスは原子と星について書き記し、タレスは万物の根源は水だと考えていた。化石を観察したアナクシマンドロスは魚を人間の遠縁だと類推し、ヘラクレイトスは万物は川の流れのように変化すると考えた。

やがてアリストテレスが登場し、物理学や天文学から言語学や詩に至るまで、この世に存在するあらゆるものを解明しようと熱意を燃やした。彼の興味は二つのギリシャ語の単語に集約することができる。生命を意味する bios、および言葉または理性を意味する logos。どちらの単語も他の単語と組み合わせることができるが、この二つを組み合わせると biology（生物学）となる。理屈だけの世界に生きるなんて御免だと考えたアリストテレスは、自然をもっと具体的に研究するために一年間レスボス島に引きこもった。弟子のテオプラストスが植物と環境との関係を調べているあいだ、彼は動物の研究に専念した。動物の発達を注意深く観察し、解剖もおこなった。その結果、動物学の基礎をつくっただけでなく、私たちの時代にも通用しうる結論をいくつも導き出した。
「私たちが最もよく知っている動物」、つまり人間から始めたあと、彼は他の種《しゅ》に進んだ。私たち人間は偉大な存在だが、だからといって他の動物の価値が低いわけではない。まずは、鳴禽類《めいきんるい》〔よくさえずる鳥〕とハト、カラスとキツツキ、アリとハチ、タコとクジラ、それからキツネなど四本足の動物を調査した。セミのライフサイクルを説明し、ヘビが互いに巻き付いて交尾するさまを観察した。受精卵を切開し、胚にはすでに目や静脈があり、心臓が動いていることを確認した。彼は「親から受け継ぐもの」は、エイドス――ギリシャ語で「形」を意味する言葉――によって左右されると結論づけた。つまり単語における文字の順番のようなものだ。このようにアリストテレスの推察は、現代の遺伝とDNAの説明に近い。

生命の背後にある原動力は何だろう？　すべての生物には、一種の魂があり、それが構成物質を活気づけ、体内の栄養素を調節しているとアリストテレスは信じていた。彼にとって自然とは、さらに複雑な有機体を形成する独特の能力を持つものだった。全生物は環境に適応する必要があるのだから、最終的な決定者は環境だと言える。環境とは喧嘩もするが協力もする大所帯のようなものだ。太陽と月と星が一緒に暮らす家の中には、それぞれの居場所があり、境界線が守られている。各自の持ち場が集まってできた統一体とは、壁で仕切られた大きな家のようなものだ。ギリシャ語で家を意味するオイコスは、エコロジーという言葉のもとになった。

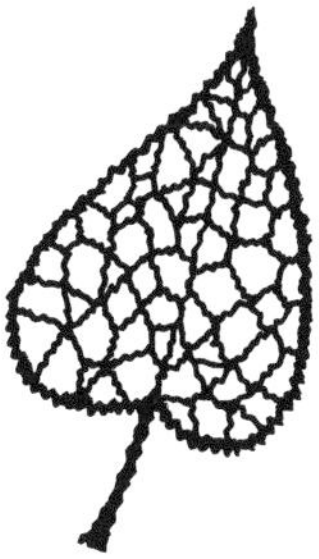

　私は都会っ子だったが、自然には馴染んでいた。別荘は持っていなかったが、夏休みになると母親がのどかな場所にある貸別荘を借りてくれた。姉が外国で結婚したあともこの伝統は続いた。彼女は夏になると、夫が休暇を取る前に子どもたちを連れてスウェーデンに戻り、貸別荘で私と一緒に過ごすことでホームシックを癒した。

　私自身には約三十年間、田舎暮らしを好む二人の恋人《パートナー》たちがいた。どちらとも、私は関心事を分かち合うことができた。一人は作家で、言葉が世界を広げることを知っていた。もう一人は生物学者で、自然との絆を感じ取っていた。彼は、まるでドリトル博士のように動物から厚い信頼を得ることができ、ヨーロッパオオライチョウでさえ撫でることができた。しかもこの鳥、彼のベランダを気に入ってしまったのだ。私が動物に出会う場所なんて、もっぱらこの生物学者の書斎だったというのに。

私はたまに自然界に招かれるゲストにすぎなかったが、母の死後はもっと頻繁に接するようになった。なぜなら母のアパートを売ったお金で別荘を購入したからだ。まるで生命そのもののように、親から受け継いだものが、新たに別のものをつくり出したのだ。そして生命のように、この別荘にはさまざまな意味がある。姉にとっては子どもや孫と休暇を過ごす時間であり、私にとっては原稿を持って引きこもれる場所になった。自然や生命について書きたかった私にとって、この別荘はぴったりだった。

敷地は広く、活気に溢れている。南側には松や樫の木のあいだに苔むした小さな丘があり、西側のブルーベリーの茂みは「秘密の小道があるよ」と手招きしている。北側の斜面は急降下して公有地にぶつかり、その背景には海がきらめいている。敷地を囲むフェンスはないので、あらゆるものがプライベートであると同時にオープンだ。

敷地そのものはゆったりとしていたが、コテージはその分いっそう小さく感じられた。もともとは夏を過ごす場所として気まぐれに建てられた、ワンルームのコテージだった。二段ベッドを二台収容するために部屋を拡張したので、ガラス張りのベランダはなくなった。さらにもう少し建て増し、キッチンとバスルームを造った。これ以上の拡張は、地形の関係上無理だった。

その代わり、敷地の各隅には小さな小屋があった。一つはかつて秘密の家、つまりトイレだったが、今は道具小屋として使っている。二つ目は開放型物置の付いた大工小屋。三つ目は子どもの遊び小屋。四つ目は宿泊可能な小屋で、私は密かに執筆小屋と名づけていた。

購入契約には免責事項が付いていたので、このコテージに何らかの欠陥があることは明らかだった。ここに連れてこられた大工は、新しく建てたほうがましだとつぶやいた。これを聞いた私は動揺した。この牧歌的な佇まいが目に入らないの？　いったい何を見ているの？とにかく修理が必要なことは確かだった。職人たちと付き合えるのは私にとって大きな喜びだった。なぜなら、本を書くことも家を建てるようなものだから。設計図はあっても試行錯誤を繰り返さなくてはならない。どんなに困難でも異なる材料《マテリアル》を適切に配分しなくてはならない。私は毎日デスクに座って建築工事をしているのだ。

生命と自然というテーマに没頭する前に、片付けるべきプロジェクトがいくつかあった。

一つは自然も文化も豊かな地域を流れる川に関するものであり、二つめはヒューマニズムと自然科学を統合したルネサンス時代の人文主義に関するものだった。私のヒーローはエッセイのジャンルを復活させたロッテルダムのエラスムス〔一四六六〜一五三六。オランダの人文学者〕だったが、一六世紀の偉大な辞典編纂者コンラート・ゲスナー〔一五一六〜一五六五。スイスの博物学者〕にも魅了された。動物学から言語学まで、ゲスナーはアリストテレスと同様に半ダースもの学問を研究した。彼は何千もの植物および何千もの作家について記述した。そして動物の種の相互関係に触発され、言語間の関係を調査するようになった。

私は辞書のコンセプトが好きだ。大きいものにも小さいものにも同じ比重を置く。主人公はいないが、世界をさまざまな側面から見せる。ゲスナーの視点はあらゆる生命体に向けられていると私は感じた。私のルネサンス本は彼について数章しか割いていないが、動物と言語、そして植物と文学を統合する彼の手法は大いに気に入っている。

この小さな執筆小屋には、七〇巻にわたる彼の本はもちろん収まらないだろうし、その周辺の動植物の種だって七〇もないだろう。それらのコミュニケーションでさえ私には理解できるとは思えない。私が地球生物について知っていることは、人間がつくり出した一種の文字によって伝えられた。だが私の周りを飛んだり、這ったり、登ったり、泳いだりする生き物たちは、自然に適合する独自の言語を持っているはずだ。それらの生物は、文字どおり地に足をつけているものもいれば、翼で軽々と飛んでいるものもいるし、ひょっとしたら恐る恐る地中を進んでいるかもしれない。私たちの文字とは異なる言語を使っている動物たちを、どうやったら真に理解することができるのだろう？　違いとは通常、異なる世界をつくり、そのあいだに壁を建てるものなのだが。

それとも、よくあるように、自然は独自の解決策を授けてくれるのだろうか？

第二章　青い屋根

大工たちが真っ先に調べたのは屋根だった。なぜなら防水用のアスファルト・ルーフィングを交換し、断熱材を補充する必要があるからだ。屋内に赤外線カメラを設置し、それを上に向けて撮影すると、画像は二月の夜のようなラベンダー・ブルーに染まった。つまり、外の寒気がそのまま屋根を通過しているのだ。その青い画像には、黄色の小さな〝雲〟がいくつか映っていた。黄色は熱を表すので、これは屋根に残った断熱材の一部だろう。画像を見た私は考えた。じつはコテージ内のあちこちに、まるで落下した小さな雲のように、断熱材の房が転がっていたのだ。吹き飛ばされるはずはないのに、いったいどうして床に落ちてきたのだろう?

三月下旬、大工たちがまた来ると言うので、私は彼らを迎えるためにコテージに泊まりに行った。そんな時季にここに泊まるのは初めてのことで、私が到着したときにはまだ冬の冷気が残っていた。暖房器具《ラジエーター》が暖まるあいだ、私はコテージの周囲を歩くことにした。いちばん小さな砂利でさえ陽光によって陰影が付けられている。むき出しの土地は生命に彩られようとしている。フキタンポポの上空で一羽のシジュウカラが鳴いている。花のつぼみが膨らみ、松ぼっくりの種子が変化しようとしている。これから千の発見が待っているのだろう。

コテージに戻ると室温をもう少し上げるためにコンロを使うことにした。スパゲッティ用のお湯が沸騰するまで、母のアパートから運んできた段ボール箱をいくつか開けてみる。整理すべきものはかなりあったが、その夜は読書しながらのんびり過ごすことに決めていた。沈黙がもたらす安らぎは、その日私が持ってきた本にぴったりだった。テーマは宇宙。

生命の構成要素が生み出されたのは、人間の握りこぶしの大きさの宇宙からだった。永遠の未来といくつもの銀河を待ちながら、こぶしは一秒間ぎゅっと縮んだ。それから爆発が起こり、無限の膨張が始まった。空間には星が溢れ、数十億年後には炭素や酸素、銀や金だけでなく、生命が必要とするあらゆる材料がつくり出された。私の体内の陽子や電子でさえ、かつては宇宙空間の物質、すなわち放射線だったのだ。つまり、私自身が死んだ星の副産物、いや、星の原材料の集まりだとも言える。これから地球に到来する宇宙物質は何百万トンにもなると予想されており、まだまだ原材料は豊富にある。

私は目を閉じて考えてみた。この本の観点からすると地球は、結合して岩、水、植物、または動物になることができる素粒子の巨大な循環の一部なのだ。そして、私たちのはかない姿が見え隠れするあいだにも、この太陽系は銀河をさらに一周する。それには約二億年かかり、その時間の長さは銀河年と呼ばれている。

宇宙での恒星や惑星の動きは、まるで時計仕掛けの機械の一部のようだ。そして、機械式時計に時刻合わせが必要なように、ときおり修正が必要になる。たとえば月は徐々に私たちから遠ざかっている。とはいえ、それは毎年四センチメートルなので、それほど大きな変化ではない。

宇宙の広がりについて読み進めていくうちに、このコテージの壁も広がっていった。天文学者の著者によると、どんなに小さな物体でも、はるかに大きな全体像に連なっていくそうだ。たとえば目の前に一クローナのコインがあるとすると、そこには十万個の銀河が詰まっており、その中にある個々の銀河はさらに十億個の星で構成されている。私たちの銀河・天の川は広大なので、いくつかの恒星が発する光は地球に届くまで何百万年もかかっている。その間に当の恒星は死滅するかもしれないが、古いレコードが亡くなったミュージシャンの音楽を伝えるように、その光は生きつづける。

その光はどこへ行くのだろう？　宇宙には中心はなく、どこから見ても同じように見える。人間の言語などを録音し、無人機に載せて宇宙空間を漂わせるプロジェクトのことを、少々ゆううつな気分で思い出した。これで地球に関する最も重要な情報を宇宙に送ったと考えるのは、少しおこがましいのではないだろうか？　もし宇宙に言語があるとしても、それは私たちのものとは確実に異なるだろう。宇宙には言葉ではなく数学でアプローチするべきだったのではないか。

これよりも、ＮＡＳＡが録音した地球の電磁振動のほうが、地球をよりよく紹介することができただろうに。これもまた音に変換されている。始まりも終わりもない、このざわざわとしたハーモニーを聴いたとき、私はいたく感動した。この球体が奏でる音楽を聴くことができるなんて、誰が想像できただろう？　ケプラーは、土星と木星がバス（低音部）で、地球と金星がアルト、火星がテノール、水星がデスカント（高音部）であると推測した。それらが実際にどう聴こえるのかはわからないが、ＮＡＳＡが録音した地球の歌声を聴くと、この惑星の美しくもはかない生命を感じることができる。

外から星を見ることができるだろうか？　私は本を置き、ジャケットを肩にかけて玄関を出た。私が読んでいた本によると、人工の光で夜空が曇ってしまい、西ヨーロッパの人口の九割はもはや真の星空を見ることができないそうだ。もし人間が星の原材料でできているのなら、宇宙の闇の中に浮かぶ星々を眺めるのは楽しいはずだ。それなのに今は、北極星だけが大気の中でかすかにまたたいている。

などと考えていたら、視界の片隅に何かが映った。何かの影が、さっと通り過ぎたのだ。この敷地にコウモリがいるのだろうか。私の中でコウモリに対する意見は二つに分かれている。彼らは空を制した唯一の哺乳類であり、飛行の名手だ。だが鳥とは異なり、羽を持っていない。皮膚のような膜が手の親指と四本の指のあいだに伸びていて、さらに手から足まで広がっているため、幅の広い翼になる。それだけではない。翼の付いた手が空中で動く速度

は、キーボードを叩く私の指よりも速い。

　コウモリは超音波を使ってコミュニケーションし、暗闇に隠れている蛾を探し出す。だが仲間同士でいるときは身を寄せ合い、おしゃべりもする。たとえばメスのコウモリは親戚の妊婦に対し、出産を楽にし、かつ新生児を受け止められる体の向きを教える。人間の出産と同じく彼らは助け合うのだ。それなのに、この温かくてフサフサしたコウモリを気味悪く思うのはなぜだろう？　それはコウモリが夜に結び付けられているからだろうか？　私たちが眠り、感覚が失われている時間帯に。

　しばらくして私はコテージに入り、二段ベッドの一つに横になった。窮屈さがかえって居心地よく、上の段で誰かが寝ているように感じた。温かい体温を感じることは、宇宙の荒涼とした空間と沈黙に対する防衛手段なのだ。

が、突然すぐ近くで音が聞こえた。何かが天井の上で動きまわっているようだ。コウモリのはずはない。では、何なのだろう？　ともかく今は外が暗すぎて何も見えないので、私は眠ることにした。朝の光が待ち遠しい。

　夜が明けたとき、目覚めたのは私だけではなかった。天井から軽い足音のような音がまた聞こえた。鳥だろうか？　私はこっそりと外へ出て屋根を見上げたが、何もなかった。だがコテージの裏側で、あるものを見つけた。屋根と壁のあいだのネットに大きな穴が開いているのだ。まるで入り口のように。

キッチンで引っ越し用段ボール箱を整理しようとしても、この入り口が私の想像力を掻き立てる。昼食時に家の周囲を一周してみると、あの未知の天井裏生物の正体がやっとわかった。シエスタの最中なのだろうか、ネットの上に横たわり、うたたねしている。げっ歯類であることを示す歯があるので、一見するとネズミだが、毛むくじゃらの尻尾がそれを否定している。

突然、パズルのピースがぴたりとはまった。居住空間を広くするために天井の断熱材を放り投げていたのは、このリスなのだ。赤外線カメラの写真が示していたのは、屋根裏にリスの大きなアパートがあるということだったのだ。

私の感情は混乱した。ここにいるのは、私たちの家の中で好き勝手に振る舞う侵入者。だがリスはいつでも私の大好きな動物で、それについて勉強したこともあるくらいだ。今なら目の前にいるリスの手首の細い毛や、前足を手のように使うことのできる原始的な親指だって見ることができる。木々のあいだを跳びはねるときの舵として、また夜には毛布として使われる、ふさふさの尻尾も。その極上の柔らかさは触らなくてもわかる。

尾の下の生殖器から判断するに、それはメスだった。孤立したメスは厳しい生活を送る可能性がある。春には木々のあいだを跳びまわってパートナーを見つけるが、それが終わると、オスを自分のテリトリーから追い出し、自分だけで子育てをしなくてはならない。生物学者のパートナーが巣から落ちた赤ちゃんリスを拾ってきたとき、母リスの生活がどれほど忙しいのかを理解することができた。リスの母親がしなければならないことを急いで調べてみると、それが大仕事だとわかった。三時間ごとの授乳のあとには消化を促すために小さなお腹を舐めるかマッサージをする。次に巣がトイレにならないよう、一匹ずつ巣の外に出して用を足させる。フルタイムの仕事に思えたので、赤ちゃんリスの母親が見つかったときには二重の意味で安堵した。母親が隙間時間に自分の食べ物を見つけようとしたときに、あの子は巣から落ちたのかもしれない。子どもたちが走りまわるようになるとタカやネコに狙われやすくなるので、母リスはおちおち安心できないだろう。だがリスのメスは責任感が強く、親戚であれば親を亡くした子の世話を引き受けることもある。

私の心はセンチメンタルになっていった。リスは歴史を通して狩猟されてきた。ゲルマン人の春の祝祭に捧げられ、真冬の儀式の犠牲となった。その小さな体は貧しい人の食料となり、また毛皮は現金収入をもたらした。一六世紀には、一年で三万匹分のリスの毛皮がストックホルムから輸出されたと推定されているが、それでも備蓄の一部だった。最近ではヨーロッパ原産の赤毛のキタリスは、二〇世紀に米国から連れてこられた灰色の親戚と競争している。この灰色のリスは自分だけが免疫を持っているウイルスを運び、小規模だが非常にタフな集団を形成することがあり、ときにはイヌや人間の子どもまで噛む。ネットの上で眠るこの赤毛のかわい子ちゃんは保護に値する。私は静かにそこから離れ、ゆっくり家の中に入ると、座って本を読みはじめた。

私の思考力は天井裏の住民のもとに何度も戻ろうとしたため、読書に集中するのは少々難儀だった。リスと一緒に暮らすのはどんな感じだろう？　過去にそれを実践した人たちがいる。古代とルネサンスの両時代、リスは貴婦人たちのおしゃれなペットだった。リスが貴族の社交に喜んで参加したとは思えないが、一八世紀のあるイギリス紳士は自分が飼いならしたリスには音楽の才能があると自慢していた。声楽への関心は低かったが、室内楽がかかる

とケージの中でリズムに合わせて元気にステップを踏んでいたそうだ。あるリスは一〇分間もアレグロのリズムを刻みつづけ、休憩後に別の音楽が始まると、そのリズムに合わせてまたステップを踏みはじめた。そんなことでもやっていないと、ケージに入れられ回し車を与えられた野生のリスにとって、日々の生活はあまりに刺激がなさすぎたのだろう。

再び夕闇が訪れた。リスが天井裏を動きまわるので、私は彼女以外のことは考えられなくなった。あのリスと私を隔てるものは、数枚の板しかない。彼女が立てる音を聞いていると、その動きがすぐにわかる。コウモリは視覚に頼らずとも相手の動きがわかるはずだと、改めて感じた。

だが次第に、彼女の動きが聞こえるという事実は、私のイライラと韻を踏みはじめた。私が眠りにつくと、彼女はまた音を立てはじめるのだ。明らかに彼女は眠れなくて困っている。そのおかげで私も眠れなくて困っている。まるで機嫌の悪い子どもと同じ部屋にいるようだ。彼女の一つひとつの動きが、「なんでこんなものが床にあるの！」という不平に聞こえる。ひょっとしたら暑いのかもしれない。私が「もう寝なさい！」と声を荒らげても、彼女は天井裏を引っ掻きまわしつづけた。リスが巣内の装飾に凝るという話は聞いたことがないが、彼女は天井裏に残っている断熱材をどうにかしようとしているようだ。もし断熱材を用いてベッドをつくっていたとしたら、それは暑すぎるだろう。リスは通常、草や苔を使って巣づくりをするので、人造鉱物繊維であるロックウールは気道をひどく刺激するはずだ。健康にも害があるのではないか。

リスは騒がしく自分の体を引っ掻いた。リスの巣には害虫がつきものなので、彼女はノミにも悩まされているに違いない。私にもひどい経験がある。自宅のベッドの上にある通気口から鳥に寄生するノミが侵入し、アパート中に広がったのだ。天井裏に棲みついたハトが宿主だった。ひょっとしたら、今このコテージの天井裏にいるリスにも同じことが起こっているのかもしれない。

彼女は再び走りまわる。リスは自分の尿を踏み、濡れた足を使って自分の縄張りにマーキングする。彼女は天井裏でそうしているのだろうか？　それから何かを齧っているような音もする。他のげっ歯類と同じように、リスの前歯は成長するので、毎日摩耗させなくてはならない。

途切れ途切れの睡眠のあと、七時ごろに天井からガサガサという音が聞こえてきた。ああ、リスが起きだしたんだな。キッチンへ行ってみると、窓の外にいるリスがこちらを覗き込んでいる。彼女もきっと朝食をとりに行くのだろう。

私はコーヒーを飲みながら、引っ越し用の段ボール箱をいくつか開けて双眼鏡を探し出した。これがあれば、遠くからでも彼女の仲間になれる。今やサーカスが始まったので、近くで彼女の姿を追うことは不可能になった。カンガルーのような脚で跳びはねながら、小さな点があらゆる方角に向かって縫うように走っている。ここにいたかと思えばあそこに、上に向かったかと思えば下に。彼女の動きを追っていると、めまいがしてきた。リスは五メートルの跳躍に成功することもあれば、失敗して地面に落ちることもある。だが、彼女の動きは不安も勇猛さも感じさせない。流れるように軽々とそれをやってみせる。

　ようやく彼女がモミの木で立ち止まったので、私は双眼鏡の焦点を合わせることができた。彼女は朝食用のモミの実を見つけたのだ。両前足で実を持ってらせん状に回すと、種皮を上手《じょう ず》に剝ぐことができるので、ちょうど四秒ごとにポロポロと食べ残しが地面に落ちた。リスは七分でモミの実をたいらげた。

　私が服を着替え、後片付けをしているあいだにリスの姿が見えなくなった。けれどもコテージのすぐそばで再び出会ったとき、彼女は尻尾をビクッとさせた。私は思いやりを持って接していたつもりだったので、この挨拶には少々傷ついたが、彼女は誰にも邪魔されずに過ごすことに慣れていたのだろう。残念だが、その生活は長くは続くまい。昨夜、私は決心したのだ――厄介な階下の住人になってやろうと。リスは複数の巣を持っているはずなので、彼女には別の棲み処に行ってもらおう。このあと、彼女が天井裏で騒ぎだすと、私は天井をバンバンと叩いた。静かになったところを見ると、彼女は私のメッセージを受け取ったのだろう。

とはいえ、私が自然に触れたかったのは屋内ではない。敷地を歩いているとキツツキが木を叩く音が聞こえてきたので、よい兆候だと思った。キツツキは生物多様性の高い森を好むと言われているからだ。

私は珍しいものを探していたわけではない。歌うシジュウカラにだって目を見張る特徴はある。シジュウカラは道具を使い、計画だって立てるのだ。この発見以来、シジュウカラはチンパンジー並みの知性を持っていると言われ、ただのかわいい小鳥ではなくなった。シジュウカラは針葉をくわえ、木の割れ目に突っ込んで幼虫をほじくり出す。他の鳥が食べ物を隠す様子を観察し、あとからちゃっかりいただく。「猛禽類が来るぞ」と偽の警報を発し、他の鳥たちを餌台から追い払う。空腹のときには、他の小鳥や眠っているコウモリを殺すこともある。もちろん平和的なシジュウカラもいるので、この鳥がスウェーデンで最も馴染みのある鳥の一つになった理由は、その狡猾さだけではないだろう。

そのとき、予想だにしなかった音が聞こえた。あの声をここで聞くなんて！　とはいえ、それは驚くことではないだろう。なんといっても、総数が全人口の三倍にもなる、地球で最も一般的な鳥なのだから。それは、オンドリの雄たけびだった。この辺の住人がニワトリを放し飼いにしているのだろう。子ども向けの本の牧歌的な一場面のようで、微笑ましく感じた。

現在、ほとんどのメンドリは自然から遠く離れて暮らしている。産業養鶏場で卵を産むだけで、孵化するのは機械の仕事。こうして生まれたヒナは他の五万羽のヒナと一緒に育てられるので、病気予防のために抗生物質が与えられる。一方、東南アジアのジャングルの奥深くでは、野生のニワトリは今でも小集団でこっそりと走りまわっている。ニワトリはとても繊細なので捕らえられただけでショック死することがあり、また産業養鶏場から食肉処理場に運ばれる途中で大量のニワトリが死んでいる。

ジャングルのニワトリは大昔にインドで家畜化され、アレキサンダー大王の遠征に伴いヨーロッパに持ち込まれた。大王にとってニワトリは、卵と肉を提供するだけでなく、繁殖して数が増える実用的な野戦食だった。一方、ギリシャとローマでは、ニワトリの食べ方や飛び方から何らかの兆候が読み取れるとされたため、おもに占いに使用された。オンドリにはまったく別の活用法が見いだされた。二羽の攻撃的な個体をいわゆるコックピットに置いた場合、どちらも降伏することなく死ぬまで戦うからだ。英国ではこのような闘鶏が人気を博し一九世紀まで続いた。闘鶏の種名であるバンタムは、ボクシング用語として現在も生きつづけている。

普通の養鶏場にいるメンドリだって注目に値する。私は執筆のために、鶏舎の近くに建つコテージを借りたことがある。日中、鶏舎の住民は自由に辺りを歩きまわっていた。私はデニッシュ・ペストリーくらいの大きさの鶏肥を踏まないよう気をつけながら、彼女たちの内部ヒエラルキーを観察した。女王の座にいるものから、常につつかれている〝いじめられっ子〟まで。このパターンは何となく見覚えがある。彼女たちの鳴き声には三十以上もの違いがあることも発見した。とりわけ、危険が迫っているのが空からなのか地上からなのかで警告音を変えている。

キツネに襲われ、オンドリは食われてしまったのに、それでも数羽の巨大なメンドリたちは生き延びた。その後、飼い主は若いオンドリを手に入れた。熟女だらけのハーレムに入れられた若者は、最初は心底怯えているように見えた。飼い主の末の息子も、鳥は恐竜の子孫だと習った直後だったので、やはりメンドリたちが怖くなった。「だからうちのメンドリたちは、あんなに大きいんだ！」

最初に推測したのはイギリスの生物学者トーマス・ヘンリー・ハクスリー〔一八二五〜一八九五。〕だった。恐竜の骨格に取り組んでいた一八六八年のある日、彼は夕食に七面鳥の丸焼きを供された。そして自分の皿にある大腿骨と実験室にある骨格が似ていることに驚いた。現代の遺伝子解析により、彼の推察は正しかったと証明されている。ニワトリと七面鳥は恐竜の最も近い子孫なのだ。おそらく、大きな捕食者から逃れるために小型の恐竜が木に登ったときに変化が始まったのだろう。ニワトリは今日《こんにち》でも、夕暮れには止まり木に飛び上がり、そこで夜を過ごすことを好む。

すぐにオンドリは鳴きやんだ。そのあと私の耳に入ってきたのは、公有地の地面にいた一羽のハトと、モミの木の頂上にいた一羽のカラスの鳴き声だけだった。はっきり言って、私はそれらの鳥を高く評価したことがなかった。ハトは平和と愛と聖霊の象徴になったが、私が受けた印象はかなり異なる。かつて私のアパートに鳥ノミを広めてくれたのはハトだった。それがどうして聖霊と結び付くようになったのだろう? ハトは絶滅した鳥ドードーの親戚だと言われている。ドードーとはポルトガル語で「愚かな」という意味だ。大きな体に小さな頭では、知的なイメージを与えなかったようだ。ボロボロの巣をつくり、そこに産み落とした卵があることを理解していないように見えるハトも、知性が高そうには思えない。しかし、最新の知見は私の考えを変えた。たとえばサイエンスライターのジェニファー・アッカーマンは、有翼動物の知性に関する膨大なドキュメントをまとめ、提示してくれた。

ニワトリもハトも、他の鳥よりずっと以前から人間のそばで暮らしている。そして、人間を介してその棲み処が広がった。若いハトの肉は柔らかく美味なので、カワラバトはニワトリ同様、一万年前に家畜化された。素早く繁殖させるために、しょっちゅう交尾したがるオスと多産なメスが好まれた。カワラバトは人間の近くに棲むことに抵抗がなく、建物のコーニス（外壁の装飾部）やバルコニーを自然の岩場に見立て、たちまち都市生活に馴染んだ。一六世紀、インドのムガル帝国のアクバル大王は二万羽以上のハトを飼育し、望ましい特性が次代に伝わるように繁殖させた。その後、このような繁殖法はヨーロッパ各地でおこなわれ、ついにはダーウィンの進化論にも影響を与えた。遺伝がこれほど柔軟で、人間がハトの中からさまざまな特徴を選択できるのであれば、自然はもっと大きなスケールでこれができるのではないのか。

一九世紀のハトの飼育者が何よりも大切にしていたのは、もはやその肉ではなく、驚異的な帰巣本能だった。古代エジプトやローマでもすでに伝書バトは利用されていた。その後も電信が登場するまでハトは情報の伝達者として働きつづけた。ハト小屋ネットワークを利用したのはロイター通信社やロスチャイルド銀行などの大企業だけではなく、小さなニュースを伝えるためにも重宝された。一九世紀のスウェーデンのヨットレースの結果が伝書バトによってストックホルム・ダーグブラード社〔一八二四〜一九三一年に存在した新聞社〕に届けられると、速報が同社の窓に貼り出され、通行人の注目を集めた。

もっと深刻な仕事もハトに託された。探検家、スパイ、軍人が翼のある英雄に与えた任務は、手に汗握る小説の題材となったことだろう。一八五〇年には一羽のハトが極地探検からのメッセージを伝達するために四千キロを飛行したが、残念ながらメッセージ自体は途中で失われてしまった。両世界大戦では、各国の戦闘部隊は伝書バトを利用した。戦闘に巻き込まれたハトの一部は、その後、勇気を称えられ勲章を授与された。英国軍のあるハトは、翼の一部が撃ち落とされてもストイックに任務をこなした。ドイツ軍のハトは、ライフルとハヤブサの両方に狙われていたため、その任務遂行は簡単なことではなかった。

ハトは勇気があるだけではなく、迅速で注意深い。時速八〇キロのスピードで未知の領域を飛行し、何万キロも離れた巣に戻る。彼らの観察眼は比類ない。ハトに連続で撮影した一連の風景写真を見せると、人間には察知できない違いを見つけることができる。この研究結果を受け、アメリカ沿岸警備隊は、一般的な救命胴衣と同じ色の点を見つけるようにハトを訓練し、ボートが転覆した地域までヘリコプターで運んだ。ハトは大きな波にもまれた人間でも見つけることができた。

ハトの視覚能力は、芸術的な実験でも明らかになった。少し訓練すると、ハトはピカソの作品とモネの作品を区別し、ブラックのようなキュービズムとルノワールのような印象派を区別できるようになった。また、色、パターン、テクスチャーを判断材料として、絵画の上手下手《じょうずへた》を区別することさえできた。

ハトの能力のリストはそれだけではない。ハトは数が得意で、九個のものを順番どおりに並べられることがわかった。記憶力も非常に優れており、一年で千枚の画像を記憶し、それが色反転しても上下逆さになっても認識することができた。

翼を持つ動物の高度な知性について知ったあと、私はハトを見下すのを恥ずかしく感じた。

ハトが人間の近くに棲みたがり、こんなにも急速に増殖したのは私たちのせいなのだ。それこそが人間が発展させた特徴なのだから。人間の近くで長いあいだ暮らしてきたハトは、自分の群れの中の個体を認識するだけではなく、人間の区別もできる。また、さまざまな人々の写真を見て怒りや悲しみなどの感情を区別することもできる。

そのおもな理由は、ハトの共感力というよりも、感情を読む能力があるほうが生き残る確率が高かったからだろう。鳥はその能力を使い、危険を察知し、ほとんど知覚できない身振りを用いて協力する。視線、姿勢、翼を毛羽立たせることで意思伝達できるのだ。私たち人間も無意識のうちに他人の感情を読んでいる。声のトーンや顔の表情は言葉よりも正直なことがある。ちなみに、言葉で伝えられるのは私たちの全メッセージの約七パーセントでしかないと言われている。ということは、行間を読めることがコミュニケーションの基礎だということだろうか？

もちろん、ここにも問題がある。他者の感情を好き勝手に解釈したり、型どおりに分類したりするのは簡単なことだ。たとえば、ハトはもっぱら優しさの象徴だが、タカといえば鋭い眼光を連想する。カーカー鳴くカラスはクークー鳴くハトの対局となり、テッド・ヒューズ〔一九三〇～一九九八。イギリスの詩人〕がカラスを詩のモチーフにしたとき、それはアンチヒーローになった。ツバメはスミレの香りの中を飛びまわるが、カラスは浜辺のゴミの中に捨てられたアイスクリームをガツガツあさる。

ギャーギャー鳴きわめくカラスが、どうやって詩にインスピレーションを与えたのだろう？　足の形が似ているからといって、カラスを麗しく鳴く鳥と同じ目《もく》に分類することは、私にとって理解しがたいことだった。ゴクラクチョウとカラスが親戚だというのもやはりミステリーだ。あの黒と灰色のジャケットは葬儀屋にふさわしいものだし、カーカーという鳴

き声も気分が晴れるものではない。

しかし、よく知られているように、印象は欺くことができる。ローマ人はカラスの鳴き声を美しいと感じた。彼らは「カーカー」という鳴き声をラテン語で「明日に」を意味する「クラ」と解釈した。つまり、彼らの耳には「カーカー」は永遠の希望のように響いたのだ。私でさえ、カラスは実際にはそれほど陰気ではないことを知っている。

ある週末、ストックホルムの群島を縫って沖までセーリングをする機会があった。私のお供は二人の甥だが、ヨットの女性操縦者はペットのカラスを連れてきた。「怖くないですか?」と出発前に彼女が尋ねてきたので、カラスが誤解されていることに慣れていたのだろう。

航海中、カラスはもっぱら甲板で、船員のように脚を広げ安定を保ちながら立っていた。彼女がヨットを操縦しているあいだ、カラスは自分の任務はスパイよろしく乗客を監視することだと考えていたようだ。当時、甥は二人とも愛煙家で、いつでもタバコをふかす姿は、カラスの関心を惹いたようだった。

夜を過ごすことになっていた島で、私たちはどこに泊まるかと尋ねられた。選択肢その一は、ヨット操縦者とカラスとコテージをシェアすること。選択肢その二は、船室のベッドで眠ることだった。私たちは波の揺れを楽しみたかったので、ヨットに留まることにした。それに、カラスのそばで寝ることには慣れていない。あのカラスの夜の過ごし方は、開いたドアに止まり、すべてを監視することのようだ。

鳥に監視されず夜を過ごしたあと、甥の一人が朝いちばんのタバコを吸いに甲板へ上がった。彼がタバコを取り出すやいなや、コテージからあのカラスが猛スピードで飛んできた。バサッと彼の肩に止まると、喫煙ぶりを徹底的に研究した。彼が持ってきたタバコの本数は残り少なくなっていた。

昼食のあと、スモーカーたちは最後の一本をめぐって子どものようにくじ引きをした。勝者がそれに恭しく《うやうや》火を点けた瞬間、どこからともなくあのカラスが現れた。私たちに向かって直進すると、アクロバティックな身のこなしでタバコをひったくり、コテージの屋根まで飛んでいった。屋根に止まり、スモーカーたちが羨望の眼差しを向けるものをくちばしにくわえ、からかうように見せびらかす。これではっきりした。カラスは陰気な鳥などではない。かなりの遊び心の持ち主なのだ。

これ以後、私はカラスの遊び心についての報告をいくつも見てきた。この鳥は互いにかくれんぼをし、イヌと鬼ごっこをする。ネコをからかう。空中に投げられた棒をキャッチする。雪が積もった屋根の上で、瓶の蓋を使ってソリ遊びをする。滑り終わると、蓋をくわえてまた屋根を上り、再び滑り下りる。

遊び心は想像力の妹だということを、カラスは全力で示してくれた。イソップ寓話には、喉の渇いたカラスが水がめに少しだけ残った水を飲む話がある。そのカラスは、小石をいくつも水がめの中に落とし、水位を上げたのだ。同様のシチュエーションで実験すると、カラスは同じ行動を取り、また道具を必要とする一連の問題も解決してみせた。

実際、カラスの特徴の多くは知性を連想させる。カラスには明らかにユーモアがあり、計画を立てることができ、好奇心旺盛で適応能力が高く、おまけに個鳥主義だ。カラスは古代から都市には惹きつけられたが、人に飼われることはなかった。知性とは、教育熱心な親と社交的な生活の賜物であるとよく言われている。カラスにはその両方が備わっている。アリストテレスが注目したのは、カラスの子育て期間が他の鳥よりも長く、その後も家族のコンタクトを維持していることだった。現代では、カラスは多数の音を使ってコミュニケーションしており、それで種だけでなく個体をも区別していることがわかっている。同じグループ内でも個体認識できるようにメンバー各自が音を発しているのだ。彼らは人間のボディーランゲージさえ理解できるので、誰かが指さすとその方向を向く。

カササギのように、カラスは死んだ親戚の周りに集まることがよくあるが、これが死の目撃者としての務めなのか、忠誠心を示すためなのかは明らかではない。いずれにせよ、カラスの記憶力は優れている。記憶ゲームをすると、カラスは二つの同じ画像をいとも簡単に選び出すことができる。人間の顔も正確に認識することができるので、アメリカ陸軍はオサマ・ビン・ラディンの捜索にカラスを利用しようとした。カラスは自分を手荒に扱った人間の顔を認識する術に長けているだけでなく、遠くからでもその〝悪人〟がわかるよう他のカラスに教えることもできる。原則的にカラスは自分の周囲に目を光らせているので、この敷地内で何かが起こってもきっと察知することだろう。

鋭い視線を持つ樹上の動物たちは、私のことをよく知っている。こっちは彼らのことをほとんど知らないのだから、これは少々気まずいことだ。だが、それは当たり前のことなのだろう。木に棲んでいれば自然に溶け込むことができるのだから。

あのリスは例外だった。彼女だって自分が選んだ巣で静かに過ごしたかったのかもしれないが、それにしては騒ぎすぎた。その彼女が地面を跳びはねながら、また私に近づいてくる。私はたまたま食べていたリンゴの一片を彼女に向かって投げた。彼女の動きはいつもどおり速かったが、さっと立ち止まると私を観察した。餌をもらうために身をかがめるどころか、私をよく見るために後ろ足で立ち、背筋を伸ばした。その目は幼児のように大きく、白い腹は無防備に輝いていた。威嚇のために尻尾を振ることもしない。そこで私は決心した。彼女の最上階《ペントハウス》の部屋を没収したお詫びに、ナッツがいっぱいの餌箱を設置することにしよう。

人間以外の仲間がいると、妙に安らぐことができる。その理由は心理面から説明ができる。そこには「なぜ」、「罪悪感」、「許し」などの概念がないからだ。防水素材と断熱材について長い説明をし、屋根は家にとって最も重要な側面なのだと得々として語っても、また彼女が天井裏に棲みついた場合に起こりうる事象について言葉を連ねても、なんの効果もないのだ。リス界の文法は人間界の文法よりも単純で、条件付きの「起こりうる」などの複雑な表現がない。因果関係なんて「なんのこっちゃ？」である。リスにとって過去とはタネを隠した場所の記憶だが、ときどきそれを忘れてしまう。所有格なら「私の」さえあれば充分だ。

どうやらリスは立ち退きを受け入れてくれたようなので、私は屋根の問題の一つが解消したように感じた。昼食後、大工と彼の仲間たちが姿を現したときには、私の気持ちは晴れやかだった。屋根裏の様子を確認するために、すぐに屋根の一部を壊すことになった。はしごを持ってきて安定させると、二人の男性が屋根に上った。

　そのとき、リスがまったく理解していなかったことが明らかになった。それどころか、自分の領土への許しがたい侵入が始まると考えたのだ。領土紛争は強い感情を呼び起こすことがある。今の彼女はまるで怒れるターザンで、松の木々のあいだを跳びながら突進し、何度か姿が見えなくなったものの、最後には屋根の上に跳び下りた。そして後ろ足ですっくと立ち上がり、呪いのペチャクチャ言葉を全身からシャワーのように吐き出した。大工たちは恐怖を感じると同時に魅了され、複雑な表情で彼女を見つめたが、結局は屋根の一部を壊しはじめた。

　私が感動したことをはっきりと認めよう。なんというひたむきさ、なんという勇気！　それでも立ち退きは避けられず、彼女は領土を失ってしまった。これから彼女の最上階の部屋《ペントハウス》は撤去され、この建物はしばらく大工たちのものになる。私は荷物をまとめ、コテージの周りを一周したあと、彼らに鍵を渡した。

　春がちょっぴり前進したころ、新しい防水材と断熱材が設置され、屋根工事は新しい局面を迎えた。軒樋《のきどい》と竪樋《たてどい》〔雨樋の構成要素〕を取り付ける予定で、建築金物工は竪樋と天水桶〔雨水を貯める容器〕がぴったり合うかどうか知りたがっていた。

　私はこのコテージにどうしても天水桶が欲しかった。実用的なだけではなく、居心地のよさも演出する。インターネットのおかげで、望ましい緑色の中古の金属樽数個と、それらをコテージに運んでくれる売り手を見つけることができた。その受け取りのために私はコテージに向かった。ひょっとしたら、夏にこの敷地に棲みついていた渡り鳥に再会できるかもしれない。歓迎のプレゼントとして私はすでに巣箱を購入していたが、それに加え小さな雨量計も入手した。

　その週は大工たちが休暇を取っているはずなのに、敷地から熱心にハンマーを打つ音が聞

こえてくる。大工と春の日差しに刺激されたキツツキに違いない。キツツキのペアは春になると新しい巣穴をつくり、そこで交代で卵を温め、生まれたヒナに餌をやる。子育ては平等に分担するが、社交性に富んでいるとは言えない。それでも彼らのドラムロールは必要な情報を伝え、ペアを結び付けているらしい。ある実験で、キツツキは叩く回数によってもらえる〝褒美〟が異なることをちゃんと理解し、自ら欲しいものを要求してみせた。彼らは一流のパーカッショニストで、叩く素材の表面ごとにトーンの高さを変えてみせる。

くちばしはドラムスティックであるだけでなく、ハンマー、梃子《てこ》、のみ、そして昆虫検知器でもあり、一分でその機能を総動員することができる。この敷地にいるキツツキは嬉しそうにそれを実演してみせた。検知器で軽く木を叩くと、幼虫の居場所がわかる。次に樹皮を剝がし、美味しい一口スナックをゲットする。そのくちばしは新しい巣穴をつくるドリルとして引き続き活躍することもある。あのキツツキはこの敷地内の木にどれくらい穴を開けたのだろう、と私は思いをめぐらせた。その一つには現在、ゴジュウカラが棲んでいる。入り口には慎重に泥が塗られ、狭くなっている。キツツキが家賃徴収に――つまりヒナを食べに――来るのを阻むためだ。

どの家もその住人について何かを教えてくれる。鳥の巣だってそうだ。キツツキはおがくずで室内装飾し、ゴジュウカラは樹皮の断片を用いる。開放型物置の近くに落ちていたクロウタドリの巣は芸術作品だった。外側はモミの小枝で編まれ、苔とシラカバの細い樹皮が隙間を埋めている。内側は泥で平らにならされ、さらに草が入って柔らかくなっていた。鳥にだって美術品や工芸品のよさがわかるはずだ。新しい花でひっきりなしに巣を装飾するエキゾチックな鳥もいれば、メスの気を惹くダンス用に特定の色の小道具を集める鳥もいる。

持ってきた巣箱のおかげで、鳥の巣づくりに参加したような気がした。木登りはしたくなかったので、枝に吊るすモデルを選んだ。この巣箱は小さな家の形をしていて、このコテージに似ているのだけど、実際に吊るすには向いていないようだ。風が吹くと、まるで大海原を航海する船のように揺れてしまう。こんなゆらゆらハウスでも、冬場の餌箱としてなら重宝されるだろう。

巣箱を吊るしたあとは、コテージのインテリアにとりかかった。スペースはあまりないが、ランプ一台と母親が持っていた「牧場に咲く花」柄のカーテンを飾ることにした。そのあと再び外に出てみると、驚いたことに一羽のアオガラがあの哀れな巣箱めがけてまっすぐに飛び、ゆらゆら揺れる穴からちゃんと中に入ったのだ。鳥が穴を通過するとき、ポチャッという音が聞こえた。

アオガラが巣にあまりこだわらないことを私は知っていた。ストックホルムにあるアパートのキッチンの排気口に棲んでいたくらいなのだから。窓から身を乗り出して排気口を外から覗くと、金属製の格子の向こうからこちらを注視する暗い両目が見えることがあった。私たちは互いに控えめな興味を持った。

空を飛ぶその鳥と、キッチンの窓を挟んで初めて目を合わせたときのこと。こちらに飛んできた彼女は、さっきまで虫をついばんでいた近所のニレの木にそそくさと戻ってしまった。そこで私もキッチンを去ると、彼女はブーメランのように戻ってきたが、私が再び窓に近づくと、やはり飛び去ってしまった。私たちの〝かくれんぼ〟は二、三回続いた。アオガラは窓の近くに飛んできても、私のシルエットを見るなり向きを変える。私がキッチンから姿を消すと、彼女は戻ってくる。まるでダンスのステップだ。次第に彼女は大胆になっていった。私がほかの部屋にいると、彼女は窓の外枠に止まり、私がキッチンにいるかどうか観察するようになった。彼女の好奇心に貢献したつもりの私と、鳥である彼女の世界認識は少々異なる。彼女にとって、形と距離を判断する要素の一つは影だ。また、昆虫を見つけようと凝視すると、画像がわずかに拡大する。彼女にとって、私の姿を摑むのは難しかったに違いない。

私たちの出会いは窓ガラス越しだったので、安全であると同時に奇妙だった。スウェーデンの詩人ビョーン・フォン・ローセン〔一九〇五〜一九八九〕は、家の中にいる詩人の動きを追うために、窓から窓へと移動するゴジュウカラについて描写している。窓の外枠に餌を置いたことがこの鳥との出会いのきっかけで、やがて鳥は屋外でも彼に近づくようになった。私はアオガラとそんな関係を持ったことはないが、内気さと好奇心の入り混じった視線なら知っている。

　落葉樹林が縮小したため、条件が大きく異なる都会に移り棲んだ生き物はこの鳥だけではない。鳥は木ではなく建造物に巣をつくらざるを得なくなったが、それだけではなく、街の喧騒に打ち勝つためにシジュウカラは周波数を上げ、クロウタドリはテンポを速めて歌うようになった。照明の多い都市環境では起床時間が繰り上がり、生物学的時計は焦りだし、性的成熟が早まった。街のストレスに感染してしまったのだ。都市化の拡大とともに多くの動物が都会に引き込まれ、私のバルコニーからでも十数種の鳥を見つけることができる。ある日、歩道を歩いていると何枚もの羽根が私の上に落ちてきた。オオタカがハトの巣を見つけたのだ。ある種が別の種を都会に引き寄せた例の一つだ。

しかし、鳥から連想したいことは都会の建物ではなく、翼がもたらす自由だ。デスクに向かっていても、そんな軽やかさを感じることがある。インクに浸した羽根ペンのことを考えるからだ。何千年ものあいだ羽根ペンは、イカロスや天使のように自由に動く古代の夢を伝えてきた。人間の身体は重くとも、その言葉や思考は軽々と羽ばたくことができる。

レオナルド・ダ・ヴィンチ〔一四五二〜一五一九。イタリアの芸術家〕は、鳥の飛翔の観察だけで何冊もの本を書いた。彼は、空気がまるで水のような働きをすることに気づき、鳥の翼の上にも下にも空気が流れていることに注目した。何世紀もあとになって飛行機を完成したライト兄弟は、ダ・ヴィンチの研究を参照した。彼らもまた、鳥の尾羽が操縦能力の重要な要素であることを理解していた。

だが、鳥に匹敵するほどの飛行の腕前を持つパイロットはまだいない。空を飛ぶ鳥の能力には驚かされる。時速六〇キロのスピードで飛行していたのに急停止し、揺れる枝に着地するもの。飛行中でも眠るものもいれば、交尾するものもいる。鳥の羽根はほかの動物にはない感覚を感じる器官となっていて、その付け根は風の速さを圧力として感じ取り、皮膚の神経に伝達している。翼をはためかせると、小羽枝《しょうし》でつながれていた羽根が風圧で広がる。二つと同じ羽根はないが、それらの連なりが鳥を空に飛翔させる。

渡り鳥も連なって長い旅をする。太陽の下《もと》にいる多くの生物と同じように、彼らも一定の法則に従う。なぜなら地球は太陽の周りを回っているので、地球上のすべての生命がその影響を受けるからだ。私たちが「地球の公転速度は時速一〇万八千キロメートル」なんてことを意識することはめったにないが、それでもこの公転運動は季節の変化をもたらし、五百億羽の渡り鳥を移動させる。太陽を目印にして何万キロも休むことなく飛ぶ鳥もいれば、ヒマラヤ山脈を横断する鳥もいる。羽に引っかかった種子や昆虫も彼らの旅仲間となる。彼らの翼はまるでエクスタシーにかかったように空気を振動させる。私たちの上空を通過する何百万もの鳥の心臓は、人間の心臓の十倍もの速さで鼓動し、体内にエネルギーと温かさを送り込んでいる。

なぜ渡り鳥は移動するのだろう？　近年、何百万もの渡り鳥が旅路を短くし、その多くが温暖化著しい北欧諸国に留まりつつあることを考えると、鳥が気温の変化を感知していることは明らかだ。リスもまた気温の変化に対応する。フィンランドは中世以来、極端な厳冬に何度も襲われてきたが、そのことがリスを東に追いやったと言われている。リスたちは十キロ幅の前線となって東進したが、個体間では一定の距離を保ち、おのおのの独立を示したそうだ。厳寒かつ豪雪だった一九五五年のスウェーデンの冬でも、同じようなリスの移動が観察された。だが、最も劇的な話はシベリアから聞こえてきた。リスの大群が山や川をものともせず、正気を失ったかのようにひたすら前進したのだ。多くは足に痛みを抱え疲れ果て、ときには体が麻痺してしまったが、歩けるものたちは歩きつづけた。一八四七年の厳しい冬、何千匹ものリスがエニセイ川を泳ぎ、対岸のクラスノヤルスクの街に押し寄せたものの、そこで大量殺戮の憂き目に遭った。

この話を聞いて、私はリスについてもう少しばかり考えた。彼らは縄張りを主張しながらも隠者のように暮らす。いったい何が彼らを集団化させ東へ追い立てたのだろう? リスたちはお互いに影響を及ぼしたのだろうか、それとも極端な気温変化が近づいていることを感知する気圧計を体内に持っていたのだろうか?

渡り鳥については、体内に気圧計と露出計を持っていると考えられている。秋の気配が増し、光が陰りはじめたと感じると、何十億羽もの鳥がチャーター・ツアーの観光客よろしく集団となって突然南に向かう。飛行機の乗客が荷物を重量超過させたくないのと同様に、鳥も自分の体に蓄えられる食料の限界をグラム単位まで知る必要がある。たいていはナッツ一個に含まれているカロリーだけでアフリカ旅行が可能だ。また、体に必要なものはカロリーだけではない。鳥は、羽ばたきに必要な胸の筋肉を急成長させることができる。また、何かを発見するのに必要な脳細胞も同様だ。一方、飛行中に排泄したものは地球にあげてしまえばいいので、膀胱は特別に進化せず、ただ鳥の体のバラスト(バランスを取るための重り)となった。

鳥の体内には大昔から時刻表が刷り込まれているらしく、どの鳥も取り残されるのを嫌がる。一九三三年の秋、ドイツの野鳥観察所で翼を負傷したコウノトリが手当てを受けていた。ところが仲間に後れを取るかもしれないという恐怖に襲われ、そこから逃げ出した。翼を怪我していたため飛べなかったが、六週間かけて親戚一同が飛んだのと同じ方角に一五〇キロ歩いた。初めて渡りをする鳥でさえ迷わず飛べるように、正しい方角というものがヒナ時代から体内に存在するのだろう。鳥かごに入れられたムクドリも仲間に置いていかれるのではないかという不安に悩まされることがある。渡りの期間中ムクドリは南を向き、鳥籠の鉄格子に向かってひたすら羽ばたきを繰り返すそうだ。

渡り鳥は体内地図も持っている。その地図には地球の画像だけではなく、星の位置も点字で刻印されている。アジサシのヒナは巣にいるたったの二、三週間空《そら》を見つめただけで、太陽とさまざまな星の位置を覚えることができる。北極星は北へ向かうときの目印だ。巣を離れる前に、アジサシのひよこは地元の地理をしっかり暗記するために巣の周りを何回も飛ぶ。旅のあいだ、その地図は無限に拡大する。

『ニルスのふしぎな旅』で地理が楽しく学べる理由は、主人公が渡り鳥に乗って旅行しているからだ。この本は小学校の教科書になる予定だったので、出版社は作家のセルマ・ラーゲルレーヴに、教師が使う無味乾燥な事実が並んだ資料を束にして渡した。それを全部読んでしまったので、彼女の想像力は枯れそうになった。どうやったら事実を色鮮やかに描くことができるのだろう？　どうすれば緑や黄金の地形や、気候や植物についての知識に息吹をもたらすことができるのだろう？　彼女の解決策は、動物を背景に送り込むことだった。すると突然、密集した藪の中で何かが動き、木の上からは歌声が聞こえてきた。

動物が物語を発展させるというアイデアは、男の子が動物の言葉とモラルを学ぶというラドヤード・キップリングの『ジャングルブック』から採られた。

『ニルスのふしぎな旅』のガンの隊長アッカのモデルになったのは『ジャングルブック』の

オオカミの長老アキーラで、キツネのスミッレのモデルになったのはトラのシア・カーンだ。ジャングルとは異なるスウェーデンの自然にはムース、マガモ、ハクチョウ、ワシが登場する。彼らの振る舞いは野生状態とほぼ同じだが、話すことはできる。だが、古い寓話やこのあとに登場するディズニー映画のように擬人化はされていない。彼らはたんに、人間だけがこの世の動物ではないことを表している。

キツネがガンの群れを追いかけてスウェーデン中を移動するなんてありえない話だが、この本に登場するキツネのスミッレはガンの旅に目的と興奮を与えている。ラーゲルレーヴは自然科学に精通していなかったわけではない。子ども時代の体験から、家禽のガチョウが野生のガンについて逃げ出し、子どもを連れて戻ってくることがあると知っていた。野生のガンの行動については渡り鳥の専門家に相談した。また、この作品において自然に息吹を与えたのは彼女の巧みな筆力である。フランスの作家ミシェル・トゥルニエ〔一九二四〜二〇一六〕はのちに『ニルスのふしぎな旅』を、ジャン・ド・ラ・フォンテーヌ〔一六二一〜一六九五。フランスの詩人〕の寓話やサン＝テグジュペリ〔一九〇〇〜一九四四。フランスの作家〕の『星の王子さま』のような古典に匹敵するものだと評した。

私にとって、ニルス・ホルゲソンの翼のある友人たちは、この物語の最もありそうもない部分を担ってもまったく違和感がなかった。現実でも鳥は不思議な存在だ。軽量化した体と驚異的な感覚を持っているため、嵐の大海原でも広大な大陸でも横断することができ、しかも正確に目的地に到着する。

渡り鳥の飛行を間近で観察したいと思った私は、ある暖かい九月の夜、ニルス・ホルゲルソンが旅を始めたヴェンメンヘーグ付近から最終バスに乗った。鳥たちのオリエンテーリングに参加すべく、小さなテントと内部に星座が広がる傘を持参した。目的地は、ガンの一群が通過するファルステルボー海岸。最終停留所に着いたころには、辺りは暗くなっていたが、灯台の明かりを頼りに草の丈が短く夜空がよく見える場所を見つけた。テントを設営すると上空からかすかな羽音が聞こえてきたので、私は以前見た写真を思い出した。海岸線を覆い尽くす何百万羽もの渡り鳥を捉えたそのレーダー画像は、まさに海に滑り落ちようとする満開の花を連想させた。今、その空飛ぶ海岸線は私の頭上にある。

渡り鳥の羽音を聞きながら羽毛寝袋に横たわっていると、ガンの翼にくるまれているような気がした。鳥は空を飛びながら湖、川、山の情報を記憶するが、その記憶スピードは小学生よりも速いのだろうな、と私は想像した。鳥はどこにいても緯度と経度を一致させなくてはならない。そのため感覚を研ぎ澄まし、顔の側面に目を持つことで視野を広くした。大海原を飛ぶときには波からの超低周波も聞き取っているが、最も重要なのは地球に対する感覚だ。地球の奥深くにある溶けた鉄の川は磁場をつくり出し、方位磁石の向きだけでなく鳥の飛行方向をも変える。このため鳥は正確な方向に飛ぶことができるのだが、都会の電気製品からの電磁波に乱されることもある。鳥は人間よりもはるかに地球と太陽の動きに影響されているのだ。

夜明けにテントから外を覗いてみたとき、自分はまだ夢と現実のはざまにいると感じた。まるでおとぎ話のように、卵が一つ芝生の上で輝いている。鳥の優れたオリエンテーリング能力について考えながら、私はそれに近づいた。よく見てみると、それはゴルフボールだった。私が夜を過ごした場所はゴルフコースだったのだ。その後、テントを片付けながら考えた。一個の卵の中に世界旅行ができる要素が詰まっているのだと。

鳥の一生は卵から始まる。殻の中にある小さな命と絆をつくろうとすれば、まずは卵から始めなければならない。コンラート・ローレンツ〔一九〇三〜一九八九。オーストリアの動物学者〕は、ハイイロガンを使ってその研究をおこなった。子ども時代にドナウ河畔でガンの群れが通過するのを見て以来、彼はこの鳥に魅了されてきた。あの群れはどこに行くのだろう？ローレンツ少年は彼らについていきたいと願った。それからは自分の気持ちを表現しようとしてガンのイラストを描きつづけた。

動物学者になったローレンツは、別の方法でガンの生活を追いかけた。自宅はすでに魚、イヌ、サル、ネズミ、オウム、カラスでいっぱいだったが、ハイイロガンを育て上げた彼はこの鳥と特別な関係を持つようになった。ガンのヒナが卵からどう孵《かえ》るのかを観察するために、家禽の一羽のガチョウにいくつかの卵を温めさせた。ヒナの誕生に立ち会うために、殻が割れはじめると卵の一つを孵化装置に移した。卵に耳を当て、内部でヒナが動く音や鳴き声、殻をつつく音を聞いた。すると、殻に穴が開いてくちばしが突き出し、しばらくすると目が見えた。次いでハイイロガンのヒナからコンタクトコール、小さなささやきが聞こえてきた。彼はそれを模倣して応えた。このささやかな挨拶の儀式のあと、彼はハイイロガンの親になった。ヒナの脳にそう刷り込まれたからだ。

そのあとは不本意ながら、一瞬たりともヒナから目を離すことができなくなってしまった。

こっそりとその場を去ろうものなら、悲痛なピィピィという鳴き声が彼の足を止める。そこで日中はヒナを籠に入れて持ち歩き、夜はベッドの中に入れた。何かを求める小さなピィピィという声が一定の間隔で聞こえる。『ニルスのふしぎな旅』の中でセルマ・ラーゲルレーヴはこの呼びかけを「私はここよ、あなたはどこ?」を意味するとし、ローレンツはその解釈を正解だと考えた。無力なヒナは常にコンタクトを求めるので、育児期間には絶えず短い会話をしなければならなかった。ヒナとそのきょうだいが成長するとローレンツは散歩に連れ出し、牧草地で新鮮な草を食べさせたり湖で泳がせたりした。ヒナたちが飛ぶようになると彼は腕を伸ばしたまま走った。彼がしゃがむだけでヒナたちも着陸した。

成長したガンも互いに交信する必要がある。とくに長距離飛行中は、レース中のサイクリストたちのように密接し騒々しい会話を交わしながら、互いの動きをチェックしている。ガンはツルと同様にV字形の群れを形成して飛ぶ。その羽ばたきは空気を渦巻き状にするので、斜め後ろを飛ぶ鳥の浮力に役立つ。

群れの形がV字形以外の鳥もいる。ずっと南の地方を旅行していたとき、何万羽ものムクドリが雲のように飛んでいるのを見たことがある。個々のムクドリが滑らかに位置を変え、絶えず変化する抽象画の人物かと見まがう、夢のように変幻自在な雲をつくり出していた。散らばったかと思うとまた密集しながら、ムクドリたちは地平線上に現れたり消えたりしていた。ある瞬間には大気中の指紋のようで、次の瞬間には浮遊するガスのようだった。このような鳥の群れを英語で murmuration（ざわめき）と呼ぶ。私はこの言葉が気に入った。個々の声が溶け合って一つの大きなざわめきをつくっているからだ。

ところで、このような鳥の群れはどうやって編成されるのだろう？　少なくとも、群れの中で個々の鳥がお互いの動きをチェックしていることはわかっている。鳥は人間よりも視野が広く、反応時間が速いため、七羽の鳥を同時に観察することができる。電光石火のスピードで仲間と協調できる鳥の能力は驚異でしかない。何十万もが密集して飛行しても、まったく衝突しないのだから。鳥は速度を維持したまま十分の七秒で方向転換できる。だが高速で飛んでいるときには反応速度が遅くなり、通常のコミュニケーションができなくなる。もしかしたら鳥は、目には見えないコンタクトを取っているのだろうか？

そのとおり。一九九〇年代に、他者の行動を見たときに活発になる特別な神経細胞が脳内で発見された。これはミラーニューロンと呼ばれ、笑い、身振り、あくびを人々のあいだで伝染させる。鳥のこのニューロンは、明確に知覚するのが困難な動きでさえも群れの中で増幅させる。社会集団では他のメンバーと速やかに協調することが重要だからだ。

つまり、各個体の反応は互いに増幅し合うということだろうか？　私が思い出したのは、日本の島に棲むサルの研究を基にした「百匹目の猿」と呼ばれるエピソードだ。研究者たちがサツマイモを餌として与えていたところ、ある日、若いメスザルがいいアイデアを思い付いた。海の水でサツマイモを洗えば、うまく汚れが落ちるんじゃない？　徐々に他のサルたちもこれを真似するようになった。すると、驚くべきことが起こった。仮に百匹のサルがその行為を取り入れたとしよう。すると突然、近隣の島々にいるサルたちもサツマイモを洗いはじめたというのだ〔ただし、このエピソードは事実ではない〕。

同じころ、鳥のあいだでも同様のことが観察された。一九五〇年代、イギリスのミルク瓶には薄いアルミ製のキャップが付いていた。ミルクは毎朝、各戸の前に配達されていた。ロンドンのアオガラはたちまち、このキャップを突き破ればミルク瓶の上に浮かぶクリームが味わえることを知った。イギリスのすべてのアオガラがそのトリックを学ぶまでそれほど時間はかからなかった。

集団があるレベルに達すると、まるで臨界点を超えたかのように、あっという間に発展しその性格を変える。エリアス・カネッティ〔一九〇五～一九九四。ブルガリア出身の作家〕は自著『群衆と権力』の中で、人間集団が突然、暴徒に変身する可能性について論じている。人間は思想や文化的な運動《ムーブメント》に流されることがある。私自身も目撃した現象に、詩の内容は相変わらず個人を扱っているというのに、詩人たちがまるでムクドリの群れのように一斉に流れを変えたことがあった。私はこの現象について本を書かずにいられなかった。

集団心理のある側面は魅力的であると同時に恐ろしくもある。私は子どものころに見た二つの夢をまだ覚えている。一つ目は、腕と脚を伸ばした状態で自由に飛びまわるという典型的な飛行ファンタジー。しかし、もう一つの夢の中では、ある宇宙生物《エイリアン》が血清を人間に注射するのを見ていた。注射されるとどの人もそっくりになってしまうのだが、みんな変身するのは気持ちがいいと言って、私を説得しようとした。だが私にとって、勝手に他者そっくりにされてしまうのは悪夢でしかなかった。怖かったのは均質化されてしまうことなのか、コントロールを失ってしまうことなのかは、わからなかったが。あのころ私はずっとリスのように好き勝手に動きまわりたいと思っていたし、鳥のように自由に飛びたいと願っていた。

彼らが現実にどれくらい自由なのかは別問題だが。

自由と連帯、孤独と一体感のあいだにはダイナミズムがあると、鳥は証明する。この翼のある生き物を形づくるのは、季節の変化、環境の特性、そして過去の世代の遺伝子。そしてまた、道案内と護身のために互いを頼りにしている。私は大カール島〔スウェーデン東部、ゴットランド島付近の島〕で、何千ものウミガラスが崖の上に密集しているのを見たことがある。これなら猛禽に捕まるリスクは下がるし、海に飛び込んだお隣さんがいれば、そこに魚がいることがわかる。

その一方で、この密集地帯にいる鳥はどれもユニークであり、一万四千個も卵があっても自分の卵を見つけることができる。孵化したてのヒナだって、耳をつんざくような騒音の中でも自分の両親の声を認識できる。すでに殻を通してその声を聞いていたからであり、何千もの鳴き声の中から両親の声を識別する。

一見どれも同じに見えても、わずかなニュアンスの違いが、一個の卵、一羽の鳥、一曲の歌をユニークなものにする。生き物は、すべての分類を超越した何十億もの要素に支えられている。渡り鳥の個性は、秋に飛行しているときには見えにくいが、春に戻ってくるとはっきりする。旅のあいだの集団意識は消え、コミュニケーションの性格も変わる。鳥の群れを運んでいた空気は、いまや同種のオスを遠ざけ縄張りを主張する歌に満ちている。

鳥が歌うのは一つの種《しゅ》のためだけではない。人に苗字と名前があるように、その歌の中には「僕」と「僕たち」の組み合わせがある。その「僕」はいまや微妙なニュアンスの花を咲かせ、あまたの歌い手の中から自分を選ぶようにとメスに訴えかける。このようにして彼の個性は最終的に多くのバリエーションとして種《しゅ》を超えて広がるかもしれない。

合唱団の各メンバーがにぎやかに鳴らしているのは、はかないエゴなのだ。それを聞く私の心は、少しばかり感銘を覚えた。アオガラのささやかなさえずりでさえ、自分は世界の中心にいると主張しているようだ。それはそうだろう。永遠に膨張を続ける宇宙の起源はビッグバンだと言われているが、最初に爆発した握りこぶしくらいの火の玉の中には、あらゆる可能性が詰まっていた。だから、鳥の鳴き声のわずかな音調《トーン》の違いにだって意味があるはずだ。

鳥の歌には「僕はここにいる」以上の情報が入っているのだろうか？　私は語呂合わせで鳥の鳴き声を識別する方法を習ったことがある。鳥の声がどう聞こえるのかを集めた本によると、ヨシキリは「リーラ・セータ・ラーラ・マンマ、キャン・ヤー・ゴー・ポー・ビーオ（ねえねえお母さん、わたし映画館に行ってもいい？）」と鳴き、キアオジは英語で「A bit of bread and no cheese（パンはちょびっと、チーズは無し）」と話しているそうだ。このようなフレーズは、リズムはあってもまともな意味はないし、鳴き声を正確に再現しているわけでもない。クロ

ウタドリの歌は何回聞いても「トルー・トルーリグ・トルー・ティッ・ティッ」とは思えない。

鳥は音調《トーン》でコミュニケーションを取るが、私たち人間はどちらかといえば音調《トーン》に鈍感な種に属している。倍音は聞こえないし、ミソサザイが一分間に発声する七五〇の音も聞こえない。ズアオアトリの歌を録音しても、通常より一〇倍遅く再生しないと人間の耳には聞こえない。

また鳥の喉のつくりはヒトとは異なっていて、その鳴管《シュリンクス》〔鳥類の発声器官〕は一度に複数の音調《トーン》を生成できる。その語源となったのは、ギリシャ神話に登場する妖精シュリンクスだ。彼女は、強欲な牧神パンから逃れるために葦に変身した。シュリンクスを見失ったパンは、葦の原に向かって大きく息を吐いた。すると葦が揺れ、歌いはじめた。そこでパンは葦を何本か切り取り、一度にいくつもの音調《トーン》を発することができるパンフルートをつくった。鳥の気嚢〔人間の肺に相当〕は体の三分の一を占め、また毎秒二〇回も呼吸する。このため鳥の鳴管は一呼吸で高速かつ複雑な音を出すことができる。

鳥にとっても音色《ねいろ》の美しさは重要なようだ。上手に歌えるようになると、鳥はドーパミンとオキシトシンという化学物質の報酬を得る。これはとりわけ秋に起こりやすい。縄張りを主張するためでもメスを惹きつけるためでもなく、自分のために歌うからだ。

もちろん、音を楽しむのは鳥だけではない。私たちの祖先は一〇万年前に喉を発達させ、憧れだった鳥のさえずりに似た声を出すことができるようになった。人類最古と考えられている楽器のいくつかは、鳥の骨でつくられたフルートである。のちに人類が言語を獲得したとき、詩だけが歌の音調《トーン》、リズム、共鳴に由来する〝何か〟をつくりだすことができた。これは詩が音楽にルーツを持っているからに他ならない。ギリシャの詩はもともと音楽に付けられたもので、アリストテレスは弱強格〔詩の脚韻の一種〕の上昇調がダンスに適していることに気づいていた。

では、鳥の声を聞きながらレスボス島を歩きまわったとき、アリストテレスは何を考えていたのだろう？　詩、天国、魂、そして人生のはかなさなど、彼が書いたものがいくらかでも鳥の歌に宿っていると感じたのだろうか？　音韻の知識を利用して、鳥のさえずりと自分の詩を比較したのだろうか？

このような話題でアリストテレスと大いに語り合いたいものだ。音調《トーン》の影響に関するこれまでの研究に、彼は興味を持つことだろう。イヌの飼い主や小さな子どもの親は、たとえば二つの異なる音調《トーン》で叫ぶことがある。短い音は下降調に発せられると警告になる（こらこら！）が、上昇調だと命令になる（こっちへ来い！）。長くて優しい音は下降調だと相手を落ち着かせるが（そう、そう）、上昇調だと励ましになる（その意気！）。感情は声の音調《トーン》で伝えられ、言葉を理解していないものにも語りかけることができる。リズムもまた、子宮の中で聞いていた母親の心拍を無意識のうちに思い出させるのではないか？　母親が落ち着いているときには心臓はゆっくりと動き、動揺したり緊張したりしているときには速くなるものだから。

鳥の世界を理解したいというアリストテレスの熱意は本物だった。弟子のテオプラストスがユリとマジョラムに没頭しているあいだ、アリストテレス自身は、くちばしの形や機能、そして卵の殻や卵黄の色合いに至るまで、一四〇以上の鳥の種を観察した。だが何より知りたかったのは鳥の生活だった。アリストテレスは、鳥の毎年の渡りについて説明を試みた最初の人であり、鳥のさえずりについて驚くほど多くのことに気づいていた。

たとえば、卵から孵ったばかりのヒナは歌を歌うことができず、学習する必要があること。これは現代では事実だと確認されている。巣の中でヒナが父鳥の歌を聞くと、脳内に神経細胞のネットワークが開花するのだ。先生なしでは自分の歌が認識できない。ヒナは父親の歌と自分の歌を比較し、何万回もメロディーを練習する。それでも最終的には小さな個性が発揮される。

鳥に歌を教えた人間もいる。一八〇〇年代、ドイツの森林監督官たちは巣から若いウソのヒナたちを盗み、餌をやるあいだじゅう口笛を吹きつづけた。それらのメロディーは民謡やクラシック音楽の一部で、驚くことにヒナたちはその一節を覚えたのだ。ウソは優れた歌手ではないが、ムクドリなら上手にメロディーを真似する。モーツァルトはムクドリを飼い、彼のピアノソナタのテーマの一つを歌うよう仕込んだ。

最高の模倣者はなんといってもオウムだ。自然界でのオウムは非常に社交的でコミュニケーションを好む。人間と一緒に暮らすと、メロディーや楽器だけでなく、文章や声音も模倣することができる。どうやらアリストテレスはオウムとコミュニケーションしていたようなのだ。アルコールはオウムをいつもより生意気にさせると記録しているくらいなので、おそらくレスボス島ではオウムとレチーナ・ワインを分け合っていたのだろう。アテネのアカデミーでのように誰かと議論したわけではないが、アリストテレスは他の種の動物でさえ言語を持ちうると信じていたようだ。この分野でも彼は先駆者だった。

鳥が言語の才能を持っていることは、ヨウムを見れば明白だ。ギネスブックによると、そのうちの一羽は八百語を習得したそうだ。最も有名な例はアレックスという名のヨウムで、アメリカ人科学者のアイリーン・ペパーバーグ〔一九四九～〕はこの鳥に基本的な英語を教えた。鳥が抽象的な概念と複雑な質問を理解できることを証明したかったのだ。

鳥には唇がないため、当初アレックスはPの発音に苦労したが、やがて百個ほどの単語を習得し、テストを受けることになった。彼は、五十の物体、七つの色、五つの形や素材を問題なく識別できた。彼は六まで数えることができ、「ゼロ」つまり「無いこと」を理解した。「大きい／小さい」、「同じ／違う」などの概念を区別した。感情を表現することもでき、何かが欲しくないときには「ノー」ときっぱり言った。欲しいものがあると言葉を創造した。リンゴを「バネリー」と呼んだが、それはバナナのような味がして、大きなチェリーのように見えるからだ。ケーキの説明には「ヤミー・ブレッド」、つまり「美味しいパン」という言葉を発明した。

アレックスの目の前には二人の研究助手が座り、お互いにモノの名前を教え合う。アレックス自身はそれを観察しながら言葉を学んだ。アレックスは研究者間のやりとりでさえひとりでに覚えてしまい、なおかつそれを適切に使用してみせた。人間の言葉を覚えることで、鳥には優れた脳があり、抽象的な概念と複雑な質問を理解できることを証明した。

鳥の精神世界について、人間は多くのことを見逃していた。鳥の知性とコミュニケーション能力を過小評価していた。彼らの発する音の多くが私たちの聴力を超えているからかもしれない。また、音の順序も重要なようだ。たいていの単語には異なる音節があるように、アメリカコガラは六つの音調《トーン》を多様に組み合わせて鳴くことができる。

では、鳥のさえずりは私たちの言語に匹敵するのだろうか？　じつはアリストテレスもダーウィンもそうではないかと考えていた。その証拠は、鳥の脳の奥深くに隠されたある部分だそうだ。頭蓋骨の大きさと知能に関連があると考えられていた時代には、鳥は知能スケールの底辺に配置された。だが脳内の神経細胞に目を向けると、人間と鳥の神経細胞のつながり方が似ていることや、脳内のほぼ同じ領域で学習がおこなわれていることがわかった。違いは、脳が小さいため鳥の神経細胞はぎゅうぎゅうに詰まっていて、素早く接続できることだ。

それだけではなく、類似性の背後には共通の遺伝子があることも発見された。一九八八年に発見された遺伝子にはフォークヘッドボックスタンパク質Ｐ２というややこしい名前が付けられたが、通常はＦＯＸＰ２と略されている。この突然変異が言語障害と、おそらくは自閉症も引き起こすと考えられているため、これは言語遺伝子として有名になった。だが、この言語遺伝子を持っているのは私たちだけではない。他の動物にも見られ、これが突然変異すると人間と同様の問題が生じる。鳥でこの突然変異が起こると、吃音や模倣困難が生じる。

私の真上にある松の木の枝でクロウタドリが滑らかに歌っている。その脳細胞は稲妻のように素早く反応しているに違いない。あの歌が一つの言語なら、クロウタドリは言語の天才だ。だがクロウタドリは、鳴き声が単調なハトや不明瞭なカラスほど賢くないだろう。知性は沈黙することもあり、言語には無限の多様性がある。それでも、すべての鳥の歌の中でクロウタドリの歌は最も美しいかもしれない。その歌は春になると聞こえてくるが、その後は止んでしまう。それゆえ、その歌には強さとはかなさが同居している。人間の歌と同じようにクロウタドリの歌もやはり恋を扱っているが、それぞれの歌には個性が少しずつ加味されている。こうして古くからのテーマを扱いながら、生命と詩は続いていく。

敷地にいる鳥のほとんどはそこで越冬したようで、渡り鳥として戻ってくるものは少なかった。だがようやく、あるものが到着した。屋根の雨水を集める金属製の樽がいくつか届いたのだ。それらがゴロゴロと転がされコテージの角に配置されたあと、私は売り手に敷地でコーヒーを勧めた。配達のお礼を言うと、売り手は、樽の長い旅路を説明しはじめた。あるエキゾチックな国からオランダ・ロッテルダム港までジュースの輸送に使われたあと、スウェーデン・スモーランド地方の卸売業者のものになったそうだ。そんな樽の旅の話を聞い

ていると、渡り鳥のことが心に浮かんだ。鳥が輝く太陽を追っていたころ、これらの樽は黄金のジュースを運んでいたのだろう。遠くからカモメの鳴き声が聞こえ、樽が立ち寄った港の雰囲気をいくばくか感じることができた。

また一人になった私は、その雰囲気のまま夕食を食べたくなった。冷凍の魚のグラタンを温めるあいだ、母から受け継いだ屋外用テーブルを拭いた。テーブルマナーのない鳥がちょうど〝名刺〟を置いていったばかりだったので、さらにテーブルクロスを敷いてからグラタンを置いた。食欲をそそる蒸気が上がる。あと足りないのは冷えたビールだけ。一本取りに行くためにそこを離れたのは三〇秒ほどだったが、観察力のある鳥にとっては充分だった。再び家の外に出た私が見たのは、マッシュポテトの真ん中に立っているカモメだった。

それまでカモメの姿は見かけなかったので、この襲撃には心底驚いた。海からあれだけ離れているというのに、この魚のにおいには気づいていたのだろう。両足にソースをつけたまま、カモメは満足げに飛び立った。魚の切り身は食べ尽くされていた。

子どものころ、海の上空を滑るように飛ぶカモメを見るのが好きだった。カモメについて多くを知っていたわけではなかったが、知識不足のままカモメに愛情を抱いていたのは私だけではなかった。一九七〇年代、『かもめのジョナサン』は一〇〇万部を売り上げ、映画にもなった。カモメ集団の物質的争いから離れ、はるか上空で孤独に、哲学的な曲芸飛行に挑む一羽のカモメ。現実のカモメは非常に社交的なので、この設定は事実に即してはいない。一九五〇年代にカモメを研究しはじめたオランダの動物学者ニコ・ティンバーゲン〔一九〇七～一九八八〕は、カモメ社会の奥深さを感じた。カモメは体の動きと鳴き声をあますことなく使い、食料と危険、怒りと服従、協力とつがい形成、ヒナと適切な営巣地に関する情報を伝えていた。

多くの鳥と同じくカモメは、ゴミの山や飲食店が常に餌を提供してくれる都会に引き寄せられてきた。屋根は海岸よりも安全な棲み処だ。私のストックホルムのアパートでは、隣の建物の屋根に棲みついたカモメ一家の生活を観察することができた。いちばん小さなヒナが飛ぶ練習をするのに出くわしたことがある。一羽のヒナが巣から歩道に落ちたときには、母鳥がヒナに近づくすべての人めがけて急降下し追い散らした。

空中を自由に飛びまわるだけでなく、カモメはさまざまな環境を楽々と移動する。塩水も淡水も飲むことができるし、メニューには魚から小型のげっ歯類まで載っており、人間が散らかした食べ物だってご馳走だ。カモメは独創的で、雨の音を真似て小刻みに足踏みし、地中からミミズをおびき出す。ちぎったパンをくちばしにくわえ、池にいる金魚を釣ろうとしたことも観察されている。頭の回転の速いカモメには、ディナーのオプションが千もある。それなのになぜ、あのカモメは新鮮な魚じゃなくて工場製の魚のグラタンを選んだのだろう？　ともかくビールは無事だったので、私はそれに合うサンドイッチをつくることにした。

　夕方とはいえ外はまだ明るかった。頭上ではクロウタドリが、空には境界線がないとでも言いたげに、空気を歌に変えて無限のバリエーションを披露していた。はるか上空にも生命は満ちている。私の夕食になるはずだったものは、今ごろ羽ばたく翼のあいだで消化されているだろう。私が吸い込むこの空気も、何千もの動物と分け合っているものなのだ。

　天井裏で跳びはねて大騒ぎをしたあのリスもそうだ。奇妙なことに、彼女は突然、天井裏から姿を消した。きっと私の退去要請を受け入れてくれたのだ。だがコテージに近づくと、なんだか既視感を覚えた。天井は静かだし、職人が屋根と壁のあいだに設置したばかりのネットは春らしい緑色で新鮮だったが、そこには見慣れたものがあった。リスが以前、入り口にしていた家の角に、齧ったばかりの穴があったのだ。

第三章　ドアのそばで羽音が

慌ただしい春を過ごしたのは鳥だけではなかった。大工も私も夏までに修理を終わらせたかったので、私はひんぱんにコテージへ行くことになった。おかげで、コテージに棲みついたリスは気楽に過ごせなくなった。まあ、これは私の計画の一部だったのだが。自然が活気づく時季を迎え、私もコテージの敷地に出ることを楽しんだ。鳥が歌い、つぼみが膨らみ、小さな虫が目を覚ます。小さな翅《はね》に降り注ぐ光は多量でも派手でもなかったが、それでも強さを秘めていた。

まだ三月なのに、一匹のハエが眠そうに窓ガラスの上をふらついている。手で払おうとしながら私は考えた。ここには、あのシジュウカラ一家を養うのに必要な量の昆虫がいるのだ。このハエが食べられる前にパートナーを見つけた場合、一ヶ月以内に一〇万匹ものハエが生まれる可能性がある。だから危険をおかしてでも外へ出てパートナーを見つけようとしたの

だ。

この少しあとには、まだ寝ぼけているヤマキチョウを雨量計から救った。太陽のように黄色い翅を持つこのオスは、冬の棲み処から大急ぎで出てきたのだろう。メスが目を覚ます前に外を飛んでいたいからだ。春になるとウキウキするのは鳥だけではなく、蝶の鼓動もパートナーになれそうな相手の香りのせいで速くなる。とりわけヤマキチョウはこの欲望が大きいようで、オスはメスに必要なものなら何でも与えようとする。その中には排卵率を高める栄養素やホルモンまでもが含まれているので、彼らの交尾は一週間続くことがある。メスが葉に産み付けた卵に、近々お目にかかれるかもしれない。

虫が飲めるように小さな皿に水を入れておくべきだったのだが、私がそれに気づく前に、雨量計の細い管は期せずして虫取り器になってしまった。次にそこにはまったのは大きなマルハナバチだった。どうにか救出できたが、ぐったりとしていたので、スプーン一杯の砂糖水を与えた。この救助活動は明らかに感謝された。ストローのような口をスプーンに浸すと、彼女の気分はしだいに晴れていったようだ。足をアクロバティックに動かし、身にまとう毛をふっくらとさせた。彼女が日の光を受けて輝きだしたとき、私はその毛を指で撫でたくなった。

私はマルハナバチの毛に触れたことがあったので、その柔らかさを直接知っていた。ある真夏のバス旅行中、一匹のマルハナバチが私の周りをしつこく飛びつづけた。ひょっとしたら私が付けていた花の香水のせいかもしれないが、彼女の迷惑行為はあまりにもあからさまだったので、私の隣の席に座っていた男性が、それを追い払うという騎士道的な行動に出た。ところがそのハチ、今度は私のワンピースの胸元に入ってしまったのだ。その場所からハチを追い払うのは、どう見ても騎士道精神に合わない。おかげでハチはそこに留まることができた。

ハチは動きまわり、優しく私をくすぐった。私が刺されなかったのは、ハチを押しつぶさないよう私が前かがみになって座っていたからかもしれないし、ひょっとしたらそれはオスだったのかもしれない。針は産卵管が変化したものだが、マルハナバチはそれを不必要に使うことを好まず、まずは警告として片足を持ち上げたり、不快臭の酪酸を発するために咳をしたりする。

マルハナバチの動きが落ち着いた。どうやら私を新しい仲間として受け入れてくれたようだ。ならば、私も落ち着くべきだろう。もしそれがハサミムシだったら、私の反応は違っていただろうけれど。不公平なことに、ハサミムシは体外に骨格を持っている。むき出しの骸骨は不吉な連想をさせるものだ。体外にあるのが、テントウムシの色鮮やかな鞘翅《しょうし》だったり、マルハナバチの〝毛皮〟だったりすると、また別の話になるのだが。ところで、マルハナバチはじつに毛深いのだ――アメリカの研究によると、マルハナバチには三〇〇万本もの細い毛があり、その数はリスと同じだという。信じられないほどの量だが、実際にマルハナバチがその体を私の肌に押し付けたとき、確かに柔らかく感じた。マルハナバチが私の肌の上でのんびりしていた長い旅路、私はこの旅仲間についてできる限り調べてみようと決心した。

生物学に対する私の興味は年齢とともに変化した。子どものころは、オカピなどのエキゾチックな哺乳類に魅了された。恥ずかしがり屋のオカピは、キリン、シマウマ、カモシカの特徴を持つが、カメレオンとの類似点もあり、両目がそれぞれ独立して動く。おとぎ話に出てくるようなこの動物は、コンゴの原生林にひっそりと棲んでいたため、科学的に知られるようになったのは一九世紀になってからだ。

しばらくして、遠くまで行かなくても冒険はできることに気づいた。確かに動物の名称を知りたければ哺乳類がいちばん簡単だが、冒険に必要な動物は哺乳類だけではないことも知った。他の動物グループにも見るべきものは多く、彼らについての記述は、まさに空想科学小説だった。

五千の目を持つもの、膝の後ろに聴覚器官があるもの、足に味蕾を持つもの、そして三次元の嗅覚を持つものなどが存在していたと考えられている。彼らは化学物質や振動を使い、まことに洗練された方法でコミュニケーションを取っていた。二億年前、これらの生物はすでに上位の動物グループに属していたが、その後はさらに大躍進を遂げた。現在、このグループに属している動物の体重の合計は、すべての哺乳類、魚類、爬虫類、鳥類の合計に匹敵する。また、他の全動物の合計よりも多くの種を誇り、個体数は全人類の一億倍になる。

つまり、昆虫こそが地球の標準的な動物なのだ。

小さな恐竜が新しい翼を試すよりもはるか前に、昆虫は空を制覇していた。トンボが初めて空を飛んだのは三億年前で、最古の蝶の化石は二億年前のものだ。昆虫は小さいが数が多く、成長が早くてすぐに交尾できるため、変異種を短期間で生み出しやすい。食料も少なくてすむので、地球に異変があっても他の生物より生き残りやすかった。大型の恐竜は絶滅したが、昆虫のミツバチ、アリ、カブトムシ、バッタ、シラミは比較的早く回復した。同時に他の種、とりわけ恐竜から進化した鳥や焦土から発芽した花にとって、生きるために昆虫が重要になった。最終的に昆虫は地球環境にしっかりと織り込まれ、地球の生物は昆虫なしでは生き残れなくなってしまった。

残念なことに、人間にとって昆虫は好ましいものではない。彼らの外見は人間とは非常に異なっているうえに、すぐに逃げようとするし、それをよく見ようと人間が身をかがめるのも楽ではない。一方、蚊やノミのように人間に近づいてくるものについて、私たちは詳しく知りたいとは思わない。かくして、昆虫は熱心な専門家向けの世界になった。私はその一人ではないが、自分の熱意を広めたい専門家の話には喜んで耳を傾ける。今では、春に鳥の鳴き声や花が溢れるのは、突き詰めると昆虫のおかげだということを理解している。

地面の大部分は落ち葉と春の嵐で飛ばされた枝で覆われている。新芽が出やすくするために、敷地を少し掃除する必要があるだろう。道具小屋には剪定鋏からアイスドリルまで各季節に必要なものが残されていた。欲しかったのは熊手だが、結局、宝探しをするはめになった。

私が見つけたのはまったく別のものだった。ハンマーの隣に、放棄されたスズメバチの巣がいくつかあったのだ。持ち上げてみると、埃とミリ単位の小さな翅が素材なのかと思うほど軽かった。これで増えつづける大家族を本当に収容できたの？　重さがほとんどない巣が、どうしてこれほど丈夫なの？

その構造を詳しく見るために、私は巣をコテージに持っていった。ひょっとしたらこのコテージ全体が巣の材料だったのかもしれない。南側のドアの塗料が剝がれているのは、スズメバチが齧ったからかもしれない。盗られた材料はごくわずかであり、つくられた作品は最高級だったので、器物損壊だと騒ぐことはできないだろう。世界初の製紙業者がスズメバチだというのも納得だ。ここにあるのは、これまでに見たことがないほど薄い紙で、ランタンのように湾曲している。私はキッチンテーブルにいくつかの巣をそっと置き、外層を取り除いた。ある球体の巣の内部には、六角形のセルが集まった、美しく細工された吊り下げ照明がぶら下がっていた。中が空っぽの巣もあれば、スズメバチの幼虫の死骸が残っているものもあった。成虫になったときには各自の個性が現れ、個体を見分けることができたのだろう。紙をつくる才能を持って生まれ、それで自分の生涯を満たすはずだったのだろう。これは一種の詩ではないだろうか？

半分成長したスズメバチたちが、セル内の〝子ども用ベッド〟に姉妹たちと一緒に横たわっているさまは、とても無垢に見えた。私の姉の孫たちにこれを見せれば、〝花とミツバチ〟の秘密〔性教育のこと〕について教えることができるのだろうか？　若くして死んでしまったが、この幼虫たちは、長い家系に属している。約一億四千万年前、昆虫を食べていた先祖の一部は、空飛ぶ獲物を追いかけるのが嫌になり、代わりに花粉からタンパク質を得ることにした。この結果、花とハチ自身の変身が起こった。

大地に根付いた植物がそのエロティックな要求を満たすためには宅配便が必要だ。この時点まで、花粉を雌しべに運ぶのは風だけだった。けれども風は気まぐれで当てにならず、目的地に到達するためには大量の花粉の放出が必要になる。花粉を集める昆虫は、はるかに優れた宅配業者になった。だが、恐竜の下にある花を見つけるのに難儀していたので、マグノリアと睡蓮は目立つために花びらのスカートで身を包むことにした。他の花もそれに追従し、さらには美味しい蜜まで用意して、昆虫を惹きつける力を高めた。

そのころ、新たに菜食主義者となったスズメバチの祖先に何かが起こった。蜜を吸いやすいように上唇と下顎が変形し、ストローを持つハナバチになったのだ。それ以後一億三千万年間、花は甘くなることで、そしてハナバチは飛ぶことで、両者は互いのニーズを満たす努力をしてきた。これはまるで愛ではないか。いずれにせよ、それは人間が行ってみたいと憧れる楽園をつくり出した。

楽園へのスズメバチの貢献度は定かではないが、一つだけ確かなことは、スズメバチがいなければミツバチもいなかったということだ。スズメバチも蜜が好物なので植物の受粉を助けるし、人間にとって害をなす虫を捕って幼虫に与える。スズメバチの毒は、ミツバチの毒ほど強くない。では、なぜスズメバチは人気を博さなかったのだろう。体毛が少ないからだろうか？

多くの生物にとって毛は重要だ。とくにミツバチの場合、花粉を捉えて運ぶのに必要なのが体毛だ。そして花との壮麗な共同作業が始まる。ミツバチが飛ぶと、二股に分かれた体毛はプラスの電荷を帯びるが、下にある花はマイナスの電荷を帯びる。このため、両者のあいだには小さな力場《りきば》が発生し、両者の接触を激しいものにする。彼らは文字どおり互いをオンにするのだ。

体毛が暖かさを保つという事実は、熱帯地方にいたミツバチにとってはどうでもよかったが、マルハナバチには利点となった。約四千万年前にヒマラヤ地方が隆起し、そこでの気温が急激に下がったため、動物たちは毛皮を発達させた。毛皮のおかげでマルハナバチは丈夫になり、現代でも氷河近くで見かけることができる。ミツバチは気温が摂氏一六℃以下なら巣の中に留まることを選ぶが、マルハナバチはプラス二度になると飛び立とうとする。マルハナバチの女王は、毛皮と体液中のグリセロールのおかげで凍結しにくく、雪に覆われた地面の下でも越冬することができる。

マルハナバチの女王は北向きの斜面の地中で眠ることを好む。目覚めるのが早すぎるのを防ぐためだ。春の太陽が北向きの斜面を暖めるまでに、いくつかの花が咲く。毎年、初めての朝食は伝統的にネコヤナギでとることにしているようだ。その毛むくじゃらの花は、女王自身の毛皮に似ている。雌花はエネルギーに富んだ蜜を、雄花は栄養価の高い花粉を提供してくれる。昨年の交尾後に孕んだ卵を産んで育てるためには、まさに必要なものだ。だが、まずは子どもたちのための安全な家を見つけなければならない。

マルハナバチの女王たちはすでに目覚めているに違いない。雨量計にはまった彼女を発見したあと、私は巣づくりの場所を探しているたくさんのマルハナバチに出会った。

彼女たちが惹きつけられる場所は同じではない。オオマルハナバチの夢の家は、草の断熱材が残っている、空っぽのネズミの巣だ。そのような場所を探すということは、彼女にはネズミと戦う覚悟ができているということだ。一方、アカマルハナバチは高い場所、たとえば古い建物の断熱性のよくない壁を好む。

どんぴしゃり。コテージの隅にある、乾いたレモンバームの茎を何本か取り除くと、すぐそばからブーンという音が聞こえてきた。それから沈黙。数分後にまた羽音が聞こえ、一匹のマルハナバチが壁の下端《したば》に現れた。雨量計から救出したハチと同じく少し赤みがかっていたので、ひょっとしたら同じハチだったのかもしれない。

彼女は私を覚えているだろうか？　驚くことに、マルハナバチは人間を認識できるのだ。このマルハナバチは前年にここで生まれた可能性があるので、ひょっとしたらこの場所だって漠然と覚えていたかもしれない。今、彼女は再び羽目板の下にもぐり込んだ。そこにしばらく留まるつもりなのだろう。私が原稿を持って座る予定だったベンチのすぐそばに。気候のいい半年間、私は屋外で執筆活動に取り組むことにしていた。昆虫たちが発電機《ダイナモ》のように鳴き、太陽が私を充電する。マルハナバチがこのコテージの隅に棲みつくのなら、私たちは静かな仲間になれるだろう。

いずれにせよ、私たち家族と同じ建物に棲みたがっている新しい隣人について知識があることは、私にとって安心材料だった。私はマルハナバチの研究者たちに二重に感謝した。研究熱心なデイヴ・グールソン〔一九六五〜。イギリスの生物学者〕は、飛行を記録する小さな送信機をマルハナバチに装着することさえした。そして他の研究者と同じく、巣の中で起こっていることを観察した。このおかげで、私はこの〝壁の中の生活〟が、この春にどうなるのかを予想することができた。

一部のリスとは異なり、マルハナバチは多くのスペースを必要としない。断熱材だってちょっとあれば充分だ。唯一の家財道具は、彼女の腹の腺から分泌される蠟でつくった小さな壺のコレクション。顎と前足で形を整えたら、さまざまな花からの収穫物で一個ずつ満たしていく。一つだけ、蜜が溢れそうになっている壺がある――彼女が外を飛べない日に備えて。ほかの壺には花粉と蜜を練って詰め、その上で女王は孕んでいた卵をいくつか産み落とす。きちんと卵を壺に詰めると、女王はまるで卵を温める鳥のように、壺の上に覆いかぶさる。

腹部の毛は非常に薄いので、鳥の抱卵斑のように、卵に密着することができる。摂氏三〇℃の温かさが必要なので、彼女は温度を調節する。ただ覆いかぶさっているだけでは充分でない場合、翅の筋肉を震わせて体温を上げる。飛んでいるときも同様に体温が上がるので、彼女は基本的に温血動物である。

このように数日間温めると、幼虫が卵から出てくる。蠟製の壺に保管されていた花粉をお腹いっぱい食べた幼虫は繭をつくり、二、三週間後に小柄なマルハナバチに変身する。繭《まゆ》から出るやいなや、エネルギーを得るために蜜の壺まで這い、次に温かい母親のそばに行ってフニャフニャの翅を乾かす。その年最初のマルハナバチの子どもたちは、まだ最小限のリソースしか持っていないため、数が少なく、非常に小柄だが、母親にとっては緊急ヘルパーとなる。今後、女王は産卵に専念するので、数週間以内に若いマルハナバチの数は数百匹にもなる。

私も家族を迎える計画を立てた。交代でこのコテージを使うにしても、二世代分のスペースが必要になる。そのため、二段ベッドの他に、大工が組み立てたソファベッドが加わった。私は枝を集めて急斜面の手前まで引きずっていき、小さなバリアをつくった。最年少の宿泊客が、これを見て危険な冒険を思いとどまりますように。

一方、壁の中にいるマルハナバチの赤ちゃんは、巣を離れたとたんに保護を受けられなくなる。彼女らは数日間、巣の中にいて新しい蛹《さなぎ》の世話をし、入り口の警備をするが、そのあとは巣から出て、食べ物を集めなくてはならない。幼いマルハナバチにとっては大きすぎる課題だ。外には、マルハナバチの針を枝にこすりつけて落とすことを学んだシジュウカラがいるし、春にはまだ花の数が少ない。天気が乾燥気味なら蜜が不足するかもしれないし、そもそも蜜のありかを見つけること自体が試練だ。

最初の飛行は、オリエンテーションのために巣の周りで小さな円を描くことから始まる。ちゃんと戻ってこられるように、巣の周辺の特徴がマルハナバチの脳に刻印される。事後に巣の周辺で変化が起きると、彼女らは困惑する。たとえば巣の近くに椅子を置いた場合、マルハナバチは脳内地図を調整するために再度オリエンテーション・フライトをする必要がある。そのあとにまた椅子を取り去ると、マルハナバチは再び混乱し、一からプロセスをやりなおす。だから私は、ここでは屋外家具の並べ替えをひんぱんにしないこと、と自分に言い聞かせた。

基本的にマルハナバチはあらゆることに注意を払っている。彼女らの理想は、さまざまな種類の花から花粉を集め、巣の中の幼虫にバランスの取れた食事をとらせることだ。そのためには多様な花を見つけ、巣へ戻らなくてはならない。細部まで認識できる能力のおかげで、マルハナバチは広い領域をカバーしている。彼女らの目には何千もの個眼があり、複数の角度からものを見ることができる。だから飛行中に、距離、速度、ルートに関する情報がわかる。同時に、道路、水路、およびフィールドをランドマークとして現在位置を把握する。その間ずっと触角は地球の電磁場を感知し、また湿度、温度、風のわずかな変化にも反応する。さらにマルハナバチはあらゆる香りを感じ、それが左から来ているのか右から来ているのかを判断できる。触角で花びらの模様《パターン》を探り、花の中に正確におりることができる。

マルハナバチが呑気で気楽な動物だとどうして言えよう？　彼女らは、最先端の飛行機にも搭載していないような航空計器を備えたスーパーパイロットなのだ。この計器のおかげで、激しい横風の中でも時速二五キロでまっすぐに飛ぶことができる。またマルハナバチはすべてのハナバチのなかで最も勤勉で、採取のために一日に七往復し、一往復で四百もの花を訪れる。彼女らは気温の低い朝や夕方にも飛行できるので、その労働はたいてい一日十八時間である。

この効率的な手法《メソッド》は証明されている。マルハナバチは花の生息地五、六ヶ所と、そこの花が最も蜜を出す時間を記憶している。マルハナバチはそれに応じて訪問スケジュールを立て、お気に入りの場所からお気に入りの場所へと合理的に移動する。その花が最近すでに他の虫に訪問されていることを察知すると、すぐに迂回する。花に到着するたびに同じルーチンを繰り返す。吸い上げた蜜を体内の特別な容器に溜め、毛に付いた花粉を後ろ足の花粉袋へと流す。運搬物がハチの体重とほぼ同じになることもあるため、飛行に支障をきたさないよう荷物のバランスを取ることも重要だ。

日が沈みはじめると、ようやくマルハナバチは働くのをやめる。朝に巣を離れるとき、頭頂にある三つの単眼が光の強さを測定し太陽の位置を読み取っていた。同じことが帰路でも起こる。マルハナバチは、どれだけの時間が経過したか、そして太陽に対して今どの角度を取るべきかを知っている。あるマルハナバチは、一〇キロの道のりを二日かけて巣に戻ったという。これを人間に当てはめると、月まで往復旅行したくらいの距離になる。

　では、マルハナバチはそれほど飛べないという奇妙な主張はどこから来たのだろう？　おそらく、空をスイスイ飛ぶトンボや飛行機と比較したからだろう。一方、マルハナバチの翅はヘリコプターのローターのように、あるいは船のオールのように動く。飛行中に前翅の端が上向きになると、気流の渦ができ揚力を得る。このテクニックには弱点もあり、一秒間に羽ばたく回数がレース用モーターバイクの回転数並みなので、大量のエネルギーが必要になることだ。集められた蜜の一部は通常、飛行中に消費される。それゆえ、マルハナバチには大量の蜜が必要なのだ。

この敷地内の花の種類はマルハナバチの好みに合うはずだし、彼女たちもそのことを知っているのだろう。彼女たちの好物はブルーベリー、リンゴンベリー、ヘザー、ブラックベリー、ラズベリーの花。また、古い農地の雑草の花やミントやレモンバーム——巣のすぐそばにもある——などのハーブにも目がない。それからタンポポ。あの黄色の籠には日光で温まった蜜があり、マルハナバチはそこに座るのが好きなようだ。そんなときは私も近くに腰を下ろし、ハチの羽音を楽しんだ。

マルハナバチの全身が楽器だ。翅を動かす筋肉はギターの弦のように震え、一神経衝動《インパルス》ごとに二〇回、翅を上下させる。一秒間では二〇〇回にもなる。この羽音が、腹部や気管からの振動と調和すると、まるで歌のように聞こえる。

そこには動きを描写するリズムもあることに私は気づいた。マルハナバチが花に近づき減速すると低音になり、すぐに音は止む。蜜を吸うからだが、次にまた翅の振動音が増加する。今度は飛び立つためだ。このように音調《トーン》は変化する。

生きるための活動が音調《トーン》をつくりだすことに、私は魅了された。マルハナバチの低音《バス》から蚊の高音《ディスカント》まで、すべての昆虫には独自の周波数がある。目もくらむような羽ばたきの速度が音調《トーン》の高さを決定する。昆虫の翅の一秒あたりの振動回数は、スズメバチが一〇〇回、ミツバチが二〇〇回、ハエが三〇〇回、そして蚊が六〇〇回である。スウェーデンの女性歌手ギャビー・ステンベリ〔一九二三〜二〇一一〕はいくつかの昆虫の羽音を録音し、そこからハ長調の音階をつくった。アブはC、スズメバチはCシャープとD、大きなマルハナバチはDシャープとE、ミツバチはF、別のスズメバチがFシャープ、小さなマルハナバチがGとGシャープとA、ハナアブがBとH、小さなミツバチがC。それらが集まり、ウィングビート・ミュージックの音階を形成した。

マルハナバチは耳がないにもかかわらず、このウィングビート・ミュージックを私よりもよく聞き取ることができる。前述した毛皮のおかげで、あるいは毛皮のように見える器官のおかげで、彼女らは空気中のどんな小さな振動も感じることができる。このため昆虫は人間が聞き取れないほど高い周波数の音を捉えられるし、空気の振動により何かが動いていることも察知できる。それから、恋する気持ちも。蚊のメスは翅の振動音でオスを誘惑するので、念の入ったことに翅には拡声器の機能も付いている。夏の夜にうるさく聞こえるのも不思議ではない。少なくともオスの蚊にとっては甘い音楽であり、両者はすぐに羽音の周波数を同じにしようとする。メスの周波数に合わせることができたオスは交尾へと進める。

マルハナバチの羽音にはすぐに馴染むことができたが、それを予想外の場所でも聞くことになった。ある日、大工小屋で赤いペンキを見つけた私は、コテージの南向きの壁が剝げ落ちていることを思い出した。よし、これを使ってみよう。ペンキを塗りはじめたとたん、二、三匹のハチが目の前に現れた。どこから来たのか見ようとして、私は少し後ずさりした。まるで家の中に入りたがっているかのように、玄関ドアに近づいていく。なぜだろう。しばらくすると、それらが探している入り口がどこなのかわかった。ハチたちはドアのケーシング〔ドア枠と壁の境目を隠すための建具部材〕の中に棲んでいるのだ。

なんてこと、南の壁にマルハナバチと、また別のハチの両方が棲んでいるなんて。じゃあ、今私がやっているペンキ塗りは、まるでハチの巣箱に色を塗るようなものね。私は以前に見た写真を思い出した。古い農家の食器棚さながらに塗装された、スロベニアのハチの巣箱の写真だ。ハチの群れが取り囲んでもよく見えるようにカラフルに塗られ、絵柄は養蜂の情景や聖書の楽園であることが多かった。そのような塗装は所有者を示すと同時に、ミツバチを豊富に飼っていることの自慢ともなる。だが、この家はハチの巣箱にはならないだろう。なぜなら玄関ドアのケーシングの住民はミツバチではなく、単独性のハチだからだ。これはツツハナバチと呼ばれ、アカマルハナバチのように赤みがかった毛をしている。どちらもこの家の壁の色と同じだ。

ツツハナバチたちは去年の夏からそこにいたに違いない。安全な場所で卵を産みたかった一匹のメスが壁の中に入り込んだのだ。マルハナバチの女王も同じ行動を取るが、ツツハナバチの子育ての仕方はまた別だ。ツツハナバチの女王はすべての卵をいくつかの小さなセルに産み落とし、おまけに、おもにカエデとオークの花粉がたっぷり詰まった〝お弁当〟も付けておく。そのあと彼女は子ども部屋を閉じて飛び去る。自分は越冬できなかったとしても、子どもたちは南向きの暖かい壁の中で生き延びることができるだろう。そして、それは実現した。小さな点々は数ヶ月間を静かに耐え抜いた。昨年の花粉の栄養を摂取しながらゆっくり成長するあいだ、このドアを大工たちが何度も通り抜けた。私には、ツツハナバチがこの家に命を吹き込んだように思えた。

ツツハナバチは平和で、とりわけ子どもに優しいハナバチの種だと言われている。単独性のハチは一般的に、守るべき共同の巣を持っているものよりも攻撃性が低い。ツツハナバチの生態は少々謎めいているが、おそらくネコヤナギが開花しはじめたとき、ドアケーシングに棲むハチの何匹かはすでに外に出ていたのだろう。成虫したらすぐに外に出られるように、オスの卵は入り口近くに産み付けられる。次世代をつくるためには、できるだけ早く交尾しなくてはならない。単独行動するハチだが不愛想ではなく、他者に対してとても気を遣うことがある。オスは、「いいわ」という嬉しい返事をもらうまでメスの触角を優しく撫で、その後、肩寄せ合ってひとときを過ごす。その結果としてドアのケーシングは再び子ども部屋になるのだが、春になって彼らが外に飛び出すまで、家に住んでいる人間に存在を気づかれることはない。

一方、コテージの寝室兼居間に隣接するマルハナバチの巣では、この夏に大忙しの家族生活を送ることになるだろう。マルハナバチはたいてい静かな隣人になる。優しいマルハナバチは詩人や児童書作家に愛されており、もっぱら女性的なケア労働をして過ごす。残忍なボスとなるオスは、昆虫の世界にはほとんど存在しない。昆虫では原則として卵を産むメスのほうが大きく、それに加えてマルハナバチの巣は家母長制だ。ただし、マルハナバチの母親は卵を産むのに忙しいため、象一族のように年嵩の家母長に率いられているわけではない。代わりに、娘たちは自分自身と弟妹の世話をしなければならず、夏の終わりまで姉妹と協力し合って遂行する。しかし、その後には、ギリシャ悲劇も真っ青のドラマが待っている。真夏はまだ牧歌的な生活が続くだろう。人間なら暑い日には家の中で昼寝をする。マルハナバチの巣では温度が摂氏三〇度を超えると、数匹が入り口付近で翅を動かし、外の空気を取り入れる。巣の中心ではマルハナバチの母親が、忠実な娘たちから餌をもらいながら、新しい卵の上に横たわっている。

そこでは時間とともにホルモンが変化してゆく。母親が年を取ると、将来のために若い力が必要になる。そのため、娘たちは新しい女王になるいくつかの卵に特別な注意を払いはじめる。この新しい女王たちもまた、将来はオスと交尾して精子を得る必要がある。

この時点では、すべての卵は受精している——昨年の交配後に女王が保存した精子を与えられているのだ。雄バチからの染色体がある卵からはメスが生まれるが、染色体がない場合にはオスが誕生する。そして今、女王は単一の染色体を持つ未受精卵を産みはじめている。

この卵から出てくるマルハナバチが違うことはすぐにわかる。顔にはあごひげやもみあげのような毛が付いているし、求めているものもはっきりしている。巣の外に出た彼らは、ボダイジュの花のような魅惑的な香りを撒き散らす。これはマルハナバチをうっとりとさせる。この香りは連綿と続き、道中の茂みや木々にも香りが残る。

当然のことながら、生まれたばかりの女王は魅力ある男性にたちまち恋をする。マルハナバチはパートナーを刺さないように慎重に交尾する。やがて両者は接続したまま地面に落ちるが、女王の体は新しい生命に満たされている。生き延びたいのなら、越冬の前に力を蓄えなければならない。だから新しい女王はけっして姉妹たちのいる古巣には戻らない。

古巣でも状況は変化している。花がつくる蜜の量は減っていき、マルハナバチの母と娘のあいだの緊張はますます高まっていく。娘たちは女王が未受精卵を産んだことに気づくと、自分たちも同じことをする。巣全体がホルモンの影響を受けているからなのだが、それまでは優しかったマルハナバチの母親が娘たちの出産を知って激怒する。その理由は、娘たちの出産行為がマルハナバチ社会の原則に反しているからかもしれないし、女王にとって娘たちの子どもよりも自分の息子のほうが遺伝的に近いからかもしれない。いずれにせよ、彼女は産卵した娘たちを噛み、その卵を食べ尽くす。それが自分の孫だということは関係ない。娘たちは彼女に群がり、オスの卵を食べることで応戦する。それが自分たちの兄弟だからって、なんだというのだ。

これが生物学的な行動パターンだとしても、やはり悲しい結末だ。傷つき弱った母親がバトルから身を引こうとしても、もはや手遅れ。古典的な悲劇のように、彼女は娘たちに殺されて巣から捨てられるか、荒れ果てた巣に残されて餓死するかのどちらかだ。

唯一の生存者は、すでに巣を離れ、受精に成功した若い女王たちだ。もちろん、その多くは餓死するか食べられる運命にある。あるいは、冬眠中にカビが生えるかもしれない。だが、春の花が咲きはじめるころに目を覚ますものもいる。

家族の中ではどんなドラマでも起こりうる。だが、ドアケーシング内の単独性のハチたちはそのような体験をすることはない。子どもたちはひとりでに育っていくため、集団内の対立が少ないのだ。守るべき次世代や共通の巣がないため、彼女たちは社会的行動を発達させなかった。

単独性のハチは、実際にはミツバチよりも優れた花粉交配者だ。頼れるのは自分だけなので、かなりの問題解決能力を発揮することがある。ある観察によると、一匹の単独性のハチが、巣の候補地から釘を一本、自力で取り除いたそうだ。単独性のハチを集めると、困難な課題をクリアするために助け合うこともある。だが、そんなハチが分業制度のある集団《コロニー》に組み込まれると、熟練の職人を近代工場で働かせるのと同じように、自前の幅広いレパートリーは縮小してしまうそうだ。

独身生活にも家族生活にもそれぞれの利点があるので、ハナバチ類はどちらの生活も楽しめるようだが、それでも孤独を好む傾向がある。スウェーデンで見つかった約三〇〇種のハナバチ類のうち、ミツバチと約四〇種のマルハナバチを除いて、すべてが単独性だ。そして、マルハナバチの社会もまた、たった一匹の女王から始まる。とはいえ、その娘たちは巣に留まる。では、なぜなのだろう？　なぜ娘たちは自分の小さな家族をつくったり、単独性のハチとして独立した生活を選んだりしないのだろう？

子孫を残さずに死ぬ動物はかなりいるので、マルハナバチの娘たちが子どもを持たないことは、それほど奇妙ではない。ここで注目すべきなのは、社会の基盤となっているのが、家に留まりかいがいしく家事をする娘たちだということだ。彼女たちの生き方はシンプルで、必ずしも上から命令されて動いているわけではない。ハナバチの社会は、純粋な愛にも似た謙虚な姉妹愛の上に成り立っている。

　最も協力し合うのはミツバチだ。アリストテレスはこのシステムを理想的なものと見なしたが、それが家母長制だとは信じたくなかった——ミツバチは針という武器を持っているではないか。一七世紀の顕微鏡下でのみ、ミツバチの王は実際には女王であり、怠けているハチがオスであることが明らかになった。だが、支配しているのは女王ではない。では、すべてのミツバチをほぼ有機的なコミュニティに集わせる秩序の源は何だろうか？　各個体がそれを持っているのだろうか、それとももっとミステリアスなものだろうか？

　驚くことに、ミツバチの巣は二つの本質的に異なる世界を結び付けている。一つは共同体が基礎になっているもの。すべてのハチは、女王に触れることで、仲間の世話や巣の建設意欲を刺激する物質を受け取る。彼女たちの体は、巣のさまざまなニーズに容易に適応できる。最年少のハチは幼虫期の妹たちの世話を担当し、タンパク質たっぷりの腺分泌物を幼虫に与える。もう少し成長すると、他のハチが持ち帰った蜜を加工する仕事に就き、このプロセスに必要な酵素を生成する。さらに数週間後、体を採集用のハチに変えるホルモンが生成され、餌を集めるために飛び立つ。ミツバチの体には、何千もの姉妹を助けるために必要なすべてのものが生まれつき備わっている。巣全体はコミュニティに適するようつくられ、ハチはそのハニカム構造の中で進化した。

六面の壁を備えたハニカムは、幾何学上の驚異だ。六角形は、化学の授業で、原子が結び付いて分子になることを説明するために、さらに分子同士が結合してさらに大きなパターンになることを示すために使われる形状だ。ハチの巣のハニカムにも六つの側面があることは実用的な利点がある。各セルは隣接するセルと壁を共有しているため、材料は最小限でよく、重量は均等に分散される。ハニカム構造をつくるハチも、このことを理解しているようだ。弱い部分を修理すれば、同時に他の部分を補強することにもなる。幼虫は元の体重の千倍に成長する可能性があるため、セルは頑丈でなければならない。

では、ミツバチはどうやってこの天才的な六角形構造にたどり着いたのだろう？　最も注目すべき事実は、ミツバチの巣づくりでは六つの壁が自然に発生することだ。マルハナバチの蠟壺とは異なり、ミツバチの巣のセルは一つずつつくられるのではなく、多数のハチが同時に蠟で壁をつくることで構築される。ハチは密接して働くので、各自の蠟は熱で溶け、隣で働くハチの蠟と結合する。同時に一定の距離を保とうとするので、同じサイズの六つの壁ができる。ハニカム構造はハチの共同作業の結果なのだ。

しかし、巣内のセルは、新しい妹たちで満たされるだけではなく、外から運び込まれたものを収容する。それを見つけるためには、巣の中の馴染んだ環境とは大きく異なる世界に、各ハチは飛び出してゆかねばならない。巣の中は狭く、暗く、ひっきりなしに建設工事がおこなわれているが、外の世界は無限で、明るく、絶えず変化している。どうやって帰り道を見つけているのだろう?

マルハナバチ同様、ミツバチは巣から約一〇〇メートル以内であれば自分がどこにいるのかが認識できる。それを超えると、時間と空間の交差点で位置を確認しなければならない。時間は空から伝えられる。巣にいたときからハチは太陽の偏光を観察し、一日には六つの時間帯があることを学ぶ。

その後は土地のランドマークと感覚器官から得た手がかりを組み合わせて現在位置を判断するのだが、これには柔軟性が必要だ。風と天気は変わりつづけ、植物は一週間で変化する。同時に、彼女たちは巣の中にいる姉妹たちとの対話を欠かさない。なぜなら巣の備蓄量が不足すると、花粉の少ない花にも目を向けざるを得ないからだ。このような生活の中で、ミツバチはさまざまな花の種《しゅ》を認識し、現時点で最も多くの花粉を与えてくれる花のありかを探し出す。言い換えれば、彼女たちは経験から学び、そして独自の決定をおこなっているのだ。

遠征者たちが持ち帰った収穫物は巣の中に集められる。そこでは蜜が加工され、花粉はさまざまな色に分類される。また、巣の亀裂を封じるパテもつくられる。おもな材料は樹脂で覆われた落葉樹のつぼみと、針葉樹のヤニだ。このパテには生命のエッセンスが詰まっている。何百もの成分の中には、わずかながら銀や金さえもあるのだ。このパテはウイルスやバクテリアだけでなく真菌も殺すことができるので、侵入者が巣内で死んだ場合、それを覆う消毒剤ともなる。巣を保護する、この奇跡のような物質は、ラテン語で「コミュニティのために」を意味するプロポリスと呼ばれている。

しかし、巣内の最重要物質はこれではない。黄金に輝き、甘く、ハニカム内に集められ、豊かな将来を約束するもの。蜂蜜だ。白いものから琥珀色に輝くもの、銅色のものまでさまざまな色があるが、採取元の花によって蜜の色と香りが異なる。初夏の蜂蜜は薄い色をしているが、秋には濃い色になる。クローバーの花はマイルドな味わいを、ボダイジュの花はフレッシュさを、ヘザーは強いアロマを蜜に与える。

それでも、花だけでは蜂蜜の性質を完全に説明することはできない。プロポリスと同じく、そこには何百もの成分が含まれている。ビタミン、ミネラル、抗酸化物質、乳酸菌、アミノ酸、ギ酸だけでなく、ミツバチによって加えられる特別な酵素がある。蜜はハチの口伝いに巣に運ばれる。したがって、ある糖分子がハニカムに到達する前にかなりの数のハチを経由することになる。このように、蜂蜜の性質はたったひとつのハチや花に起因するわけではない。それは、さまざまな種《しゅ》、個体そして時間の相互作用の賜物だ。

だから蜂蜜にはいつでも特別な輝きがあるのだろう。蜂蜜は、先史時代の洞窟壁画やバビロン時代の文書にも描かれている。旧約聖書では乳と蜜が流れる土地は豊かさの象徴であり、コーランの楽園のビジョンにも登場する。エジプトにおいては、ミツバチは太陽神の涙であり、蜂蜜は長寿をもたらすと考えられていた。確かに蜂蜜は長期保存できるようで、三千年前のエジプトの墓で見つかった蜂蜜でさえも、まだ食べられると主張する人たちがいる。

蜂蜜を取り巻く蠟《ろう》も、人間の文化に広まっていった。絵画にクレヨンをもたらし、彫刻の蠟型鋳造を可能にした。ローマ時代の筆記用具「蠟板《ろうばん》」は、板の表面を蜜蠟《みつろう》で覆ったものだ。板の表面を温めると蜜蠟は再び滑らかになり、また新たに書き込むことができる。蜜蠟は船への浸水を防ぎ、衣服の防水性を高めた。耳栓も蜜蠟でつくられ、オデュッセウスの船員をセイレーンの歌の魔力から救った。イカロスが翼を固定するために使ったのも蜜蠟だが、太陽に近づきすぎると溶けることを忘れていた。太陽が沈むと人々は蜜蠟キャンドルを取り出し、明かりを灯した。そんな夜が何千年も続いた。

北アフリカでベルベル語を話す人たちのあいだでは、ハニカムが太陽と出会うと何か特別なものが生まれるとされている。その特別なものとは何を象徴しているのだろう？　何千本もの花々と、それらへと続く無数の道だろうか？

私がハニカムを実際に見たとき、やはり六角形の個眼を持つミツバチの複眼を思い出した。個眼はバラバラの視点を提供するが、ミツバチはそれらを統合し花への道を見つける。ハチには何かを見たり反応したりするときに作用する神経細胞があり、脳の視覚中枢もこれで構成されている。そのような神経細胞がハチの小さな脳内に九〇万個もあり、お互いにつながっている。世界中の信号を捉えるために、細胞レベルでも協力し合っているようだ。

蜂蜜というのは、無数の共同作業の結晶だ。一匹のハチが三週間かけて集められる蜂蜜の量はたったの小さじ四分の一で、しかもその後は消費により量が減っていく。五〇〇グラムの瓶いっぱいに蜂蜜を集めるためには二〇〇万もの花を訪れる必要がある。

では、なぜそこまで多大な労力をつぎ込むのだろう？　古代ギリシャの神々と同じく、ミツバチは蜜が大好きだ。ハチはそれに酔うことさえできる。発酵すると、そのアルコール含有量は一〇パーセントにもなる。酔っぱらったミツバチは、アルコール依存症解明の手がかりになるのではないかと研究の対象になったことがある。当時の科学者が発見したのは、アルコールはミツバチを大胆にするということだった。カール・フォン・リンネ〔一七〇七～一七七八。スウェーデンの生物学者〕の弟サミュエル〔一七一八～一七九七。スウェーデンの聖職者〕は養蜂に関する本を出版したことがある。彼が蜂蜜にワインを混ぜて自分のミツバチに与えたところ、巣から花粉と蜜を盗もうとした他のハチを撃退するために、ミツバチはいつもより勇敢に戦ったという。一方、ほろ酔いのハチは巣箱に戻る方角を見つけられないことがあり、もし戻れたとしても、酔っぱらいの足を切り落としかねない門番のハチに追い返される。蜜で酔っぱらうなんてとんでもないことだ。蜜は依存症になるべきものではなく、さらに多くの蜜と花粉を集めるエネルギー源であるべきなのだ。蜜はどんどん変化し、最終的には時間と空間を超越したものになる。そのためには協力が必要であり、それはさらに、あるものを必要とする。コミュニケーションだ。

アリストテレスはミツバチが踊っていることに気づいていたが、そのダンスに意味があるとわかったのは二千年後だった。二〇世紀の半ば、カール・フォン・フリッシュ〔一八八六～一九八二。オーストリアの動物学者〕がそのダンスの解釈に成功した。彼が出した結論は、それ自体が複雑な言語であるということだった。

フォン・フリッシュは、知的生活に恵まれながらウィーンで育った。教授を何人も輩出した彼の家庭では、高度な質問をするのは当然のことだった。自分の兄たちと弦楽四重奏団を結成したことで、彼は共同作業の重要性についても認識するようになった。

だが、彼の大きな関心はコミュニケーションについてだった。彼はペットとしてオウムを飼っていた。彼の肩に座り、彼のペンを噛み、そして彼のベッドのそばで眠るのが習慣だった。フォン・フリッシュが毎朝最初にすることは、この鳥に話しかけることだった。この他に一〇〇匹近くの動物を飼っていたので、彼が動物学を目指したのは自然な流れだったのだろう。

彼は魚の研究から始め、徐々にミツバチに重心を移した。どちらの場合も、彼の最初の関心は動物の感覚だった。魚にとっては味覚と聴覚が最も重要で、ミツバチの場合は嗅覚と色彩認識が必須だった。ミツバチは香りに導かれて花に近づき、色や形で花の種類を認識する。とくに、輪郭の強弱の区別は重要だ。

フォン・フリッシュの研究チームは、ミツバチが時間についても感知していることに気づいた。特定の時間だけ砂糖水を置くようにすると、何匹ものミツバチがその時間になると姿を現す。私たちと同じように、ミツバチもニュースを伝えられるのだ。ミツバチには独自のコミュニケーション方法があるに違いない。フォン・フリッシュはその研究を深めることにした。

だが、彼の研究が進む一方で、人間社会は最大の崩壊の一つに向かっていた。ドイツでナチズムが広がり、やがて世界大戦とホロコーストが始まった。当時フォン・フリッシュはミュンヘン大学教授として熱心に研究に取り組んでいたので、鉤十字が刻印された手紙が研究所に到着するまで、外の世界の出来事はほとんど鈍い雑音のようなものだった。手紙を開けると、短いメッセージがあった。四分の一ユダヤ人である彼を教授職から解任すると。

それは二重の打撃だった。もし彼が大学からいなくなれば、突破口に差し掛かろうとしていた研究も中断されるだろう。彼の研究グループ内ではミツバチ社会と同じくらい協力が重要であるため、何人かの有名な同僚が彼の在任許可を懇願したが無駄だった。

代わりに救援に来たのがドイツのミツバチだった。ミツバチの腸に寄生しその体を食べる微胞子虫ノゼマの大流行により、ミツバチの数は激減していた。ノゼマの冷酷な攻撃は、ヨーロッパにおけるナチスの侵攻と同じくらい破滅的だった。すでに二五〇億匹のミツバチが死んでいた。

ミツバチは生態学上、重要な動物だ。人間の食料の大部分はその活動に依存している。一九四〇年代のドイツでは戦争のため食料不足がすでに問題となっており、事態は深刻になるばかりだった。同時に、ソビエト連邦がミツバチを訓練し優れた結果を出しているという噂が伝わってきた。ドイツも同じことをすべきではないか？　ミツバチは、その社会のために自己を犠牲にする模範的な市民ではないか。ドイツ政府の観点からは、ミツバチの言語に関するフォン・フリッシュの研究はどうでもよかったが、食料増産につながりそうな応用研究は重要だった。フォン・フリッシュは寄生虫の問題を解決できるかもしれない。この希望のもとに彼の解任は延期された。そして、寄生虫対策以外の研究も許された。

皮肉な状況だった。暗号解読の専門家が敵のメッセージを読もうと奮闘する一方、フォン・フリッシュは人間以外の言語を探しつづけていた。

新しい言語を学ぶには時間がかかる。とくに、これまで見聞きしたこともない言語であればなおさらだ。しかし、フォン・フリッシュと同僚は徐々に巣箱内のコミュニケーションを調べられるようになっていった。

ミツバチのコミュニケーションの最重要事項は花だ。花の情報は香りとなってふわふわと漂い、他の動物でも理解できる。それに対し、花に関するミツバチの言語は、芸術とも呼べる洗練されたコードだ。

その言語は、花の蜜と花粉について質と量の双方を説明する。それから、その花に到達するまでの道筋も。ハチは巣のハニカム（巣板）の上で踊り、シンボルで地図をつくり、情報を伝える。単純な円は近くの花を表す。8の字を描けば、花が遠くにあることを意味する。ダンスの長さは、その花までの距離、つまり飛行に必要な時間とエネルギーを示す。たとえば逆風に向かって飛んでいく場合、多くのエネルギーが必要となる。花のある方角は、8の字の真ん中を通る線（中心線）で示される。巣板は地面に対し垂直につくられるので、ハチが描く中心線が真上に向かえば「太陽に向かって飛べ」という合図であり、真下に向かえばその反対の意味になる。また、鉛直上方が常に太陽の位置を表すため、中心線が鉛直より三〇度右向きに伸びれば、花のある方向もやはり太陽から三十度右側だということになる。

ミツバチは尻を振りながら、方向、移動時間、花についての情報を伝える。激しく尻を振る場合は、蜜と花粉の質がよいことを意味する。同時に巣にある備蓄も考慮し、不足している場合には、蜜や花粉が豊富でない花についての情報も伝える。ミツバチのダンスはもっぱら距離に関するものだが、細部の情報も詰まっている。

光の中にある情報を暗闇の中で伝えるには、振動が有効だ。ハニカム上を動くとき、ミツバチは翅を動かす筋肉を震わせる。ミツバチの翅は、たたまれている状態でも、飛んでいるときと同じ周波数を出すことができる。こうして目的地までの情報を伝えているのだが、これはダンスとは別の言語だ。一秒間に三〇回の振動と一時停止《ポーズ》と速度変化をミックスした、ミツバチ版モールス信号。ミツバチは踊りながら、いくつもの言語を組み合わせているのだ。それらの言語は、花への道を説明するだけではない。たとえば巣が暑くなりすぎると、ミツバチは蜜や花粉ではなく水滴を持って帰り、巣を冷却する。ハチたちが水滴の上で翅を動かすと、一種の空調が働く。水滴がもっと必要な場合は、ダンスを通して水場《みずば》への道を説明する。

実際、周囲の環境に関することならどんなことでもダンスで伝えることができる。古い女王が巣のミツバチの半分を連れて新しいコロニーを形成するとき、一時的に群れ（分封群）をつくって休むが、営巣前のこの段階では周囲の情報を集めることが重要だ。それにはきちんとした手順があり、まずは偵察バチを派遣する。偵察バチの報告事項は幅広い。営巣しようとする場所の大きさはどれくらいか？　乾燥の程度はどうか、それに他の虫はいないか？　使い残しのハニカムはないか？　入り口の穴はどのような状態か？　花や水場までの距離は？　このすべてが、ダンスによって説明される。

営巣候補地が木の洞の場合、その容積は非常に重要だ。偵察バチは壁面を系統立てて調査するのに四〇分を費やすこともある。洞の断面の一つを構成する複雑な多角形の線の長さと角度をそれぞれ記憶し、その断面全体を想像しながら角度間の変化を継続的にチェックし、それらの長さを記憶して、横断面を想像する。入り口となる穴も同様に測定する。近くに水場があることも重要だ。だが、偵察バチが提案した水場が湖の対岸だったような場合、地元の状況をよく知っている他のハチに却下されることもある。

このように分封群をつくっているとき、ダンスは花以外のことを説明する。しかも、場所とその周辺の情報は正確でなければならないので、多くのミツバチが偵察に出て、提案を持ち帰る。どの提案も慎重に検討されるが、ミツバチ間でし烈な競争が起きることはない。お互いに影響し合いながら支持者を増やそうとしているからだ。最終的には、最も支持者が多かった数匹のハチが群れを率いて営巣地に落ち着く。

つまり、ミツバチはギリシャ人がその言葉をつくる前から、独自の民主主義を採っていた。ハチの社会で決定を下すのは一個体ではなく全員だ。かつては王様バチが巣を支配していると信じられていたが、それはあくまでも空想だった。ハチのコミュニケーションは一種の対話であり、偵察バチが帰還すると熱心な大衆が取り囲む。議論するのは緊急の問題だけなので、巣に必要なものがすべて揃っている場合、ダンスは起こらない。ハチは楽しみのために踊るのではない。ダンスは生きていくうえでの諸条件に対応するためのツールなのだ。

ダンスは地球上のほぼすべての場所で発生し、さまざまな目的を持つ。それは求愛行為や宗教儀式の一部かもしれない。共同体意識を高めることもあれば、芸術になることもある。このような側面のいくつかは、ミツバチの踊りの中に垣間見ることができる。求愛行為のように栄養物質の受け渡しがあり、宗教儀式のように神秘的な団結の要素もある。振り付けには確立したステップがあるが、フォークダンスや方言のように地域差もある。

ミツバチは、周囲の動きをあらゆる感覚を使って解釈する。だからダンスは、ミツバチにふさわしい洗練された言語なのだ。昆虫の羽ばたきは、私には何かがぼやけているようにしか見えないが、ミツバチにはそれが一秒間に二〇〇〇回の振動であっても見ることができる。ミツバチ向けに映画を製作する場合、毎秒二十四コマでは不充分だ。動きが滑らかだと感じてもらうためには、その一〇倍の速度が必要になる。

ある意味、ミツバチは現実主義者なのだ。その感覚は自然にとても調和しているので、三角形や正方形のような抽象的な形はなんの意味もなく、それに気づかないことさえある。かつて研究者たちは、ピカソとモネの絵を区別するようハトを訓練し、ハトはそれに応えた。だがミツバチの目に映るのは、強い輪郭と弱い輪郭の違いだけだろう。花にはその違いがよく見られるからだ。

さらにミツバチは触角を通じて、花の形も匂いも感知するため、両者が脳内で混じることになる。巣箱の暗闇の中でダンスが披露されれば、近くにいるミツバチは実際にその匂いを感じることができるが、花の描写とそこに至る道順の説明を受けたハチの心にも情景が広がる。丸い形と角ばった形では匂いのシグナルが異なるため、この二つは別のものだと認識される。このように、ダンスが描く情景は鮮やかに変化し、感覚の中で立体的に表現される。

これにより、詩と測量が融合した、香り高く数学的な言語が誕生する。数学ではすべてが純粋で、余計なものはなく、抽象的だが正確だ。一方、詩では、感覚を刺激する連想と言葉の理解が前提になっている。語られないことで言葉のあいだに緊張感が生まれ、花とミツバチの関係のように振動する。ミツバチの踊りは、花の内部という小さなものから、風や天候を含む大きな風景についての自然描写だ。そして、詩的かつ正確な地図を用いて、他のハチにすべての情報を伝えることができる。

何より重要なことは、この言語は共同体とともにあることだ。一匹のミツバチが助けを求めるなど、仲間にある行動を促したい場合、彼女はただちに特定のにおいをもつ物質、すなわちフェロモンを放出する。このような素早い呼びかけは、言語の始まりであることが多い。では、その後はどうなるのだろう？　その言語は数匹のハチのあいだで発展するのだろうか？　さらには巣全体にまで広がるのだろうか？　それとも言語は分業、たとえば蜜を集めるなど現在よりも先のことを見越したタスクを処理するためにつくられたのだろうか？　おそらく、どれも部分的には正解なのだろう。いずれにせよ、ミツバチは精巧でユニークな言語が生まれる過程を示してくれた。

ミツバチの言語の発見はセンセーションを巻き起こし、一九七三年にフォン・フリッシュはノーベル生理学・医学賞を受賞した。この年は彼だけでなく、やはり動物の行動を研究していたコンラート・ローレンツとニコ・ティンバーゲンも共同受賞した。生物学では長いあいだ種《しゅ》の決定が主要関心事だったが、もはやミツバチはただ昆虫に属するだけではなくなった。そのダンスは言語理論の一部にも取り入れられるようになった。

昆虫が複雑なコミュニケーションを実行しているという発見は革命的だったが、それはまた厄介な問題を引き起こした。私たち人間は長いあいだ、言語が使えるがゆえに他の動物よりも優れているのだと考えていた。ところが、私たちだけが高等な生物ではないようなのだ。

フォン・フリッシュがミツバチの言語を研究するあいだ、高等生物とは何かという問題は巧妙に悪用された。ナチスは人種を高度なものと低度なものに振り分けたが、この行為は倫理にも科学にも反しており、深刻な結果をもたらした。一方で、いかにその言語が洗練されていようとも、他の動物が高度に進化していることを認めるのには抵抗があった。そのため、問題は棚上げされた。

当時、ミツバチが置かれた状況は悪化の一途をたどっていた。それまでミツバチは畑や水路がある小さな世界で野花のあいだを飛びまわっていたのだが、戦争が終わると、小さな家族経営の農場は、やたらと農薬を使用する産業型農場に転換していった。これは予想外の結果をたびたびもたらした。たとえば、防カビ剤は殺虫剤の効果を倍増させることがある。害虫はすぐに農薬に耐性を持つようになったが、虫を食べる鳥は苦しみはじめた。ミツバチも同様だった。ＤＤＴは発売禁止になったが地中には残っていて、ミツバチが集めた花粉でも成分が見つかった。

もちろん、消費社会におけるミツバチの価値は知れ渡っていたので、養蜂も産業化された。現在では何百万ものミツバチ社会が人の手によって管理され、マルハナバチでさえ原材料並みの扱いを受けている。温室栽培のトマトとベリーを受粉させるため、ミツバチは箱に詰められたあと長距離トラックに載せられ、ガタガタと揺られながら大陸を横断することになった。単一栽培《モノカルチャー》の広大な畑は、新しい農薬で味付けした均一的な食品を提供する。ミツバチの抵抗力が急激に低下したのも不思議ではない。腸内寄生虫であるノゼマと吸血ダニであるミツバチヘギイタダニが手を組み、野生のミツバチにさえ病気を広めた。野生のミツバチは、野外から巣への帰り道を見つけるのが困難になった。さらに悪いことに、ヨーロッパのミツバチとマルハナバチの数は七五パーセントも減少し、米国のマルハナバチの九〇パーセントは姿を消した。花粉を運ぶミツバチがいなくなることは、人類にとっても大惨事を意味する。

それは農薬、単一栽培《モノカルチャー》、またはストレスの多い輸送のせいだろうか？　ミツバチの方向感覚は携帯電話の基地局によって妨げられているのだろうか？　そして気候変動も影響している？　おそらく、これらすべての組み合わせの結果だろう。

都会では農薬が少ないため、一部の地域では建物の屋根にハチの巣箱を設置することにした。実際、ノートルダムなどの大聖堂にも設置されている。だが、マルハナバチと野生のミツバチは民家の庭などに逃げることを選んだ。ミツバチの数は牧草地では減っているが、住宅地では増えている。蜂蜜産業の施設では蛍光灯の下で次々と交尾させられるが、木々の茂る庭ではそんな目には遭わないし、好きな花も選ぶことができる。

ドア付近にいた単独性のハチたちは、やがて姿を消した。春の日差しの中で乱舞したあと、別々の道を選んだのだろう。彼女たちは他のハチと情報を共有する必要がないので、ミツバチの言語のような独自言語を開発していないかもしれない。それでも、他のすべてのハナバチのように、彼女たちも花、採粉、そして記憶について独自の内的世界を持っているのだろう。あのハチたちは、周囲の世界をよく理解しているようだった。ドアのケーシングから飛び出していくときはいつだって、目的地をはっきりと意識しているかのようだった。そして、タンポポが東に咲いていることをお互いに伝えなかったとしても、彼らが優れた花粉交配者であることには違いない。どこで花が咲いているかを個々のハチが知っているだけで充分なのだ。

壁の中に棲むアカマルハナバチの場合、最初の子どもは五月に出現した。成長するために充分な食料がなかったからだろう、どれもみな気の毒なほど小さく見えた。だが同時にとてもエネルギッシュだった。幅一メートルの芝生の道が、コテージに接しながらドアまで続いていたので、私が親譲りの電動芝刈り機で草刈りをしようとすると、憤慨した小さな警備隊が壁から飛び出してきた。芝刈り機の振動が、壁の中の住民を驚かせたのだろう。おまけに、彼らのテリトリーは明らかに拡大していた。

この敷地に関する地図は彼らの頭の中で完成していたのだろう。では私の姿はどのように描写されているのだろう？　私たちの感覚は異なっている。同じ花に見とれたとしても、かすかな匂いや強い匂いが織りなす風景に入っていくことは、私にはできない。匂いはハチのコミュニケーションの一部なので、ハチは訪れた花にも自分たちのにおいを残していく。

人間とハチのカラースペクトルも少しばかり異なる。ハチには赤色が見えないので、その世界はわずかに青みがかっている。その代わりに紫外線を感知できるので、蜜が溜まっている花の中心は黒っぽく映り、ヒナギクは青緑色にきらめく。

ハチの体の大きさは人間の千分の一だが、両者の世界観は基本的に似通っている。マルハナバチの個体を区別するために小さな数字をくっつけていた研究者によると、驚くことにハチは人間を識別できるという。ひょっとしたら今、あるマルハナバチの脳内で私の姿が生きているのだろうか？　マルハナバチの脳は塩一粒ほどもないが、それでも数十万もの神経細胞があり、におい、音、光の微妙な違いさえ記憶し、その結果、一辺が一キロメートルの地図を作製することができる。これは身近なものと遠大なものの統合であり、詩だけが生みだせるものだ。実際、私が探していたのはマルハナバチの視点ではないだろうか。私の右耳には小さな傷があり、まるで小さな昆虫が羽ばたいているかのように見える。「小さなパイロットが私の耳にいる」と考えると、少し嬉しくなる。

まだ実証はされていないが、マルハナバチの感覚と感情は関係していると考えられている。ある実験によると、閉じ込められたミツバチは恐怖を感じるという。解放されなければパニックになり、化学物質が血液中に充満して死ぬことさえある。他の実験では、かなりの揺れにさらされると無関心になることが判明した。箱に詰め込まれ、長距離トラックで輸送されることが、なぜハチにとってよくないのか、私にはやっとわかった。身の周りで起こっているあらゆることがハチの感情を刺激する可能性があると、研究者たちは結論づけている。

そしてついに、人間はミツバチにも意識があることを認めることになった。ミツバチの高度な言語が発見されてから半世紀後の二〇一二年、神経科学と認知科学の先進的研究者たちが、いわゆる「意識に関するケンブリッジ宣言」を公表したのだ。そこには科学的かつ客観的精神が記されている。「人間以外の動物が神経解剖学的、神経化学的、および神経生理学的に意識を持ちうることは、一貫した証拠が示している」。つまり、意識を持つための必要条件を備えているのは人間だけではなく、他の生物にも見られるのだ。

　実際、これはミツバチの言語の発見よりも衝撃的な報告だった。意識は長いあいだ人間特有のものだと考えられてきたが、それが否定されたことになる。研究者たちは悠久の時間を遡り、物理的な意識の源を探した。地球で最初の意識を持った有機体は、五億四千万年前に生きていた節足動物の祖先だと考えられている。

　科学的にはこう説明されている。中枢神経系には何らかの脳が必要になるが、脊椎動物と昆虫では、その〝脳〟は拡大した神経節の形を取っていた。この器官は感覚を処理・調整し、生き物に一定の行動を取らせる。そして生き物はその経験から学ぶようになった。簡単に言えば、経験を主観的に捉えることは、生きていくうえでの難事を乗り切るために重要だったのだ。したがって、神経系を持つ動物は原則的に、恐怖、怒り、安全、親密さなどを感じることができる。

　私はコーヒーカップをベンチから取り上げた。そのすぐそばを、空飛ぶ小さな隣人たちが通り過ぎる。これは本日六回目の旅行で、今から二千本目の花を訪れるのかもしれない。彼らの一ミリほどの頭の中で何が起こっているのかはわからないが、過小評価は禁物だ。実験によると、蜜の上に蓋をかぶせてもマルハナバチはそれを外すなど、これまで経験したことのない問題でも解決できること、そしてお互いから素早く学ぶことが証明されている。褒美に蜜が与えられた場合、大きなボールを転がして指定された場所に運ぶなど、普通の生活ではありえないような偉業でも達成する。マルハナバチを心理テストしたある研究者は、才能ある五歳児と同じIQを被験者に与えたそうだ。私はこの話を最初はうなずきながら読んでいたが、やがて疑問が湧いてきた。この研究者は、マルハナバチの生活にどれくらい精通していたのだろう？　動物のIQテストは今でもおこなわれているが、それは自然環境から遠く離れた実験室の中でだ。その研究者は、マルハナバチの正確なナビゲーション能力と、蜜が最も豊富な花を最初に訪問する計画性に気づいていたのだろうか？　マルハナバチの社会を組織化する能力や、厳しい生活を生き抜く能力を理解していたのだろうか？　もしそうなら、研究者がマルハナバチと比較した五歳児は天才だったに違いない。ところで、マルハナバチが作成したIQテストで正確に知性を測ってもらえる人間なんているのだろうか？

　その夜、コテージの中に入ると、南の壁で羽音が聞こえた。マルハナバチが翅を振動させ、空調と暖房システムを稼働しているのだろうか？　それとも何か別のことが起こっているのだろうか？　マルハナバチは巣の中で踊らないが、コミュニケーションはする。特別な花について注意喚起したいときは、蜜のサンプルを持ち帰る。巣の備蓄量が充分でなければ、フェロモンを出したり、ちょっとつついたり飛んだりして「ついておいで」という合図を出し、仲間を条件のよい場所に連れていく。

　壁の中ではひっきりなしに何かが起こっていたようだ。休むということを知らないのだろうか？　彼女たちのブンブンという会話は一晩中続き、私のすぐそばで何かがホバリングしているかのようだった。彼女たちの会話の対象すべてが私の関心事なので、私はそれに参加したかった。この夏には誕生と死、平和な生活と災難が次々に起こり、小さな叙事詩となるだろう。その巣はミツバチの巣よりずっと小さいのに、ちゃんと蜂蜜があるのだ。けれどもそれは一夏だけあればいいので保存が利かず、砂糖水のように薄いという。夏が終わると、マルハナバチ一家のほぼ全員が姿を消すだろう。それでも、この壁の中には蜂蜜を入れる小さな壺がいくつか残るはずだ。私のためでないことはわかっているが、それでも秘密の宝物のように思えた。

マルハナバチが花咲く食料庫に留まっているあいだ、私はキッチンで夕食にパンを食べた。キャビネットには液体蜂蜜の瓶が置いてあり、ガーデニングのエキスパートである姉は、折れた枝の傷んだ部分にそれを塗るようにアドバイスした。確かにそれは効くのだろう。蜂蜜は植物界で採れる、世界で最も栄養価の高い物質の一つなのだから。

ドーナッツ状の堅焼きパンに液体蜂蜜を塗ると、真ん中の穴から流れ落ちてしまった。それを見てハニカムを思い出した。六つの壁を持つセルがずらりと並ぶ光景。そう、私だって壁に取り囲まれている。このコテージも六つの側面でできている――ただし、形はサイコロだが。

私が子どものころ、夜はボードゲームをして過ごすことが多かった。私はゲーム自体にはそれほど興味はなかったが、家族親戚《ファミリー》が集まるのは楽しかったので、喜んで参加していた。テーブルの周りに座るのは、私の母、彼女の妹、私の姉、そして私で、ちょっとした家母長制を表していた。私以外の人たちは、母方の祖父から数学的なゲーム愛を受け継いでおり、ゲームの展開に大いに夢中になっていた。一方、私は自分の考えに浸っていて、サイコロへの興味が尽きることはなかった。その六つの面には別々の価値があるのに、ゲームを前進させることができるのだ。1や2の目が出たときは、小さいことの意味を考えた。小さな一歩ずつでも、忍耐力があれば目的地にたどり着く。3か4が出たときには、中庸について考えた。エキサイティングな響きはないが、統計上、平均値は重要な意味を持つ。5はさっさと前進できることを意味し、6が出ればボーナスとしてルートを何コマも飛び越すことができた。これは追い風のようなものだが、自分ではコントロールできないものであり、急変することもある。私はボードゲームをしながら人生について考えていた。

五千年前の動物の骨のサイコロが見つかっているので、この構造に魅了されたのは私だけでないことは確かだ。どの面にも独自の価値があり、互いに補完し合っている。反対の面の数を足すと、どれも同じ数字になる。1足す6は7で、4足す3も7、5足す2も7になる。7は多くの文脈で使われる奇数だ。人は七つの海を航海し、世界には七つの驚異がある。虹には七つの色があり、一週間は七日だ。美徳も大罪も七つあり、スウェーデン語でナナホシテントウは「聖母マリアの侍女」を意味する。自然界では、多くの鳥が七まで数えることができると考えられている。おそらく七は脳が容易に把握できる数なのだろう。

サイコロとミツバチを視覚的に関連付けてみると、1の目は巣の入り口を連想させ、6の目の対称的な列は六角形のセルが並ぶハニカムに似ている。ミツバチはまた、一日の時間帯を六つに分けていることから、六までは数えられるとされている。それ以上の時間帯にまたがる場合は「いつでも」になり、そこには多くの異なる生命が詰まっている。始まりは孤独な女王バチだったが、彼女から一つの社会が誕生した。マルハナバチの巣の寿命は一夏《ひと》だけだが、ミツバチの巣箱では、みんなが集めた蜂蜜のおかげで、気温が低下しても生活が続いている。

一見単純なことが、人の交流を図ることがある。それは一個のサイコロかもしれない。やがて私のファミリーの関心は、ボードゲームから、もっと芸術的なガラス玉ゲームに徐々に移っていったが、それもまた、みんなが集まる口実となった。音楽、ダンス、詩にも、人の絆を深める何かがある。そしてミツバチの生活の中にも、音楽、ダンス、詩の片鱗がある。

蜂蜜を塗ったパンは、夕方の光の中で食べることにした。昆虫が翅全体を震わせる音が聞こえてくる。私には理解できないメロディーが、さまざまな場所で、ほとんど見えない体からつくり出されている。だが、彼らは実在する。あなたが探し出す気になり、別のスケールに順応しさえすれば。

第四章　アリの壁

ハチと太陽神との結び付きを推察するのは難しくない〔ギリシャ神話の太陽神アポロンの息子アリスタイオスは養蜂の神である〕。ハチは光の中で動きまわり、蜜から栄養を得、空を飛びながら音楽を奏でる。花の内面とさまざまな方角をダンスで伝えるという、独自の言語を持っている。その助けを借りて作成した物質には数百万秒が詰まっている。その生活は詩をまとっている。詩人のように孤独を好むもの（単独性のハチ）もいれば、大きな集団で生きることを望むもの（社会性のハチ）もいる。そしてどちらにも利点があることを証明している。

一方、ハチの遠い親戚は、文字どおり地に足が着いた生活を選び、社会をつくることにした。彼らには翅がなく、色も識別できず、花との会話もなく、花粉を付着させる毛もない。単独で長い冒険をすることは稀で、列をつくってひたすら行進する。その生活には空を飛ぶこともダンスの披露もない。私は彼らも愛せるだろうか？　とにかく、理解するために全力

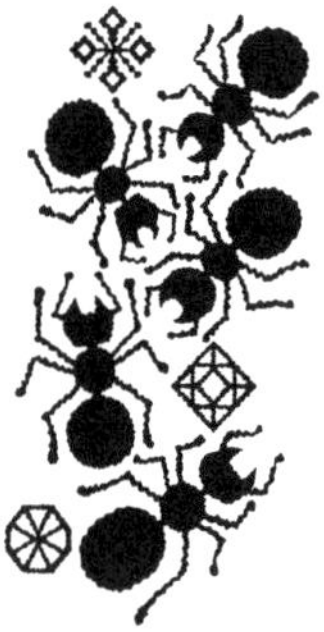

を尽くすことにしよう。

もちろん、この春にはアリの存在に気づいていた。冬眠から目覚めた直後のアリにはエネルギーが必要だ。今回は、シラカバの樹液だけでは充分でなかったようだ。なんとコテージの反対側の壁からパントリーのにおいを嗅ぎつけ、そこへたどり着き、開いた紙パックのジュースの中に落ちてしまった。私は危うくそのジュースを飲んでしまうところだった。その後、砂糖を入れていた金属製の容器の中にもアリが入っているのを見つけた。彼らは本当にどこにでも入り込んだ。

キッチンにアリのキャラバン隊がいるなんて御免こうむる。私は砂糖をボウルに入れ、コテージから離れた場所に置いた。たとえきれい好きな種族がいたとしても、アリとはキッチンを共有したくない。ところが不思議なことに、そのボウルが忽然と姿を消してしまったのだ。これをアリのせいにするのは理不尽というものだろう。

どうしてなのだろう？　なぜ私は、マルハナバチと同じくらいアリに対して温かい気持ちを持てないのだろう？　両者とも昆虫を食べる狩りバチの子孫だが、そのライフスタイルは大いに異なる。ハチはさまざまな生き方を試してきたが、アリは地中での禁欲的な共同生活に固執している。マルハナバチがリス並みに動きまわる一方、アリは地下のコロニーでハダカデバネズミのような生活を送っている。

地下生活は確かに安全だろう。だが、アリの繁栄の秘訣は、その数と結束力だ。数が多ければ多いほど、種《しゅ》が生き延びるチャンスは高まる。今日、一万四千の種が知られているが、未知の種も同じくらいあると考えられている。種ごとに独自の巣モデルを選択しているため、さまざまな環境に適応し、生息地は熱帯から冷帯まで広がっている。現時点で存在するアリの総数は、ビッグバン以後の秒数よりも多い。

ミツバチは滅亡の危機にさらされているが、アリは大丈夫なようだ。インターネットでは、たいていの場合、「害虫駆除」という見出しの下にアリの記述がある。これほど強烈な言葉遣いをしないサイトでは、アリの苦手なもの——シナモン、胡椒、にんにく、重曹——を並べ、アリの通り道に置くとバリアの働きをすると説明している。このキッチン向けの解決策だ。もっと過激な対策は、アンティシメックス社製の美味しい毒を少量使うことだそうだ。仲間思いのアリは素直にこれを巣に運ぶが、それを食べた女王は死ぬ。そして女王なしでは、アリ社会は自動的に崩壊する。私は、アリがもっと厄介になった場合に備えて、これをメモしておいた。

アリ社会の拡大は私を苛つかせるが、これには既視感がある。人間の人口増加とライフスタイルの都市化だ。ハチの巣は小さな村のような、牧歌的な小規模の集落だ。一方、アリ社会はまるで大都市だ。体のサイズを人間並みにすれば、その都市はロンドンやニューヨークよりも大きいかもしれない。この敷地内でのアリの地下社会の全貌はわからないが、私の両足の下には何万もの命があることだろう。

アリの地下生活は構造化されていて、とてもエネルギッシュだ。そこには集会場所、通路、倉庫、それに大寝室があり、みな忙しく走りまわっている。卵と蛹には暖かさが必要なので、育児室は最上階にある。寒さを好むアリはおらず、冬眠のあとには春の日差しに駆け寄り、かじかんだ関節を温める。この結果、巣に少々暖かさを持ち帰ることになる。誰もがすっくと立てるようになると、コロニー拡大の作業が始まる。

実際、分封の時季になると、アリとミツバチにはいくつかの類似点が見られる。アリも偵察隊を派遣して見込みのある場所を見つけ、においで道しるべをつくったのち、さまざまな提案を比較する。それがどのように機能するのかは私には不明だが、一種の民主主義なのだろう。

ウチのアリたちが目を向けたエリアは明らかだった。一つは古い浄化槽を覆う木製のフレームと蓋の中だった。地面を数センチ掘り下げたところに金属製の円い蓋があり、その下が貯水タンクになっている。金属製の蓋の周囲はコンクリートで囲まれ、その上部――地面と同じ高さ――に木枠が敷かれ、そこに木製の蓋がかぶせてある。私が木製の蓋を持ち上げると、卵と蛹《さなぎ》と世話係のアリが、金属製の蓋とその周囲の土の上に群がっていた。木製の蓋と枠に亜麻仁油を塗布するつもりだった私は、しばらくそこに立ち、この問題を解決する方法を考えた。一方、アリは時間を無駄にしなかった。すぐに隊列をつくり、強烈な日差しを避けるために卵と蛹を移動させた。優れた共同作業の結果、コンクリートの壁をつたって木枠まで育児室全体を運び上げると、わずかな隙間からすべてを押し込んだ。三十分後、アリの姿は見えなくなった。

問題は解決した。安心した私は木製の蓋を戻した。だが、次にそれを開けてみると、アリは再び金属蓋周辺に陣取っていた。蛹と卵は元の場所に戻され、きれいに並べられていた。だが、また日光に当たってしまうと、前回と同じプロセスが繰り返された。

この調和の取れた組織《オーガニゼーション》の働きぶりは印象的だった。まるで大きな生命体《オーガニズム》の小さな器官のようだ。そのとき、私はこれらの言葉の関連性に気づいた。生命体《オーガニズム》とは、自分で自分を組織化《オーガナイズ》できるシステムのことなのだ。

ところが、アリの組織《オーガニゼーション》に対する私の高評価は、あることによって打ち砕かれた。連中は私の執筆小屋にまで侵入したのだ。見えにくい場所だったので気づくまでに時間がかかったが、室内の壁には、天井から床まで絶え間なく流れるアリの小川ができあがっていた。遠くから見たときは漢字かと思った。とはいえ飾り文字は、その意味するものがわかるまでは、どれも同じに見えるものだが。言語の習得にそれほど熱心ではない私でも、言葉を扱う執筆小屋に書かれたメッセージを理解できないことは、少々しゃくにさわった。ミツバチのダンスについての知識は役に立ちそうにない。アリにはまた別のコミュニケーション・システムがあるのだから。

アリたちは、あの執筆小屋でいったい何をしていたのだろう？　ただ誰かについていっているようにしか見えなかった。二、三センチ先しか見えず、形よりも動きの認識が容易な近

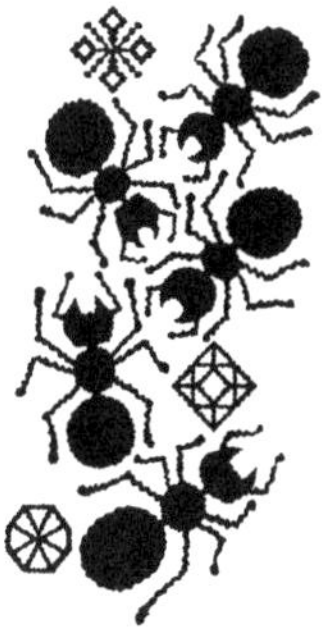

眼の生き物にとっては、そのほうが安心なのだろう。とはいえ、アリは自分で道を見つけることができる。アリの筋肉は、ある地点から別の地点まで、どのように動いたのかを覚えているので、それに太陽の位置を利用して巣に帰る道を判断する。そして、体の腺から発するにおい物質フェロモンを道に残すことができる。

あらゆる生命体《オーガニズム》はフェロモンを持っており、ミツバチはそれを使って助けを求めたり、行動を促したりする。だがアリの場合、フェロモンは独自の言語に発展した。各フェロモンには特定の効果があるため、それらを組み合わせてさらに多くの意味を表すことができる。また、一定の間隔で放出するとモールス信号にもなる。二〇以上もの「フェロモン単語」を解読したアリの研究者は、そこにはある種の文法があるようだと語っている。

さらに、フェロモンの単純なメッセージは、それらが放出されてから経過した時間に応じて、別の時制になったり強調になったりする。急速に消えるコールもあれば、長く残る道しるべもあり、後者の効果は絶大だ。探索から戻ってきたアリは、何かを運んでいる場合にのみにおいを残す。においがないということは、もうそこへ行く必要がないという意味だ。

フェロモンを発する状況とその強弱もフェロモン信号に意味を与える。巣の近くの警告シグナルは「攻撃しろ」という意味だが、巣から離れた場所で放たれると「逃げろ」という意味になる。弱いシグナルは「もっと労働力が必要だ」という協力要請だが、強いシグナルは襲撃を知らせるアラームになる。分子構造を少し変えると、そのフェロモンは自分たちのコロニー内でのみ通じる暗号にもなる。

さらに、フェロモン言語は音や動きと組み合わせることができる。波板状《なみいた》の腹部をこすってきしむ音を出すアリもいれば、リズミカルに揺れるものや、さらには大顎《おおあご》を噛みしめるものもいる。強調したい場合は、触角で他のアリを優しく叩く。巣が攻撃された際には、共鳴するものに頭をぶつけ、素早く警報を発する。

そして、さまざまな信号を発するだけでなく、それらを受信する方法も非常に洗練されている。フェロモンを捉えるのは触角だが、関節ごとに認識できるにおいが異なる。ある関節は自分の巣のにおいを感じ、別の関節は仲間のにおいの軌跡を捉える。また、出会ったアリの年齢を読む関節もあるし、アリ社会にアイデンティティを与える女王のにおいに敏感な関節もある。巣、未踏の道、接する仲間の性格、そして自分自身のアイデンティティ――これらすべてが和音のように響き合う。

ミツバチ同様、アリの触角はにおいと感触を捉える。それらが混じり合うと、ほぼ三次元の画像が浮かび上がる。近景と遠景、はっきりした形とぼやけた形が入り混じった、浮き彫りの風景画だ。アリはこの風景画とともに歩きまわり、においを印した大きな地図をつくる。アリの進路には、さまざまなバクテリアや菌類のにおいが満ちている。そして攻撃者または獲物のどちらかである昆虫のにおいも。アリは視覚も利用して道を見つける。ある研究によると、年長のアリが若いアリと一緒に歩き、途中で立ち止まって、経験の浅い妹にランドマーク――小さな松かさや、茂みの下の日陰など――を見つけさせたそうだ。

アリを取り巻くフェロモンの雲は、残念ながら漫画にあるような「吹き出し」ではないので、すぐそばで重要な情報交換がおこなわれていても私にはわからない。この執筆小屋を説明するにしても、彼女らのやり方は私とは異なる。感覚は世界観の基になる。壁を這うアリの隊列を見ながら考えたことは、私の言語はどれほど視覚と聴覚に頼っているかということだった。それは、目に見える記号と耳で聞こえる音で構築されていて、連想力を使わないと、感覚、味、においを感じることができない。だから香水の宣伝には、挑発的かエレガントか潑溂とした女性の写真が使われる。ワインの説明には、尖った鉛筆から厩舎まで、ありとあらゆる比喩が使われる。

アリにとっては簡単なことだ。アリは多様なアロマをつくり出すことができ、その数は私たちの香水やワインの数に匹敵する。それに言葉という迂回路を通らないので正確さを保てる。アリのフェロモン言語と比較すると、私たちの文字《アルファベット》は抽象的で〝つくりもの〟という感じがする。確かに、そのとおりなのだが。

豊かな感覚でつくりあげられた言語の傍らに座った私は、疎外感を覚えた。この疎外感だってかすかな振動となり、アリの前肢に到達するかもしれない。アリの膝付近には一種の聴覚器官だってあるのだ。そのとき、聴覚障害がありながらパーカッションの名手であるエヴェリン・グレニー〔一九六五〜。イギリスの音楽家〕のことを思いだした。コンサートでは裸足になり、足裏で音波を捉えるという。私もやってみたが、何も感じられなかった。

壁を這うキャラバンの推進要因の一つは、味だったかもしれない。アリは口と口を合わせて挨拶し、自分の収穫物を与え、その情報を共有する。この寛大な口づたいの挨拶を「吐き戻し」と呼ぶのはふさわしくない。それどころか、キスの起源に連なるのではないか。ある理論によれば、キスは、母親が噛みつぶした食べ物を赤ちゃんに口移しする行為から発展し、ついには親密さを表す身体表現になったという。いずれにせよ、アリの口の挨拶は何かを与

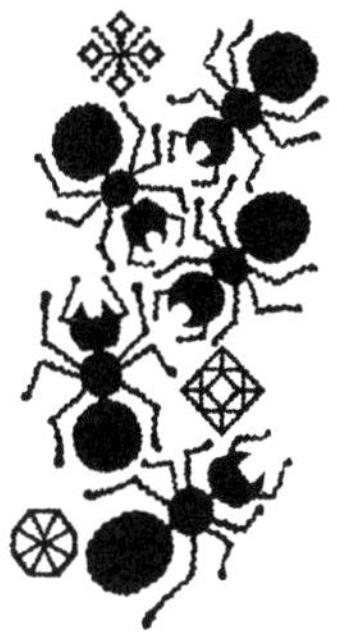

えると同時にメッセージを伝えるシステムでもある。実際、伝えることと与えることにはつながりがある。アリにとってこの二つは融合し、一つの挨拶行動となった。食べ物の発見を伝えるときには開いた顎を揺らすのだが、その姿はまるで食べ物を分け与えようとしているかのように見える。

アリの挨拶がまるで赤ちゃんに離乳食を与えるようだというのは、少々感動的でさえあり、アリの相互の世話ぶりを語っているようにも見える。アリは腐敗臭を感じるまで、死んだ仲間の世話を続けることがある。その後、死体はコロニーから離れたゴミ捨て場に急いで運ばれる。ある研究者が、死体のにおいを生きているアリに移したところ、明らかな抵抗を示したにもかかわらず、生きているアリもすぐに運び去られた。そのにおいは死を意味するのだ――そしてアリの世界では、においは真実を伝える。

それでも、アリは騙すためにフェロモン言語を使うこともある。私たちと同じように嘘をつくのだ。たとえば狡猾なアリは他の巣に忍び込み、「攻撃だ、逃げろ！」というシグナルを出す。その後、巣が空になると難なく侵入して幼虫を盗み、それを奴隷に育て上げる。

嘘は、ルール違反とはいえ洗練された言語使用法だ。他人の反応が予測できるから他人を操作しようとするのだ。利己的な理由からでも嘘をつこうと思えば、自分のことばかり考えているわけにはいかない。アリが嘘をつけるというのは、他者の考えを理解している証拠なのだ。

アリの初歩的な言葉について考えれば考えるほど、その多様性に気づかされる。道を教えることもできれば、警報を出すこともできる。食べ物に関する情報を与えたり、連帯を示したりすることもできる。環境に順応し、グループ内の役割を示すこともできる。さらに、嘘をつくこともあれば、秘密情報を暗号化することさえできる。獰猛な性格で知られる、アフリカのグンタイアリの隊列が遠征するとき、先頭を行く偵察部隊は、後続の主要部隊に指示を与えるために道ににおいを残す。「ここで待て」、「前進しろ」、「獲物を取り囲め」。アリの言語についての驚異はまだあり、アリの言語は数学的だと主張する数人の研究者がいる。ある種のアリは、言語と円周率を組み合わせて表面積を測定しているようなのだ。

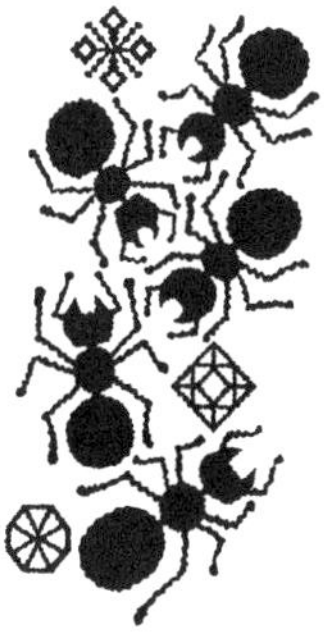

外では雨が降っていて、雨音が聞こえてくるが、その合間にハンマーを打つ音も聞こえる。大工が、姉の寝室となる予定の一〇平米の小さな小屋にモールディングを釘で打ち付けているのだ。ありがたいことに、私は折に触れて、ラス（金網）やさねはぎ板などの建材について大工から話を聞くことができた。前の所有者が気前よく、あらゆるものを大工小屋に残していってくれたので、私は執筆時間の合間に整理整頓することにした。客観的で明確な名前と機能を持つ道具類は、「ぜひとも分類して」と私に呼びかける。あらゆるサイズののみ、ペンチ、やすり、ドリル、釘、ねじなどを順序よく並べるのは気持ちがよかった。そこで勢いづいた私は、壊れた電気コードや乾いたペンキ缶など、邪魔になるものを処分した。私は長いあいだ、自分の人生の乱雑ぶりを正したいと思っていたが、代わりにこの大工小屋を整理することになった。

　人生についての言葉は簡単に選別できない。あいまいな境界線、意外な連想、多くの側面がある。そんな言葉から、真に安定したものを構築するのは難しい。最近の哲学者は、言語を抽象的にすることでその問題を解決しているが、それで本当に自分の人生を見つめることができるのだろうか。なぜなら、全体像を見るにはある程度距離を置くことが必要だからだ。私はそう信じているからこそ、大きなテーマの本を書くときには一人になりたいのだ。言語が持つ社会的な側面に集中力を削がれたくないのだ。これが、今まで隠れ家のような執筆場所を探してきた理由だ。

ロマンチックな青春時代、人生の問題なんて一夏《ひと》で解決できると信じていた私は、はるか遠い場所へ旅することにした。自分は島を愛する女だとも信じていたので、行けそうな範囲でいちばん孤立した島はどこかと探した。ある旅行会社がスウェーデンの西海岸でロビンソン・クルーソー・ウィークを企画したとき、私はすぐさま連絡した。旅行会社はテント、食料、ボートを手配し、参加者は岩だらけの無人島で孤独な一週間を過ごす。これこそ私の求めるもの、と当時の私は思った。無人島、水平線、自由。

そこへのボートの旅で知ったのだが、このロビンソン・クルーソー・ウィーク企画において、私は二重の意味で特異な存在だった。それまで応募してきたのは元戦場記者だけだったが、あまりにひどい雷雨のため、一週間も経たないうちに岩だらけのその島から退散したそうだ。

島に上陸し、ボートが去ったあと、私は供給された品々をじっくり見てみた。テントとポリ容器のウォータータンクの他に、もっぱら保存食が入っているフニャフニャの防水バッグ。これが今週のお楽しみというわけか。あまりに重かったので、ひとまず荷物は浜辺に置いて、この小さな島を見てまわることにした。

それは都会の対極だった。誰の所有物でもなく、隠者が住みつきそうな場所。厳しい自然環境に耐えるために木々はしゃがみ込み、林ではなく茂みをつくっている。轟音を立てながら島にぶつかる波が引くと、ヘビの棲み処となる岩場や急斜面が現れた。ビーチの端にはボートの板が散乱し、そのあいだに小さなフルートのような鳥の骨が落ちていた。板が当たったようで、翼部分の骨がバラバラに壊れている。この吹きさらしの島で信じられないことが起こったに違いない。島の真ん中にある大岩は割れていて、稲妻が残した煤《すす》の筋が何本もある。私はそこまで荷物を引きずっていき、割れ目の中にできた小さな草地にテントを設営した。

このあとは何をしよう？　人生について考察するのはちょっと抽象的に思えたので、私は具体的な仕事、つまり缶詰を使った夕食の支度をすることにした。防水バッグの中には保存食の他にキャンプ用の調理器具があり、私はそれを地面に置いた。着火は難しく、どうにか炎を出すことはできたが、それは爬虫類のように現れるのも消えるのも早かった。同時に、刺激臭のする液体が一筋、地面に落ちた。それから私の両手にも。灯油缶が漏れていたのだ。

火熾しを諦めた私は、海で手を洗おうとしたが、途中で立ち止まった。水辺の滑らかな岩はアザラシでいっぱいだったのだ。夏のビーチの水泳客と同じくらいぎゅうぎゅう詰めだったが、外見は怠惰そうでもアザラシは警戒心が強く、少しでも危険を感じると海に飛び込むのだった。彼らを刺激してはいけないと思い、私は静かに撤退した。

私が島に上陸したときすでに雲が広がりはじめていたが、空気はまだ暖かかった。私がこの小さな島を二周し終えたころ、雨が降りはじめた。テントに入ったのに水滴が落ちてくる。テントも漏れているのだ。

雲がすっぽりと島を覆い、辺りは急激に暗くなった。だが突然、再び明るくなったかと思うと、カモメの鳴き声と雷鳴が混じり合って聞こえてきた。稲妻が海に落ちたに違いない。だがそれはたんなる前奏曲だった。稲妻は次々に落ち、強風を相手に大きな音を出す競争を始めた。

私はそれまで雷を怖いと思ったことがなかった。それどころか、別居パートナーの別荘の窓際で雷ショーを鑑賞するのが好きだった。しかし、今回は違う。稲妻の下、テントのジッパーが、濡れた草地に打ち付けたペグに当たり、目覚まし時計のような音を出す。口に入ってきた水の味で、この辺りは金属鉱物が多いことがわかる。テントの生地から滴り落ちる水滴が、水時計となって無限の時間を計っている。雷の光は、この島で何かを探しているようだ。

一時間後、口唇潰瘍ができてしまい、目の下に痛みが走った。人生って何なんだろう？　心臓を動かしたり筋肉を収縮させたりする神経内の弱いインパルスは、電気によって乱されることがある。私は寒さに震えていた。私は自由が欲しかっただけなのに、一人ぼっちで置き去りにされるなんて。

夜にまた雷鳴が始まったとき、私は海岸沿いの小さな村に密集して建っている家にこもりたくて仕方なくなった。全地球史を通じて、集団に属することは安全を意味してきた。島の周辺ではニシンが群れになって泳ぎ、互いに体を寄せ合ったり、波にしぶきを落としたりしているだろう。一方、私の旅仲間は、テントに迷い込んだ一匹のアリだけだった。

そのとき、昆虫でさえ恐怖を感じるのだと私は思った。現在ではこのことは証明されている。自分を保護してくれるコミュニティの外にいた彼女は、この感情で押しつぶされそうだったに違いない。

私たちがお互いを慰めることができるとは思えなかった。私が他者の考えを解釈するために使っていたのはもっぱら話し声か、さもなくばピイピイとかゴロゴロとかワンワンとかヒーンという鳴き声だった。この他に、目くばせや顔の表情やジェスチャーを使って、他者の感情に反応することもできた。だが、アリ相手ではそれは不可能だ。サイエンスフィクションでは、エイリアンでさえ人間的なプロポーションと特徴を備えている。つまり、腕と脚が二本ずつあり、鼻と口の外側に一対の耳を持っている。言語だと思われる音を出して相互に意思疎通し、おまけにどうにか人間を理解しているようなのだ。だが、地上の小さな、しかも独特の外見を持った生き物は、人間とはあまりにも違っていて、出会ったところで何も起こらないように思えた。

　そのアリの体は本当に奇妙だった。キチン質の骨格はメタリックな輝きを放っていたし、その目は小さいだけでなく複眼だったので、彼女とアイコンタクトを取ることは叶わなかった。アリについて私が持っていた知識は、もっぱら本で読んだものだった。たとえば、スウェーデンの昆虫学者カール・リンドロート〔一九〇五～一九七九〕は、エマという名のアリが主人公の児童書を刊行していた。そのアリの生活は事実に基づいていたので、私の生物学の先生はその一部を声に出して読んでくれた。その中で、勇気あるエマはアリジゴクや他のアリの幼虫を盗んで奴隷に仕立て上げるアカヤマアリ、寄生バチなどに遭遇し、最終的には彼女自身も迷子になる。エマの片方の触角の関節の一つは壊れているのだが、これは、出生時に彼女を繭から引き抜いたお世話係が不注意だったためだ。このテントの中にいるアリにもそんな不運があったのだろうか？　今、彼女は何を感じているのだろう？　この数年後、アリの脳の拡大レントゲン写真を見る機会があった。脳の領域ごとに違う色が付けられていて、教会のステンドグラスのように輝いていた。また、昆虫の心臓が動いているレントゲン動画も見たことがある。私の心臓とはまるで違うが、それでも同じくらい力強く脈打っていた。

　そのアリは、彼女の理解を超えたテントの隅で、麻痺したかのようにじっとしていた。この暗い夜空の下では、どちらもちっぽけな存在だった。そのため、彼女は私にとって孤独の象徴となった。どちらも自身の意思でここに来たという事実は、私たちに一種の連帯感を与えた。ここには私と彼女しかいない。同時に、不安を抱えた私の心に「No man is an island」という諺が浸み込んできた。「誰も孤島ではない」ということは、人は孤立して生きられないという意味だ。私が育ったストックホルムは島々が橋でつながっている都会だ。街全体をつくるそれらの橋は、まるで生き物のように、種《しゅ》の境界線を越えて延びている。

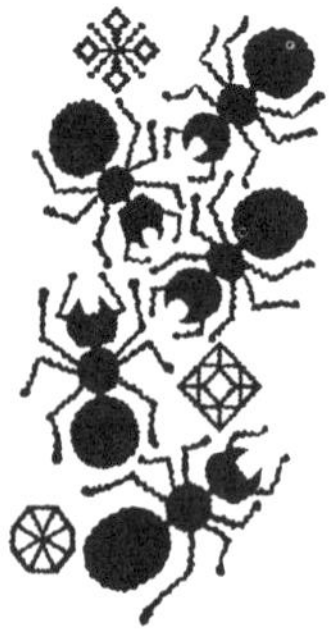

アリと実存的な問題を組み合わせるのは、作家にとって目新しいことではなかった。その小ささは、巨大な宇宙の中でのか弱さを表し、その数が多すぎることは、個体の無意味さを強調している。絶えず出産する女王は、そのにおいを用いて娘たちを生かしておくことがで

きる。これは、実存についての最大の問題を提起する。私たち人間もそうではないのか？　私たちの人生を支配する神々をつくりあげたのは、私たち自身ではないのか？

このような疑問が、一九一一年にノーベル文学賞を受賞したベルギーの作家モーリス・メーテルリンクの頭から離れることはなかった。私は文学史の授業で、メーテルリンクの戯曲『三人の盲いた娘たち』と、これに影響を受けたとされるサミュエル・ベケットの『ゴドーを待ちながら』を比較したことがある。どちらの劇も、リーダーを永遠に待ちつづけることを中心に展開する。メーテルリンクの劇では、待っていた人たちは盲目だったため、リーダーはとくに不可欠だった。だが、リーダーはすぐそばにいたというのに、彼女たちには見えなかった。しかも彼は死んでいた。

メーテルリンクは象徴主義的な舞台劇でとくに有名だが、生物学に関する優れたエッセイを何冊も書いている。熱心な養蜂家だったので、最初の本は彼のミツバチに捧げられた。一九二〇年代に映画の脚本を依頼されたときには、ミツバチを主人公にしようとしてプロデューサーを震え上がらせたくらいなのに、自著の中では、単独性のハナバチ類についてはかなり軽蔑的な発言をしている。そのようなハチは、偏狭なエゴイズムを捨てて兄弟愛を持つべきだというのだ。「偏狭なエゴイズム」も「兄弟愛」もハナバチ類にはふさわしくないので、この言葉遣いには少々首を傾げるが、メーテルリンクはミツバチの生活を称賛したかったのだと私は解している。

メーテルリンクはさらにアリを理想化し、一九三〇年にはアリの生活に関するエッセイも執筆している。象徴主義者として、彼はごく単純なアリ塚の中に人間の運命を見た。私たちは人生の秘密についてほとんど知らないではないか——そう、アリと同じくらいに。この見解はそれほど象徴主義的ではなく、この本に書いてある事実はどれもたいそう魅力的だったので、私はアリに興味を持つようになった。

メーテルリンクが描くアリの生活は美しい。始まりは、小さくて見逃しそうな卵だ。他のアリが絶えずそれを舐め、栄養を与えている。おそらくアリ社会が誕生したのは、常に子孫の世話をする必要があったからだろうとメーテルリンクは考えた。人間社会の起源についても同様の説があったため、彼の目には、卵から出てきたばかりの幼虫はほとんど人間の姿に見えた。顕微鏡で観察すると、幼虫は不機嫌かつ人を見下した赤ん坊にそっくりだった。また、エジプトイチジクの棺桶に入れられたフード付きミイラに似ているものもあった。卵はどれも同じに見えたが、女王が誕生する卵は別だった。

繭から出たばかりの女王アリの両脇には、ベールのようなもの——翅——が垂れ下がっていた。あとからこの記述について考えてみた私は、感銘を覚えた。なぜならこの翅は、アリの先祖からの記憶だからだ。翅を持つものは、ただ一日、たった一回の決定的瞬間のために、何百万年もの大地に縛られた生活を拒否する。アリの日常生活のはるか上空を数分間、夢中になって飛ぶことで、女王は新たな生活の源になる。

それは毎年、五時から八時のあいだの非常に特別な午後に起こる。雨が地面を柔らかくしたあと、太陽が再び輝き、空気の湿度は七〇パーセントになる。どうしてなのかは謎だが、アリには必ずわかるのだ。夕方になり、若き女王がエスコートされて地表に赴くと、アリの巣は興奮に湧きたつ。

空について何も知らない彼女たちを、翅は自動的に持ち上げる。空中にいるのは一匹だけではなく、その地域の新生女王が勢揃いしている。同時に、彼女たちを受精させる翅のある王子たちも。まるでその地域の全アリ社会が協力して、近親交配を減らそうとしているかのようだ。

誰かが合図を出しているのだろうか？　そんなことはなく、適切な時間と適切な天気を察知する原始的な感覚があるだけだ。空飛ぶアリが雲となって上昇する先には、お腹を空かせた鳥たちが旋回している。見えない炎から立ち上るその雲は日暮れまで浮遊するが、いつまでもそこにいるとコウモリの餌になってしまう。数千匹のアリの女王のうち、その日を生き残るのは数パーセントであり、オスの運命はもっと悲惨だ。交尾後、鳥に食べられずに地上に戻れたとしても、かつて同じ巣にいた働きアリに殺されるかもしれない。なぜなら、オスの役目はこの日一日だけだからだ。熱狂的な興奮の中で、オスは命を千倍にするチャンスを与えられた。しかし、昼のあとには夜が来るのと同じように、死が生のすぐあとにやってくる。数が増えすぎるのを防ぐために。

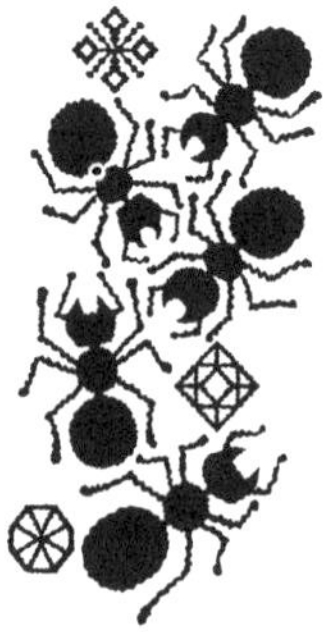

この交尾飛行がメーテルリンクを魅了した理由が理解できた。それは、生と死に挟まれた実存的な光点なのだ。ミツバチの交尾飛行もアリ同様に激しいものだが、群れにはならない。女王バチは、かつてないほど大胆に上昇することによって、オスバチをテストする。これはハチの通常の飛行高度を超えており、地上にいる人間の目には、ただの点にしか見えない。オスバチが他のハチよりも優れた視力を持っている理由は、この瞬間のためだ。女王を見

失ってはいけない。彼女についていき、最も高く飛べるものだけが、交尾を許されるのだ――ただし命と引き換えに。アクロバティックな交尾行為により、彼の内臓は体から引き抜かれる。女王の体内が生命で満ちる一方、オスは地面に墜落する。

一方、アリの交尾飛行は強さのテストであり、飛べない日常生活とは劇的な対照をなす。メーテルリンクはそれを田舎の結婚式と表現した。そこで女王が翅を脱ぎ捨てるのは、ウェディングドレスが脱落したようなものだ。そのあとには披露宴などない。自分自身とこれから生まれる命を守るため、女王はすぐに湿った地面に穴を掘る。実際には、自分用の刑務所を掘っているようなものなのだが。これ以後はその暗い地中で、何年もじっとしたまま、体内に宿った命を産みつづけるのだ。

彼女はまず少数の卵を産む。そして、土壌のバクテリアに感染しないように、栄養と抗生物質の入った唾液で丁寧に卵を舐める。だが彼女の体力は衰えつつあるので、注意深く世話した卵のいくつかを食べなければならない。彼女の体の中には、まだ何百万もの精子が蓄えられている。これからは、心臓が脈打つように、定期的に受精卵を産むことが彼女の生涯の仕事なのだ。

何百万もの精子を蓄える……私は黙って計算した。アリの女王の寿命は二〇年以上で、たとえ全精子のほんの一部しか受精できないとしても、何十万もの新しいアリが誕生することになる。アリがどこにでもいるのは不思議ではない。交尾飛行に参加した女王アリの九九パーセントは出産することなく死ぬが、生き残った女王は大量出産するので、アリ社会は存続する。人間と同じように、アリも幼い子どもを保護し世話をする。そうすることによって、他の種《しゅ》では死亡率の高い幼児期を乗り切ることができる。

メーテルリンクの目に映ったアリ社会は、人間がつくることのできなかった理想の共和国だった——なにせ構成員全員が姉妹の家母長制なのだから。彼にとってアリとは、利他精神に満ち、地球で最も勇気があり、寛大で、献身的で、尊敬すべき生き物だった。誰かが共有資産を必要以上に取ると、コミュニティ全体に影響が及ぶので、連帯と平和がアリにとって重要になった。他のアリのコミュニティに会うのは、友好的なスポーツ大会やゲーム大会に参加するときだけだ……と彼は考えた。

ここを読んだ私は、メーテルリンクがアリを理想化していることに気づいた。確かにアリはコミュニティ内では平和を維持するが、外の世界に対しては縄張り本能を発揮する。メーテルリンクが友好的なゲームかスポーツ大会と見なしたものを、昆虫学者は縄張り争いの前の威嚇行為だと解釈している。確かにその威嚇行為は非常に儀式化されているため、トーナメントと呼ばれている。何百匹ものアリが、他のアリを脅すためにできる限りのことをする。前足を鎌のように上げ、可能ならば砂粒の上に立ち、できるだけ体を大きく見せようとする。

だが、それはたんなるゲームではない。小さなコロニーのもとに大きなコロニーが押し寄せた場合、アリたちは急いで巣に戻り、入り口を警備する。片方がより強いことが証明されると、トーナメントはたちまち襲撃と化す。そして女王が殺されてしまうと、そのコロニーのアリたちは奴隷になる。

アリ社会と人間社会にはいくつもの類似点があると言われているが、はたして本当なのだろうか。リリパット〔『ガリバー旅行記』に登場する小人族〕の世界から提示された鏡像は、小さすぎて見えにくいような気がする。人間が文明を持つようになったのは、言葉を話す喉頭と道具を使う手があるからという説明をよく聞く。だが、アリは喉頭も手もないのに、われわ

れよりも何百万年も前から社会を組織してきた。におい、味、振動で明確にコミュニケーションが取れ、顎は手のように確実にものを掴むことができる。その顎の力を使えば体重の二十倍もの重さの荷物を引きずることができ、何匹かのアリが協力すれば手の五本指のような働きをする。協力が高度な社会への道を拓くことを、他のどの動物よりもアリは証明している。

その証明方法は、アリの種類ごとにユニークだ。たとえばツムギアリは、木の葉をくっつけて巣をつくる。一枚の葉であれば、一匹のアリが顎と後ろ足で葉を掴み、それを曲げることができる。しかし、二枚の葉をくっつけるにはチームワークが必要だ。アリ1が一枚目の葉を掴み、アリ2がアリ1の下半身を掴み、アリ3がアリ2の下半身を……というように連なり、二枚目の葉に到達する。葉と葉のあいだには、このようなアリの鎖があり、ときどき一緒に編み込まれることがある。そして、やっと二枚の葉の両端が重なると、次の問題が発生する。葉同士を固定しなければならない。解決策は、繭をつくる幼虫を連れてくることだ。アリは幼虫を顎でくわえて運んでくると、葉の端で前後に揺する。すると幼虫は粘着性のある糸を吐き出す。このように、成長途中の幼虫は生きた道具になる。木の葉を貼り合わせた巣が絹のきらめきを持つ巨大な繭に見えるまで、共同作業は続く。

アリは自分の体を建築材料として使うこともできる。ヒアリは大勢が寄り集まり、小さな筏《いかだ》となって水面に浮く。熱帯地方のグンタイアリも寄り集まって巨大なテントを形成することができる。テントの中心に女王を据え、敵から護るためだ。また、このテント内では温度と湿度の調整ができる。さらに、アリは周囲の素材をも利用する。アシナガアリ属は、多孔質の葉をスポンジに変え、液状の餌を輸送する。言い換えれば、アリも道具を使うことができるのだ。

このように、体長数センチの昆虫だって高度な社会を形成することができる。しかも、人間がそれを達成するずっと以前に。人類は約一万年前に農耕を始めたが、そのころアリはすでに五千年も地球を耕しており、その他多くの活動にも携わっていた。

たとえばテキサスに棲むいわゆる収穫アリ〔植物の種子を収穫して、巣に貯蔵する習性を持つアリ〕は、特定の草を餌にしているので、それが効率よく育つように他の植物を伐採している。極細の藁でもアリにとっては樹木に相当し、砂粒はブロック石になるので、収穫アリにとっては重労働のはずだ。さらに洗練されているのはハキリアリだ。餌となる菌類を育てるためには大量の木の葉が必要なので、ハキリアリは大規模に葉を収穫し処理する。毎日、何千匹もの働きアリがさまざまな収穫現場に向かい、葉を切り落とし、さらに小さな部分に分ける。働きアリの数は多く、よく組織化されているので、一日あれば一本の木から葉を全部落とすことができる。そのあとは、アリの隊列が整然と収穫物を〝菌類栽培所〟に運ぶ。木の葉はアリよりも大きいので、あたかも緑の点が連なって地面を流れているように見える。一キロにも及ぶアリの小道では、特殊な道路工事アリが絶えず障害物を取り除いている。小型のアリが葉の上にちょこんと乗っている姿は、まるで干し草のカートに乗った子どものようだが、これは寄生虫から葉を守る非常に重要な警備員なのだ。

このあとの工程は、まるでベルトコンベヤーで運ぶように進行する。コロニーに戻ると、葉の断片は何百もの地下室に運ばれる。アリのサイズを人間に換算すれば、その部屋の大きさと数はまるで大型工場だろう。菌類は二酸化炭素を放出するので、アリは換気システムさえ構築した。葉を噛み砕いて基質〔栄養源〕にまで分解し、菌類に与えているアリにとって、二酸化炭素が多い環境は危険だからだ。せっかく収穫した葉でも農薬が多くて菌類に有害だと判明した場合、働きアリはただちに収穫場所を変更する。地下の栽培所にいるアリは非常に注意深く、菌類に自分たちの好物ではない外来種が交じっていないか定期的にチェックする。排泄物を肥料として使うだけでなく、ハキリアリは成長ホルモンと、微生物に対する一種の抗生物質を菌類に与える――これらは両方ともアリの体から生産されたものだ。プロセスの最後に廃棄物の処理があるのだが、これを担当するのは死期間近の老いた働きアリ。まるで人間社会の製造業のように、すべてが組織化されている。

アリが何百万年もやってきたのは栽培だけではない。人間よりずっと前から、アリは牧畜も実践してきた。その家畜とは、とても小さな動物アブラムシ。樹液を食べるアブラムシは甘くてエネルギーに富んだ分泌物を出す。甘露《ハニーデュー》という婉曲的な名前で呼ばれているが、これはアリ版の蜂蜜《ハニー》ではなく、小さな虫の排泄物のことだ。アリはアブラムシを触角で熱心に撫でて甘露を〝搾乳〟し、人間の酪農場に匹敵するくらいの量を集める。明らかにアリはそれを家畜と見なしている。テントウムシがアブラムシを食べようとすると、アリは害獣と見なして攻撃する。翅のあるアブラムシが生まれてくると、人間が家禽の羽を切るのと同じように、アリはそれを引き裂く。ケアリは、冬はアブラムシの卵を巣で保管し、春になると適切な草地に運び出すことまでする。

ゴマシジミ属の青い蝶の幼虫も甘露を生成するため、一部のアリはこれらの幼虫を巣に持ち帰り、甘い分泌物と引き換えにアリ自身の卵を与え栄養を付けさせる。冬のあいだ、この蝶の幼虫はアリの巣の中で保護されて蛹になり、春になると蝶に変身し、アリに護衛されて巣の外に出る。

アリは甘露を手に入れるためにはけっして手間を惜しまないようだ。だが、アリ自身はほとんど食べず、ある程度の水分が土壌にある限り、食物なしで数ヶ月または一年も生きることができる。一方で自分たちの幼虫のためには、アブラムシの分泌物をせっせと集め、体内の特別な袋に入れて運ぶ。なんと一《ひと》夏に十キロの分泌物を集めることができるのだ。幼虫にはタンパク質が必要なので、さまざまな虫――ハエ、蚊、蝶、カブトムシ、ミミズ、クモ、ヤスデなど――を巣に引きずり込む。これらの虫の幼虫は、若いアリにとって栄養たっぷりのご馳走となる。毎年、一つのアリのコロニーに何百万もの虫が引きずり込まれると言う。犠牲者が抵抗する場合、ギ酸を投与しておとなしくさせる。ギ酸は非常に効果的であるため、養蜂家や鳥も利用するが、その場合はダニなどの寄生虫駆除が目的だ。ムクドリは、アリ塚の住民が酸を吐くことを期待して、そこに座ることがある。ときにはアリをくちばしでくわえ、羽になすりつけることさえある。アリ塚は自然界の薬局なのだ。

確かに、アリ社会はあらゆる点で高度に組織化された社会だ。その特徴の合計は、人間社会をしのぐのではないか。人間が歴史の表舞台に登場する前から、アリは何百万年ものあいだ、農耕、畜産、道具、そして産業社会を築いていた。地球上で最初に文明をつくったのは人間ではない。それはアリだ。

もちろん、先進社会はその代償を払っている。たとえば防衛が必要なため、アリのコロニーの個体の一五パーセントは兵士でなければならない。どれが兵士なのかはすぐにわかる――他のものより頑丈な体格と鋭い顎を見れば。しかし、敵を取り巻くということならば、普通の働きアリでさえ戦闘に参加する。年齢的には老婦人なのだが、戦う場面では勇敢なアマゾンになる。オウィディウス〔前四三～紀元後一七または一八。古代ローマの詩人〕は、神々がアリをきわめて好戦的なミュルミドーン族に変えたと語っている。確かにアリは驚くほど多様な戦術を持っている。利用する手段には、敵地への潜入、ゲリラ戦、敵地の封鎖と包囲、一斉襲撃に絶滅作戦などがある。しかも、ネバネバした毒液を敵に浴びせるという自爆戦術まである。

これらにはすべて不気味なほど馴染みがある。私はしばらく考えた。アリの領土争いが長

期的な悪影響をもたらすことは稀だったので、昆虫学者カール・リンドロートは大きな視点からアリを研究すべきだと考えた。アリには深刻な敵がいないので、その個体数を合理的な範囲に保つ努力をしなければならない。地球規模の観点からは、アリの戦争は個体数が過度に増加するのを防ぐブレーキだと見ることができる。

このことについては考えさせられた。社会という観点では、アリは人間に最もよく似た動物だ。人間は、あらゆる脅威を制御し、世界を支配できるようになった。食物連鎖の頂点に立つ捕食者になったため、私たちをコントロールする敵はいない。私たちがますます破壊的な兵器を開発し、お互いを、つまり人間同士が殺戮し合うのは、生物的なバランスを取るためだからだろうか?

アメリカの生物学者エドワード・O・ウィルソン〔一九二九〜二〇二一〕は、人間とアリの類似性を織り込んだ小説『アリの丘（原題Anthill、未邦訳）』を発表し、賞を取った。ウィルソン同様、主人公のラフは子ども時代に一人で山野を歩きまわるうちアリに魅了され、長じてアリを研究するようになった。ウィルソン本人の場合、これは事故に遭ったおかげだった。子どものころ、一人で釣りをしていると、たまたま金属製の釣り針が目に入ってしまった。だが医者に診てもらうのが怖くて病院には行かなかったので、遠景が見にくくなってしまった。禍《わざわい》転じて福となす。この結果、彼は世界最高のアリ研究者になった。彼の研究成果の一つは、アリのコミュニケーションにおけるフェロモンの役割を解明したことだ。

ウィルソン自身にとってもコミュニケーションは非常に大切なものだった。ハーバード大学教授として尊敬されていたが、研究結果を学界に限定することに満足していなかった。大衆にアリの生活について知ってもらいたかったのだ。そこで彼は小説『アリの丘』の主人公のラフに、いくつかのアリの王国の興亡についてホメロスばりの叙事詩を書かせることにした。

物語は女王の死で始まり、コロニーは存亡の危機に直面する。おまけに他のコロニーからの侵攻を受け、巣の中に逃げ込むが、籠城生活の果てに自分たちの幼虫を食べることを余儀なくされる。ついに巣に侵入した侵略軍は、ローマ人がカルタゴを破壊したように、敗北したコロニー全体を破壊する。ごく少数のアリが何とか逃げおおせたが、自分たちだけで生き残れる時間は数時間から数日間だけだった。

しかし、永遠に存続する王国はなく、勝利者でさえいつかは征服される。近隣のコロニーのアリは、突然変異のために自分の領土の境界線を認識する嗅覚を失ってしまった。女王が出すにおいも弱くなってしまったので、ミニ女王たちがどんどん自分のグループを確立していった。領地侵略の際の儀式的な威嚇行為は尊重されなくなり、節度を欠いたコロニーはたちまち近隣の領地に侵入し、それらを奪い取った。他のアリたちが制御できないこのスーパーコロニーの唯一の弱点は、その節度のなさになった。そこではアブラムシの大群を飼っていたため、植物が枯れてしまった。おまけに受粉昆虫の幼虫を食べつづけ、その数を激減させてしまった。その結果、土地が維持できる数以上のアリが生息することになり、彼ら自身もまた破滅へと向かっていた。

そのとき、アリの目から見ると、より高度な力が介入してきた。それは、ピクニック・ランチの残飯という贈り物を与えることもあれば、反対に彼らを根絶する力も持っている生き物のことだ。この本の中でそれは、殺虫農薬を用いてスーパーコロニー全体を破壊する。

この本の基礎はアリに関するウィルソン独自の研究だが、アリ社会になぞらえて人間社会が描かれているのは明らかだ。たとえば、主人公のラフは、アリ社会が複雑になることと、ハーバード大学の専門家たちの多彩さとの類似点を知ることになる。自滅の道を歩んだアリの叙事詩は、私たち自身の歴史的年代記に似ており、恐ろしい未来像さえ見せつける。「まえがき」でウィルソンはこの物語にはいくつもの層があると明言する。メインテーマは人間とアリの世界についてだが、読者は生物圏と地球についても知ることになるだろう。そこでは、生物のおのおのの種《しゅ》は合理的な比率で存在すべきなのだ。

執筆小屋の壁を、アリのキャラバンが絶えることなく行進している。彼らの団結ぶりはどこか異常で、一団となって生命体をつくろうとしているようだ。これに参加しようとしない孤独を好むアリには、死刑宣告が下されたのだろう。

このことを以前に考えた人はいるのだろうか？　メーテルリンクは、アリ塚は一つの生命体として見るべきであると考えていた。アリのコロニーは個人と同じように、その長い寿命のあいだに性格が変化することがある。若いコロニーはティーンエイジャーのように敏感で躍動的だが、古いコロニーはもっと落ち着いている。個々のアリの寿命が一年くらいだということは問題ではない。すべてのアリは同じ女王から生まれており、アリ社会は彼女の年齢を反映している。アリの協力ぶりは忠実な市民や姉妹だけでなく、体の細胞さえ連想させる。アリ社会はその住民の一〇パーセントを毎日失っているが、その影響はほとんどない。生き

残っているアリは何十万匹もいるし、絶えず新しい生命が生み出されているので、アリ社会全体は保たれる。

これは私自身の体にも当てはまるのではないか？　何百万もの細胞が絶えず死滅し、新しい細胞が次々に生まれている。全体として、私は三七兆個の細胞でできており、それぞれはアリのように協力してはいるが、独自の小さな生き物でもある。だからアリのように、化学物質によるコミュニケーションと分業システムを持っているに違いない。

人間の体とアリ社会との類似点を見つけるのは難しくない。アリの兵士は、すべての侵入者を追い払う免疫細胞に相当する。アリの女王は、細胞分裂、栄養吸収、血液循環を組織する内分泌系にたとえることができる。自分では何も決定できないのだが、それでも細胞の働きを組織化し、未来のために絶え間なく栄養を与えつづける。

私は執筆小屋の鏡に近づいた。私が見ているのは、社会的細胞の巨大なコロニーなのだ。周囲の世界に反応する感覚と、私自身について考える脳をつくりあげたのも、そのような細胞なのだ。毎日千個の神経細胞が死んでいるとしても、私は同じままでいられる。言葉が使えるから、私は明確な「私」をつくることができたのだろうか？

私の体の中では、私が気づかないことがたくさん起こっている（ところで「私」って何？）。私の目に見えるものとはまったく異なるフォーマットがそこにはある。全部つなげれば世界を一周する川になるであろう無数の細かい血管。コミュニケーション細胞が世界のパターンを見つけようと躍起になるたびに、脳内で巻き起こる電気信号の小さな嵐。目には見えないマイクロライフの数々には、逆説的に、宇宙を連想させる広大さがある。印象、衝動、想像を奏でる神経細胞の数は、天の川銀河の星と同じくらいたくさんあるだろう。それら神経細胞のあいだにも何万もの連結があり、一つのネットワークを形成し、そのおかげで私は見たり、聞いたり、感じたりすることができる（「私」って？）。個々の脳細胞は小さいが、それらがつながっていくことで、はるかに大きなネットワークを形成している。

各臓器の細胞にも同じことが言える。目を開けるたびに大規模な共同作業が新たに始まる。網膜では一秒ごとに一億二千五〇〇万個の光感受性神経節細胞が新しいインパルスを脳に送り込む。脳内では一〇〇億個の神経細胞が画像を作成するために活動し、六四〇の筋肉にインパルスを送信する。

とにかく出てくるのは天文学的な数字だ。これらの目もくらむような量の背後にあるものは何を意味しているのだろう？　何らかの目的があるはずだ。考慮すべきことは、細胞は原子で構成されており、その原子はさらに小さな世界で構成されているということだ。最も理解しがたいのは、原子の内部、つまり原子核とその周辺に存在する電子のあいだが宇宙空間と同じくらいスカスカだということ。だから、仮に原子から電子をすべて取り除くと、原子はぺしゃんと縮んでしまう。私の体の全細胞から電子を取り除くと、私はアリくらい小さくなるだろう。

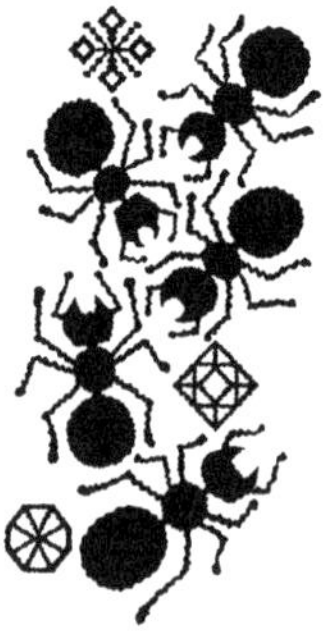

各自の宇宙を持つ無数の細部の集まりが、どうやって一つの世界像をつくることができるのだろう？　アリは手がかりを教えてくれるのだろうか？　壁面でアリの行進が続くあいだ、私は片手でＵＳＢドライブを持ち、重さを量ろうとした。この小さな器具には数冊の本の未完成原稿と多くの事実が含まれている。マイクロチップにこれほど多くの情報が詰まっているのだから、アリの脳だって同じことができるだろう。

もちろん、重要な違いがいくつかある。すべての生物同様、アリの化学的性質は基本的に炭素であり、これはコンピューターの世界とは対照的だ。アリの協力システムは外部からプログラムされたものではなく内部から発生したものであり、アリ同士のつながりは他者にも影響を及ぼしている。それでもデータ研究者たちは、自己組織化システムのモデルとして社会性昆虫を使いはじめている。実際、複雑な情報を素早く処理し送信することを可能にしているのは、ただ1と0の組み合わせなのだ。

それができるのは、事前にプログラムされたデシジョンツリー、つまりアルゴリズムがあるからだ。同様のものが私の脳内にもあるし、アリ社会の中にも存在する。アリ社会では、各アリは問題の全体像を把握することなく単純な決定を下す。その決定は隣にいる仲間の行動に依拠することが多く、たとえば多くのアリが一ヶ所からやってくる場合、そこは豊富な食料供給源だと判断できる。個別の小さな決定が集まった結果、はるかに大きな効果を生み出すことがある。各アリに限界が課されていることは、実際には利点なのだ。もし個体が自分の好き勝手に行動すると、コミュニティ全体が危険にさらされる危険がある。

このような群知能では、中央の意思決定者は不要だ。細胞の働きと同じく、小さな部分の相互作用が複雑な全体像をつくり出すことをアリは証明している。一〇よりも千のほうが多くのことを語れるように、量が多いことはそれだけで価値がある。その量から統計上のパターンを探ることができる。

この現象を研究した学者の一人は、ダーウィンのいとこであるフランシス・ゴルトン〔一八二二〜一九一一。イギリスの統計学者〕。彼は人類学や統計学などさまざまな分野から情報を集め、興味深いつながりを見つけることを楽しんでいた。一九〇六年には、市場を訪問した八〇〇もの人が一頭の牛の体重を正確に当ててみせたと報告した。実際には正確な体重を推察した人は誰もいなかったのだが。この話の要点は、個々の推測値は高すぎたり低すぎたりしていたが、それらの平均値が実際の数字と一致したということだ。訪問者の数が少なければ、うまくはいかなかっただろうが。

では、甚大な量と膨大な数は新しい質を生み出すことができるのだろうか？　それを受け入れるのは少々困難だった。私は個人主義の文化に属し、ルネサンスの先駆的な人物を研究するために数え切れないほどの年月を費やしてきた。同時にそれは創造性の条件についての本でもあったので、何千もの人々が何百万もの〝小さなアリの一歩〟を踏み出さなければ、新しい技術の確立はありえないことも知っていた。実際、新しい発見をもたらすのは匿名の人々の努力の結果であることが多い。私の脳細胞が団結し、ある世界像をつくりあげるのも、おそらくそのおかげなのだろう。パズルのピースをある程度集めると、完成図のヒントが浮かび上がる。それは突然起こったように見えるので、とくに芸術と科学の分野では、最初に表現または発見した人がその功績を称えられる。だが、実際に長い年月をかけてその基盤をつくってきたのは、名前のない大勢の人々なのだ。新発見につながる諸条件が、後世になって結び付けられたのだ。

しかし、これとて新しい発見とは言えない。アリストテレスは、単純な構造や行動が相互作用し複雑なパターンを形成することを観察していた。この現象は「創発」と呼ばれ、生命の基礎だと考えられている。原子が集まって分子をつくる。タンパク質分子を一定の方法で配列すると生細胞になる。細胞は臓器になり、臓器は有機体の一部になり、有機体は社会を形成する。このように連鎖が続き、生命があるところならどこでも、各部分が相互に結び付き影響し合って、常に新しいパターンをつくり出す。それらは下からまたは内部から構築されるものであり、けっして上からではない。

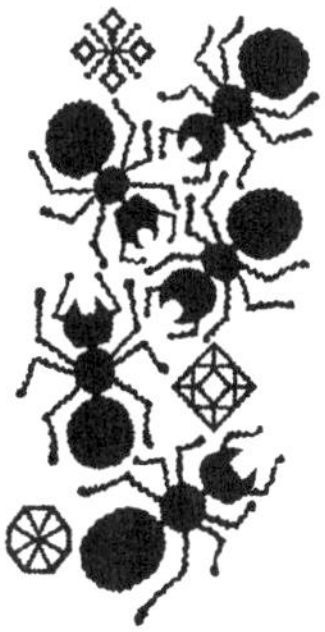

もう一つの小屋からハンマーの音がしなくなった。大工たちは仕事を終えて引き揚げたのだろう。私といえば、アリのメッセージを理解しようとして疲労困憊していた。それにお腹が空いている。おそらく私の細胞たちは集合的空腹を感じているのだろう。ともかく食事時だ。五時を少しまわっていたが、執筆小屋を出るとまだ日差しは暖かく、雨上がりの空気は新鮮な香りがした。外で食事ができるだろう。

サラダをつくり終えて顔を上げると、キッチンの窓枠に翅のある生き物が止まっていた。ああ、アリの女王だ！　私はメーテルリンクの結婚飛行についての素敵な説明を思い出し、慎重に彼女を逃がした。けれどもすぐに別のアリの女王が出現した。これもまた窓から離れるよう促したが、すぐに第三の翅の生えたアリを発見した。変だ。どうやって家の中に入ったのだろう？　周囲を見まわすと、西の壁を這っているアリがたくさんいることに気づいた。天井と壁の接線にある黒っぽくなった縁《へり》から出てきている。不安になり近づいた私は、はっと息を呑んだ。黒っぽい縁《へり》とはアリの大群だったのだ。たまたまこの家に入り込んだのではなく、反対にここから這い出そうとしているようだった。まるで壁の内臓が外に染み出てくるかのように。

一瞬にして事態は変化した。アリたちが突然、鎧を輝かせる兵士の一軍となり、壁にあったはずの境界線を突破したのだ。私の縄張り本能が警鐘を鳴らす。考える時間はなかった。

この状況をどうにかしなければ。手元にある武器は何だろう？　掃除機だ。吸い込み口を壁の黒っぽい境界線に向けると、アリたちは大騒ぎを始めた。この絶滅戦争からどうにか逃れようと、派遣部隊があらゆる方角に送られた。それでも私は容赦しなかった。怒りに駆られるまま隅々までアリを探し、掃除機の黒い腹へと吸い込んだ。

その後、私の体は震えた。室内にアリの群れが入ってくるなんて、マルハナバチや単独性のハチが屋外にいるのとは別の話だ。これは侵略なのだ。いったいどうしてアリが壁の中に棲むようになったのだろう？　アリには地中の湿気が必要なはずだ。つまり、あの壁の内部が湿っていたということだろうか？　私は二重の心配を抱えた。

状況を理解しようと、椅子を引いて深く腰を下ろした。掃除機の中にいるアリが死んだとしても、来年は新たにアリの女王が生まれ結婚飛行に飛び立つだろう。こうしてアリの生存サイクルは続く。アリの女王は絶え間なく産卵し、新しいアリが誕生する。だからアリの歴史は全人類の歴史よりも古いということを、自分のコテージで思い知ることになるとは。外の世界との境界線であるべき壁に生命が宿っているということは、その境界線には穴がいくつも開いていているということだろう。

食欲はなくなってしまったが、それでもサラダをつついてみた。アリが出現した壁には一九世紀末の朝食のシーンを描いた絵画の複製が掛けられていた。その季節は夏で、陶器とグラスは光を反射し、背景には木の葉が茂っている。ダイニングテーブルが庭に設置されている理由は、自然に近づくためだろう。だが、なんとそれは家の中でも可能なのだ。突然、キッチンの壁がアートポスターのように薄く感じられた。その背後では、この絵のシーンよりもにぎやかな生活が進行していることだろう。

その次に思い出したのは、ハリー・マーティンソン〔一九〇四~一九七八。スウェーデンの作家、詩人〕の自然に関するエッセイだった。昔は家の壁の材料にアリ塚を丸ごと放り込んでいたそうだ。針葉が混じった土は安価な断熱材であり、しかも害虫を遠ざけると考えられていた。大きな農家の母屋にはアリ塚が二十個くらい使われたかもしれない。アリが塗り込められた壁に囲まれて暮らすのはどんな感じだったのだろう？　人々は断熱材のことしか考えていなかったが、ハリー・マーティンソンは哀れなアリに思いを馳せた。小さなアリが針葉を運び、積み重ねていく様子を、この詩人は想像した。彼はまたアリ塚を、時代を超越した独自の王国だと見なしていた。アリの年代記は長いので、彼が目にしたアリの王国は一万六千もの王朝の千五九番目だったかもしれない。しかも各王朝には二千代の君主がいることだろう。小さなアリたちがこれまでに積み上げてきた王国の数に気づいたマーティンソンは、夜空のすべての星を目にしたような畏怖を感じた。

次第に私は恥ずかしくなってきた。興奮のあまり、あんなにも取り乱すなんて。実際、あの小さな黒いアリたちは無害であり、オオアリと違って木を噛み砕くことはない。それにあの小さなアリの社会はずっと――マーティンソンが言及した永遠とも呼べる時間――この敷地内に存在していたのだ。その体が小さいからといって、彼らの価値も小さいわけではない。だいたい、この地球の生き物としては、最も一般的な大きさなのだから。

とにかく、サイズは相対的なものだ。メーテルリンクとマーティンソンはどちらも、アリの体は原子とそれを周回する電子で構成されていると指摘した。原子と電子の関係は、恒星を周回する惑星に似ていると当時は考えられていた。この考えでいくと、アリと人間はどちらも、理解できないほど小さいものと理解できないほど大きいもののあいだのどこかに存在していることになる。無人島での寂寥感《せきりょうかん》をアリと共有した私は、人間とアリの生存状況は

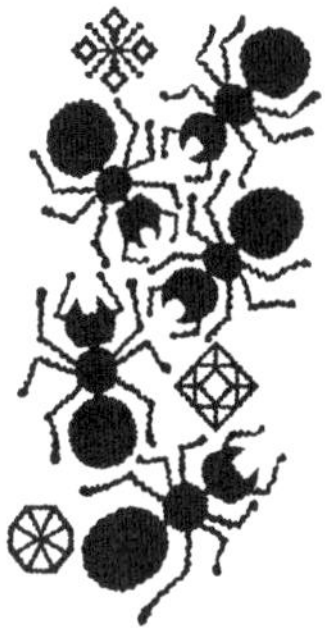

まったく同じだと断言することができる。

彼女のことを考えはじめると、私の気分は和らいできた。あの雷雨の中で巣のために材料を集めていた彼女は姉妹とはぐれたに違いない。ほかのアリたちは彼女がいなくても平気だが、彼女は仲間なしでは絶対に生き残れない。彼女は、その命に意味を与えた巨大な文脈のごく小さな一部だったのだ。「小さなアリちゃん」と私はつぶやいた。

そのとき、私もかつてその名前で呼ばれたことを思い出した。それは人生の大事な時期だったので、その光景もありありと浮かんできた。私が長年、執筆場所としていたノーベル図書館の研究者サロンの照明は薄暗かった。その半地下室の中世のアーチは深遠な時代感を醸し、自分が何か大きなものの消えゆく一部であると私に感じさせた。耳には聞こえなかったが、頭上のいくつかの階では人生が進行しているはずだった。窓からは、おのおのの目的地に向かう急ぎ足が見えた。

その研究者サロンにはたいてい数名の女性が座っていた。私たちは各自の課題に取り組むのに忙しく、お互いに話すことはなかったが、その場には帰属意識が漂っていた。私はもっぱら外国語書物のセクションに入りびたり、長々しく難解な説明と、読むとさらに混乱する脚注のあいだをさまよっていた。単語が連なれば文となり、文が集まれば文脈を構成するはずだと自分に言い聞かせながら、単語の山をいくつも超え、文の樹海の中で迷いながらも必死に道を探した。この道を進めばいいと直感したときでも、それから始まるのはまた〝探求と発掘〟という骨の折れる仕事であり、ただひたすら忍耐が要求されることを私は知っていた。

一日の終わりにスペイン人の係員が、本が詰まった段ボール箱をいくつもカートに載せ、ガタガタと音を立てながら私のそばを通り過ぎることがあった。私はスペイン語の資料も探していたことがあったので、ときおり彼と言葉を交わした。最後までサロンに残っていることが多かった私を、彼はホルミギータ（小さなアリ）と呼びはじめた。「帰るときは明かりを消してくださいね、ホルミギータ」。そう言い残し、また本の運搬を続ける。私たちはおのおののやり方で藁をアリ塚に運んでいたのだ。人生におけるたいていのことと同じく、私たちの仕事には他の多くの分野からの協力が必要だ。他人の努力や貢献というのは常にはっきり見えるものではないが、それでも私たちは互いに依存している。

コテージのキッチンにはアリの姿はなかったが、壁の向こうでは活動が続いているのだろう。私が気づかなかっただけで、彼らはいつでもそこにいたのだ。社会であれ書物であれ、多くの成果の背後には、何百万もの匿名の者たちの貢献がある。そう考えると、この日に見えないアリの生態は最も一般的なものかもしれない。ところで、あとから調べてみると「小さなアリ」と呼ばれていたということは、どうやら誉められていたようなのだ（スペイン語のホルミギータ（小さなアリ）とは「勤勉な人」の意味」。

第五章　海が見えるベランダ

壁の中でアリが動きまわっているのは奇妙な感じだったが、それさえ除けば、この家は落ち着いていた。そうこうするうちに夏になり、家の塗装も延期になった。この間、大工たちは夏休みを取り、私の家族がここへ来た。

突然、生活スタイルが変わってしまった。姉の好奇心旺盛な孫たちが、ここの世界を広げた。到着するやいなや、彼らは海辺まで下りて釣りを始めた。その後、まるで何かの儀式のように、小さな魚一匹をみんなで分かち合った。清涼飲料水で恭《うやうや》しく乾杯するのも忘れなかった。一緒に敷地を歩いていたとき、甥の一人がつぶやいた。「ようやく錨を下ろしたような気がするよ」

錨を下ろす……その言葉がしばらく頭から離れなかった。私たちは昔、貸別荘で一緒に楽しく過ごした。場所はたいてい海辺だった。離れ小島の別荘を借りたときには、飲料水を得

るために舟を漕いだ。最近の姉は背中を痛めているが、それでもいまだにそんな海岸を夢見ているようだ。私たちはイギリス系の祖先から、海に対する古きよきロマンチシズムを受け継いだ。父方の祖父を育てたのは海洋生物学者で、祖母を育てたのは海軍士官だった。祖父自身は船医になり、大西洋上で祖母と出会った。そんな彼らの記憶が、私たちの遺伝子に残っているのだろう。

私自身はディンギー〔船室を持たない小型のボート〕からスクーナー〔二本以上のマストのある帆船〕までいろいろ試してみたが、「船乗りの才能はない」という結論に達した。あの無人島での雷雨体験も海への情熱を萎えさせてしまった。それでも地球上にある水――海でも川でも湖でも――には魅了されていたので、もっと穏やかな方法でそれについて調べることになった。

きっかけは、川についての本の執筆だ。時間が経つにつれ、海でのセーリングよりも川の旅のほうが私に合っていると感じるようになった。川の流れは海に向かって一方通行だが、その途中で牧草地、森、そして都市などを通過する。その曲がりくねったルートに沿って、川は文明を生み出し、作物に水をやり、紛争の原因となり、境界線にもなった。つまり、川は歴史をつくってきたのだ。そのため、川の探究には時間がかかる。だからこの夏休み期間には、船による川の探検旅行を新たに何回かしようと考えていた。

私が陸に戻ったとき、夏は終わり、最後まで残っていた者もコテージを去っていた。私が立てた計画では、大工たちは塗装を終えているだろうから、私はコテージにしばらく留まり、川の探検で得た資料に取り組むつもりだった。だが、水にまつわることについては、私の人生は思いどおりにいかない。そろそろ塗装が始まるころだと思っていたら、大工の棟梁が電話をかけてきた。緊張した声で、悪い知らせがあると言う。海に面した北向きの壁の塗装を始めてみると、湿気による損傷があることを発見したというのだ。なんと壁がひどく腐っているので、取り壊す必要があるのだと。

川に水があるのは当たり前のことだが、建物の中に水があるのは災難だ。壁面を行進する

アリなんて、木材を腐敗させる菌類に比べたら些細なことだった。大工たちも動揺していた。半年前に屋根の改修工事をしていたが、それを支えていた壁はなんとユルユルだったのだ。腐った壁は取り除かなくてはならない。それについては交渉の余地はなかった。完全に乾燥している木材のあるところまで壁を解体しなければならない、と大工の棟梁は断言した。「お宅の予算は超えるでしょうが」と付け加えて。

状況をこの目で見るために、私はすぐさまコテージに向かった。到着してみると、大工たちは去ったあとだった。だが、いなくなったのは彼らだけではない。北の壁の残骸がコテージのそばに積み上げられ、悲しげに横たわっていた。どうやらあまり抵抗することなく降伏したようだ。

壁が三面しかない部屋に入ってみた。二段ベッドは手前に移動し、かつて壁があった場所には、海を思わせる青い防水シートが張られていた。現実を受け入れるのは少し辛かった。壁が三つしかない家なんて、もはや家ではない。バス停か農具置き場だ。いずれにせよ、人が住む場所ではない。

キッチンに行くと、甥の一人が持参したブランデーのボトルがあった。それをグラスに注ぎ、椅子を持って部屋に戻る。

なんて皮肉なことだろう。この部屋で私は、探検から知りえた川の知識を文章にまとめるつもりだった。ところがコテージの壁の中にも川があったようなのだ。その結果、腐った壁は取り壊されてしまった。防水シートを開けてみると、無邪気にきらめく海が見える。雨や湿気をコテージに運んできたのは、海が送り込んだ風だというのに。防水シートを開けたまま、私は腰を下ろし、この眺めについて考えはじめた。

グラスの中のブランデーの水位が下がるにつれ、私の気分は上向きになった。〝家の中〟と〝家の外〟が出合うこの部屋は、まるでベランダのようだ。逆説的だが、海を見渡せることもまた私の気持ちを落ち着かせた。慰められているような気がしたのだ。川旅に出る前、私は水が哲学や人生観にどのように浸透していったのかを調べた。インドでは川は神聖なものであり、中国哲学では、あらゆる場所に流れることができ、万物に恵みをもたらす水を理想の生き方のモデルとした。古代ギリシャの自然哲学者タレスは、万物の根源は水だと考えた。彼の推察は正しかった。私たちの周りの水滴は、地球生命の誕生以来ずっと存在している。三〇億年間、これらの水滴は海を経て雲になり、雨となって岩盤を通過したあと集合して川となり、また海へと戻るという無限のサイクルをたどっている。その過程で水滴は植物や動物をも通過している。

海峡をゆっくり渡る帆船を見ていると、若いころに熱中したボートの記憶がよみがえってきた。ほんの数年のことだが、それは私が海辺に住むことになった一《いち》時代だったと言える。記憶のほとんどは少し大きめのスクーナーにまつわるものだ。なんといっても海の広さを教えてくれただけでなく、安定して立てるデッキも与えてくれたのだから。

最も鮮明な記憶は、船員デビューを果たしたときのこと。私は、帆を張った練習船スクーナーで深夜零時から早朝四時まで監視をしていた。夜明けが近づくと、船上のガラスのベルが七回鳴った。八回鳴れば交代の合図であり、四時間経過したので左舷チームは砂時計を回して退出しろという意味だ。私の足の下では、右舷チームが乱雑な二段ベッドで眠り、頭の上では、あまたの星が輝いていた。

海中で光る微生物。海の泡。方位がビナクル〔航法計器が取り付けられた構造物〕に表れるの

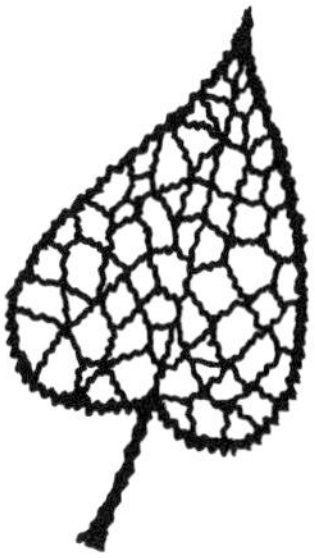

は、コンパスが地球の磁場に話しかけているからだ。私の出で立ちはフィッシャーマン・セーターの上に防水コート。腰には一本のロープを巻き付け、魚用ナイフをぶら下げている。このタールのにおいのするロープは、私が撚《よ》り継ぎしたものだ。帆の世話は他の人たちがしていたので、私は星と海を見張っていた。

海は独特のグラデーションをいくつも持っているので、色の境界はまるで水彩画のようにあいまいになる。風と天候が変化するにつれ、色のニュアンスも変化する——光沢のありなしとか、明暗の差とか。海流は遠くの海岸から暖かさを運び、水平線では太陽がマグマのように湧き上がったり、黄金のアトランティスのように沈下したりしていた。潮の満ち引きは月の位相に呼応している。大昔に別の天体が衝突したため、月は地球から引き離されたが、今でも懐かしそうに私たちの周りを回っている。地球の水は今でも、遠く離れ、すっかり乾燥してしまった岩石と連絡を取り合っているのだ。

波は風とも会話する。実習中に波がいつもより興奮したことがあり、天井から吊り下げられたテーブルが振り子のように揺れたが、テーブルの面はジンバル機能のおかげで水平を保ち、食べ物や食器は落ちずにすんだ。だが乗組員の多くが食欲を失ってしまったので、切り分ける前のステーキ肉をマストに〝掲揚〟することにした。新鮮な風に当てて低温保存するためだ。

一方、波は浜辺には遠隔地からの贈り物を届けていた。ある島に短時間上陸した際に、私はあらゆる色の滑らかな小石を拾い集めた。小石たちがペチャクチャと話す内容は、海が何百万年ものあいだ崖や斜面を打ち砕いてきたこと、そして割れた岩石のかけらが海流に運ばれ、砂に磨かれてきたこと。同じ過程を経れば、どんなに鋭いガラスの破片でも、キラキラ光る柔らかい楕円に変わるだろう。

砂粒は小石の弟妹であり、やはり海との関係が深い。海は絶え間なく山を岩に、そして岩を砂に粉砕し、一秒あたり数十億個もの新しい砂粒を生み出している。その砂粒が沈殿し層になると、今度は消え去った風景について説明する。層をなしているとはいえ、海中を運ばれてくる過程がバラバラなので、一つひとつの砂粒はユニークな存在だ。一七世紀にアントニ・ファン・レーウェンフック〔一六三二〜一七二三。オランダの商人、科学者〕が自作の新しい顕微鏡に砂粒をひとつ入れたとき、その中に素晴らしい形をいくつも発見した。彼の目には、ひざまずく人々と廃墟と化した寺院が映った。その後、百倍に拡大できるようになると、砂粒は、混沌とした地表を持つ惑星のように見えた。

砂粒はそのサイズによりたどる運命が異なる。最も細かいものは、砂時計として時間を計ることになるかもしれない。昔はインクを早く乾かすために紙に振りかけることもあった。あるいはチベット僧侶が描く曼荼羅の一部となり、のちに解体されて川に流され、また海に戻るかもしれない。もう少し大きな砂粒は、子どもたちがビーチでつくる砂の城の材料になる。

砂を使えば、壮大なものをわかりやすく説明することができる。古代ギリシャの哲学者ヘラクレイトスは時間を川に例え、歴史は砂の城を建てる子どもに過ぎないと表現した。砂同士を結び付けて城をつくるためには、水が必要になる。また天文学者たちは、地球を宇宙の小さな砂粒だと仮定してみた。このスケールにまで宇宙を縮小すると、太陽の直径は十センチメートルになり、地球からの距離は十一メートルになる。最も近い恒星までの距離は三千キロメートルだが、宇宙に存在する星の数は、地球上のすべての海岸と砂漠にある砂粒よりも多いかもしれない。宇宙では新しい恒星が次々に誕生している。この想像を絶する宇宙から、地球上のすべての物質と水の素がやって来た。

海のそばにいると生命について考えてしまうのは、この惑星が実際には水球だからだろう。地球表面の三分の二が海に覆われているだけでなく、水深を考慮に入れると、海は地球上の生物圏の九八パーセントを占めている。では、他の二パーセントに住む私たちにとって、なぜ海は奇妙な世界に感じられるのだろう？　ヒトデやプランクトンの雲やトビウオがいるなんて、まるで海は一つの宇宙空間ではないか。

そこでは、あらゆるものが動きつづけている。春になり渡り鳥が海上を飛行すると、その下では魚の群れが銀色に瞬《またた》いている。サケとウナギは大海原《おおうなばら》を横断し、子ども時代に遊んだ小川に戻ろうとする。彼らが帰り道を見つけられるのは、地球の磁場、フェロモン、海流の味の違いがわかる能力のおかげだ。また、温度と圧力のわずかな変化を感知することもできる。同様に疲れ知らずのウミガメは、世界中を航海して自分が生まれた海岸に戻り、そこで卵を産もうとする。太古からの生き物であるウミガメは、記憶に導かれて故郷へ回帰する。

だが、海洋生物は陸上生物の写しではない。生存条件が異なれば、それに必要な感覚も異なる。たとえば、光は水中では空気中よりもゆっくりと進むが急速に散乱するため、深海魚の多くは自ら光を発している。一方、陸上では聞こえないような音でも、水中ではより速くより遠くまで伝わる。水面は目に見えない壁のように二つの世界を分離する。だから水中の音を聞くためには、オールの水かきを水面に垂直に突っ込み、耳を柄に付ける必要がある。

この方法は南太平洋と西アフリカの漁師が伝統的におこなっていたが、一五世紀にはレオナルド・ダ・ヴィンチも発見した。だが、水中の音が科学的に研究されるようになったのは一九四〇年代になってからだ。科学者たちは耳にした音に驚嘆した。このように多種多様な音をどのように表現すればいいのだろう？　カタカタ、ゴボゴボ、ギシギシ、ヒューヒュー、ドンドン。ザワザワ、ペチャクチャ、ギャアギャア、ガミガミ、ピーピー、パシャパシャ。この他にもステーキが焼ける音や、ノコギリを引く音、太い鎖をこすり合わせるような音もあった。これらの音はどこから来たのだろう？　ある種の魚は、歯を噛み合わせて音を出したり、空気を吹き出したり、または特殊な筋肉を使って浮き袋を叩いたりすることがわかった。ニシンの群れは独特の音を出すことがあるので、一度などはスウェーデン海軍が潜水艦だと勘違いして追跡したことがある。

　私は、魚が出す音の録音を実際に聞いたことがあるが、それもまた驚くべきものだった。鐘の音を連想させる音もあれば、小さなガラスコップを銀のスプーンでかき混ぜているときの音や、独楽《こま》が回っているような音もあった。まるで遠く離れた未知の世界からの声のようだった。最小のエビを含めたすべての魚に類する《フィッシュ》ものが互いにメッセージを送り合っているのだろう。音の高低にもまた意味がある。若い魚より年長の魚のほうが、そして体の小さい魚より大きな魚のほうが、出す音が低いからだ。恋に悩むセイヨウダラはぼそぼそとつぶやくが、コダラは元気な声を張り上げる。

アリストテレスは「魚は会話しているのではないか」と考えていたが、彼の推察は正しかった。たとえば、ある研究者は、「不快」、「警告」、「戦闘準備」を伝える魚の音を区別できるようになった。さらに鰭《ひれ》の向きを変えるとか、体の色や模様を変えるなど、ボディーランゲージも使ってさまざまなニュアンスを伝えようとしている。魚のなかには、自分の種《しゅ》、年齢、性的成熟度、それから〝好みのタイプ〟を喧伝する電界さえ持っているものもいる。

言い換えれば、生物圏のコミュニケーションの九八パーセントを人間は見落としていたのだ。この世界から私たちを隔てていたのは、ごく薄い水面だった。その下には音波が満ち満ちていて、ソロやデュエットだけでなく大合唱まで流れている。鳥と同じく、魚は夜明けと夕暮れにメスのために歌うのが大好きだ。セイヨウダラの稚魚が餌にしているハゼは、メスがオスの歌を聞くまでは交尾できない。残念ながら最近ではレジャーボートの騒音が彼らの歌を掻き消してしまうことが多いので、セイヨウダラの姿が消えたのは乱獲だけが原因ではないだろう。

セーリング・スクールでの話題といえば、もっぱらクジラの歌だった。シロイルカの明るい鳴き声は船体中に広がったので、海のカナリアと呼ばれていた。反対に、ザトウクジラの歌は鈍かった。彼らの詠唱は何時間も続くことがあり、特定の部分は有名なリフレインのように何度も繰り返された。一つの歌には何百も構成要素があるが、ザトウクジラは繁殖地に行くまでそれを覚えているので、韻を踏みながら歌詞を覚えているのではないかと考えられている。だがその歌には、時間とともにテンポの速い新しいパートが次々と溶け込み、八年後には歌全体がつくり直され、クジラのレパートリーは一新する。

クジラの歌が変身する様子を追えば、それ自体が素敵な時計になるのではないだろうか。練習船では、ベルが一つ鳴ると砂時計を回し、警備員が交代した。その間にも航行海里は増してゆく。クジラの歌の長さはベル一打の余韻と同じくらいで、しばらくするとまた始まっ

た。

鳥と同じく、クジラも表現とコミュニケーションの両方に歌を使っていると考えられている。そう、海に棲むものだって美を表現したいだろう。実際、小さなオキスズキが鰭を使って海底の砂に美しい花の形を描いている様子が観察されている。仕上げとして、口にくわえて運んできた貝殻が、大きな砂の花に飾られた。優れた芸術作品はメスを惹きつける可能性が高いのだ。クジラにもこれに類した創造意欲が見られる。

マッコウクジラの声は乾いている。クリック音が何キロにもわたって、穏やかな雪崩のように続く。人間の耳にはどれも同じ音にしか聞こえないが、クジラ自身はわずかな違いでも認識できる。なぜならこの声はＩＤカード、「集合せよ」の合図、それに警告の役割も果たすからだ。このクリック音はまた、水深千メートルでも対象物がわかる精密なエコーロケーションとしても使われている。

マッコウクジラの脳は世界最大だ。では、どうしてそんなに大きな脳が必要なのだろう？　何を考えているのだろう？　その答えはまだわかっていない。人間がコミュニケーションを試みた唯一のクジラは捕獲されたイルカだったが、人間はイルカについて知ろうとはしなかった。イルカには咽頭がないにもかかわらず、調教師は人間の言葉を発するようにイルカを訓練した。しかし、手話を教えられると、イルカは名詞と動詞を表す約六十のサインを覚え、それらを組み合わせて約千の文を理解することができた。そのような文の典型は、「フリスビーを尻尾で触ってから、それを飛び越える」というようなものだった。

私はこれを水族館で見学したが、その後はかなり落ち込んだ。人間の自己中心性はかなり頑固だ。野生のイルカの生活は、曲芸の披露よりもはるかに優れた知性を必要とする。それに、イルカのコミュニケーション・システムは人間とは大きく異なる。ある動物のコミュニケーション方法は、それが棲む環境や条件に適したものになるため、人間がその言語に精通することは不可能だ。イルカは毎秒七百ものクリック音を発し、エコーとなって返ってきた情報に基づき、百メートル離れた対象物の画像を作成する。これにより、銅とアルミニウムのような素材を区別できるだけでなく、そもそもそれが生き物なのか、もしそうなら友好的なのか敵対的なのかを判断しようとする。

イルカはホイッスル音を出して仲間と交信する。まるで名前のついた信号音のように、どのホイッスル音も独自の意味を持っている。ある研究者は一八六もの異なるホイッスル音を解明し、さらにイルカの行動に基づきそれらを二〇のカテゴリーに分類した。これはイルカ独自の言語ではないだろうか。

近距離のコミュニケーションにはジェスチャーやタッチを使用する。イルカは社交の対象を自分の種《しゅ》に限定していないので、他の種ともコミュニケーションを図ることがある。アリストテレスの描写の中には、イルカに乗る幼い男の子たちがいる。私自身もギリシャを旅行中に、私たちの乗った船の前を数頭のイルカが泳ぎながら軽快に跳ねるのを見て、まるでこの船を曳航しているようだと感じたことがある。イルカは人間相手に遊ぶのが好きだし、船の進行方向など事前に楽々と察知できるようだった。少なくともギリシャの船員たちはそう解釈していた。アポロンは、神託を人々に伝えるために本土を訪れたとき、イルカに変身していたと言われている。そのため、その場所はデルフィ〔イルカ〕神殿と名づけられた。

人間とイルカは親戚だという太古の記憶を、イルカはまだ保持しているのだろうか？　私たちには共通の先祖がいるが、のちに家系図は複雑に分岐した。五千万年前、クジラは偶蹄目の動物の近縁であり、海岸で水陸両用の生活を送っていた。では、なぜ彼らは海に戻ったのだろう？　海への愛だろうか、それとも先見性によるものだろうか？

そういえば、なぜ私はいつも海に惹きつけられるのだろう？　なぜ今、解体された壁のあいだから海を見つめているのだろう？　だが海に魅了されたのは私だけではなく、多くの作家がその虜になっている。詩人は海を象徴として用い、小説家は海を幻想で満たした。十九世紀には産業機械用の鯨油を採るために捕鯨が盛んになったが、それより古い時代の海図ではクジラは海の怪物として描かれていた。

有名な捕鯨の描写といえばメルヴィル〔一八一九～一八九一。アメリカの作家〕の『白鯨』だが、この本は練習船の本棚にも収められていた。メルヴィルはさまざまな捕鯨船で経験を積んでいたし、人生は流れる水に似ていると感じていたため、私はページをめくりながら、自分が表現した船上生活の記録を思い出していた。この他にもメルヴィルはクジラに関する生物学の本を手に入る限り読み、実話からもインスピレーションを得ていた。

『白鯨』の出版から遡ること約三〇年、捕鯨船エセックスが怒り狂ったマッコウクジラに襲われた。どうやら銛《もり》を打ち込んだのは、そのクジラの家族だったようだ。第一撃は尾で、次に頭で、最後には五〇トンの全体重をかけて捕鯨船にぶつかってきた。船が沈没する前に、乗組員は何とか航海計器と食料を持ち出して数艘の小型ボートに分乗したが、その状況はさっきまで自分たちが狩っていたクジラと同じくらい悲惨なものだった。いや、おそらくそれ以上だろう、なぜなら未知の環境に身を置いているのだから。一五メートルもの高波がボートに襲いかかり、塩水が堅パンに浸み込んでしまうと、喉の渇きが耐え難いものになった。男たちは海に囲まれていたが、哺乳類が飲める淡水は地球にある水の一パーセントでしかないのだ。

人間も恐怖の対象だった。いちばん近い島々には、船員たちを獲物にする人食い人種がいるかもしれない。やがて無人島を発見し、束の間の休息を味わったものの、貪欲にも食べられるものはすべて食べ尽くしてしまったので、すぐにまた出航しなくてはならなかった。そしてついには、お互いを食べるはめになってしまった。

『白鯨』に関する議論のテーマは捕鯨の問題点だけではなく、その象徴性だった。白いクジラと遭遇したため片足を失ったエイハブ船長にとって、その生き物は旧約聖書のリヴァイアサンと同じくらい邪悪だった。しかし、メルヴィル自身はそのようには見ていなかったようだ。エイハブ船長を、私たちを破滅させる冷酷な利益追求の象徴だと解釈することもできる。

一九世紀には他の作家も海をテーマにした小説を書いたが、実際に海洋生活を体験した人はいなかった。海にロマンを求めるのが当時の主流であり、海洋生物についてはまだよく知られていなかったので、自由に想像力を羽ばたかせることができた。『海に働く人びと』の中でヴィクトル・ユゴー〔一八〇二～一八八五。フランスの小説家〕は、凶暴なタコを異世界からの怪物として描写した。ジュール・ヴェルヌ〔一八二八～一九〇五。フランスの小説家〕の『海底二万里』では空想科学小説のキャラクターとして、ネモ船長率いる潜水艦を襲うタコが登場する。

そして奇妙なことに、生物学者からの研究報告書の中でも頭足類は最も想像力を刺激する生物となった。まさに異世界からの来訪者であり、その違いが新たな視点を提供してくれるため、私は興味をそそられた。頭足類は、地球の生命史に関することさえ教えてくれる。

頭足類は数百種いると言われているが、それぞれ独自の特徴がある。最大のものは長さ十四メートルの巨大なイカであり、最古のものは古代の潜水艦のように浮力を調整しながら五億年ものあいだほとんど変わらずゆっくりと海中を移動してきた小さなオウムガイだ。いくつかの種は、ヒラメ、ヘビ、またはサンゴの一部に突然カモフラージュすることによって環境に溶け込むことができる。

その中でも異彩を放っているのは、やはりタコだろう。タコには高貴な青い血を送り出す三つの心臓があり、九つの脳と、周囲を調査する八つの腕――必要に応じて六つの腕と二つの脚にもなりうる――を持っている。それぞれの腕は、視覚細胞、触覚細胞、洗練された嗅覚および味覚、そして一種の短期記憶を備えた独自の世界だと言うこともできる。

八本腕の使いみちが広いことは疑いがない。水族館では、人が水中に落とした物体を興味深そうに調べたりするだけでなく、腕を使ってパズルを解いたり、瓶の蓋をひねって開けたり、ボトルからコルクを抜いたりもする。周囲をよく観察し、他のタコの問題解決方法をすぐに真似する。記憶力もよく、不愉快なことをした人物や餌を与えてくれた人物を覚えている。水族館で客に見られていることもわかっているし、そのときはイライラするらしく、石板で小さなバリケードをつくったり、ココナッツの殻を持ち歩いてその下に隠れたりする。さらには、頭上のスポットライトに水を噴きつけると、電線がショートし、ありがたいことに暗闇が訪れることを学んだタコもいる。ガラスの水槽に石を投げつけたタコもいれば、頭の回転も体の動きも敏捷だと言わんばかりに逃げ切ったものもいる。そのタコは、まず骨のない体を縮め、水槽の蓋の隙間からその身を絞り出した。そのあとは床まで這い下り、排水口にたどり着くと、排水管を通じて海に戻った。すぐに他のタコたちもそれを真似した。数匹のタコが毎晩、自分たちの水槽を抜け出し、通路の反対側にあるカニの水槽に滑り込んだ。ご馳走を楽しんだあと、彼らは真面目にも自分の水槽に戻ったので、隠しカメラが設置されるまでスタッフには何が起こっているのかわからなかった。

このように、タコは記憶を基に計画や複雑な行動を組み立て、困難な現状から抜け出すことができる。つまりタコにはかなりの知性があるわけだ。このことは、そんじょそこらのホラー映画よりも私を震え上がらせた。

とはいえ、タコの知性は私たちの知性理論——つまり人間の能力に関する理論——には当てはまらない。クジラは私たちの知性理論を支持してくれるが、タコはそれを最も屈辱的な方法で妨害する。知性が発達するための条件は通常、成長期における養育、長期にわたる社会生活、そしてさまざまな環境に適応できる能力だと言われている。だが、タコにはどれも当てはまらない。タコは短命で、数十万個の卵をけなげに守っているあいだに餓死するので、子どもたちに知識を与えることができない。とはいえタコには社交性もあり、馴染んだ環境に居つづけようとする。しかし、人間にとって最も信じがたい事実は、この知性が軟体動物門に属していることだろう。ご先祖をたどると、人間はタコよりナマコに近いと言われている。どうやら知性は進化の過程でいくつかの経路に分かれて発達し、さまざまな種にさまざまな特性をもたらしたようだ。イルカとコウモリにエコーロケーションが出現したように、タコとカラスには抜け目のなさがある。つまり、知性の進化には明確な方向性や頂点はなく、タコの八本の腕のように分岐しているわけだ。だが、その腕はどれも同じものを指し示している——生命の驚異だ。

突風が吹き、青い防水シートが室内に向かって羽ばたいた。すると、何人もの乗組員が練習船の帆を急いで巻き取るような音がした。あの帆の表面積は甲板と同じくらいあったし、練習船の大きさは海洋で最も長い動物に匹敵するだろう。水の浮力は巨大な船を浮かせるだけではない――このおかげでシロナガスクジラは地球で最大の生き物になったのだ。

私もずっとこの巨大な生き物に魅了されてきた。だが、そのサイズゆえに過剰な関心が集まっているような気がする。体重百五〇トンのシロナガスクジラを支えているのは、海で最小の生物たちなのだ。そのような生物にはクジラほどのカリスマ性はないが、それなしでは海は死んでしまう。つまり、その小さな体には地球最大の生物と同じ価値があるのだ。

シロナガスクジラは、海流を漂うプランクトンを食べる。動物プランクトンには稚魚、カニ、ムール貝、ヒトデ、フジツボなどがあるが、最も一般的なものはオキアミだ。シロナガ

スクジラは一日に四〇〇万匹のオキアミをぺろっと平らげる。ということは、オキアミの数は膨大だということだ。また、オキアミの群れは数キロにも及び、鳥や昆虫の群れよりも大きい。これは宇宙からでも観察することができるので、「地球最大の動物集合体」としてギネスブックに認定されている。オキアミの一群にいる個体数は、私の体にある細胞の数と同じくらいかもしれない。

オキアミの群れは一種の超個体と見なすことができるだろうか？　オキアミは個々に分けるのが難しいため、常に一まとまりとして扱われる。群れとなって海を漂流しているあいだ、その小さな足は共通のリズムを保つ。だが、ある研究者がオキアミを観察していると、一匹が群れから飛び出し、その研究者を観察しはじめた。体長二、三センチのオキアミが、黒い目を見開き、アンテナを前に突き出して、好奇心旺盛に彼を見返した。完全に系統の違う二つの生物が目と目を合わせ、相手はどんなやつだろうと互いに訝しんでいたのだ。この瞬間、体のサイズは問題ではなかった。

私がオキアミを直接体験したのは食べ物としてだった。それを売った漁師は、ほのかにカニ風味のするエビのような味わいだと説明した。だが、私の記憶に残っているのは味ではない。夜にそれを食べようとしたとき、なぜオキアミがスウェーデン語で「光りエビ」と呼ばれているのかを理解した。明かりを落とした室内で、それは深海を彷彿とさせるリンの光を放っていた。

オキアミを最もよく守ってくれるのは深くて暗い海だ。そこへは海洋生物の死骸が穏やかな雪のように降り注ぐ。たそがれ時にのみオキアミは水面に出て、さらに小さなプランクトンを食べる。あまりに小さなプランクトンなので、数百万匹いたとしても小さじ一杯分にしかならない。植物プランクトンと呼ばれているが、根や葉がなく、実際には植物ではない。それは広大な藻類の世界に属している。

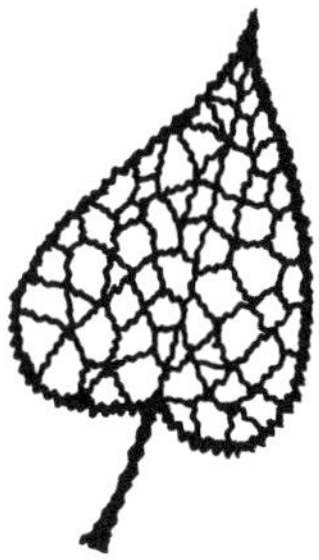

藻類は奇妙な生き物だ。数十万もの種があるが、そのほとんどは研究されていないのだ。個性の差も際立っていて、顕微鏡でなければ見えないものもあれば、長さ六〇メートルのも

のもある。海中で光るものもあれば、ヒバマタのように六月の満月の下で卵子と精子を放出するものもいる。貝やサンゴを赤く染めるものもいれば、オメガ3脂肪酸を魚に提供するものの、さらには腐敗すると毒素を放出するものまでいる。湿った地表から泉や湖に至るまで、海以外の場所に棲んでいる藻類も多い。

私がかつて人生を共にした生物学者は淡水藻の専門家だった。藻の探索にも付き合ったことがある。湖には捕鯨や海のロマンスとは対極の静けさがあった。鏡のような湖面をボートで漕ぎ、花咲く岸辺に沿って、緑色の生命の基盤を探した。小さな魚のあいだから湖底が垣間見え、オールからキラキラ輝く水滴が落ちると、水面に輪ができる。時間は止まっていた。生物学者が船首に腹ばいになり水中観察鏡《アクアスコープ》を使いはじめると、オールの担当は私になった。水中から四爪フックを引っ張り上げる丸い背中を見ているだけで、どれほど彼がランダムな収穫に期待しているのかが伝わってきた。まるで宝探しをしているかのように。座席の上に置いたいくつかの小瓶が、次々にサンプルで満たされていく。のちに顕微鏡で見てみると、多くの藻が本当に宝石の輝きを放っていることがわかった。

水が生み出した最初の子どもたちも、やはり同じ外見をしていたのだろうか？　藻類は海洋の食物連鎖の基盤であるだけでなく、地球上で最も古い生物の一つだ。何十億年ものあいだ、日光からの栄養を静かに吸収し、二酸化炭素を炭素と酸素に変え、私たちに必要な空気をつくり出してくれた。

生命の誕生は約四〇億年前なので、それがどのように始まったのかはよくわかっていない。落雷のエネルギーが水素、アンモニア、メタンを有機元素に変換し相互に反応させた可能性もあるし、海底火山の噴火が引き金になったのかもしれない。いずれにせよ、多くの科学者は海、海底熱水噴出孔、または暖かい湖で生命が誕生したと信じている。つまり水が必要だったのだ。

古代の水時計は水滴で時間を計っていた。これは素晴らしい組み合わせだ。水滴に時間を与えれば、岩を侵食することも、海を満たすこともできる。顕微鏡でしか見られない薄膜がエネルギーと水分を捕らえ、生命の萌芽が始まったのも水滴の中だった。弱い電気が流れ、すべての生物の基となる細胞が生まれた。

これらの細胞の大きさは数千分の一ミリメートルしかないのだが、代謝、運動、コミュニケーションなど、生命維持に必要なすべてのことができた。どこかで聞いたことのある話だ。これはまさに家庭生活ではないだろうか？　人間は代謝のために食事をし、さまざまな用事をするために動きまわり、互いにコミュニケーションを取ったり、窓の外を眺めたりする。それは私たちがこのコテージでしていたことでもあった。私は突然、このコテージと細胞の類似性を感じ、信じられないほど気持ちが昂った。このコテージ同様、細胞は多孔質の壁に囲まれた一つの部屋なのだが、壁が透過性であるということが重要な発展へとつながった。もっと単純な別の細胞――おそらく細菌――がその孔《あな》を通り抜けたのだ。この小さな細胞は良い下宿人になりエネルギーを供給したので、大家である細胞は徐々に家屋を拡張することができた。

同様のことがこのコテージで起こるとは考えにくい。なぜなら細胞の変化には膨大な時間がかかるからだ。ともかく孔だらけの細胞壁は生命の歴史に新たな章を書き加えた。植物が出現しはじめたのだ。

しかし、細胞の結合方法は他にもある。そのうちの一つは、海底に棲む多孔質の海綿動物に見ることができる。海綿動物とは、死後にスポンジとして食器洗いなどに使われるものだ。生きている海綿動物をふるいの上で押しつぶすとバラバラになるが、それらを水中に戻すと再集結し、元の海綿動物に戻る。バラバラになった各部分は互いにくっつきたいと願っているようだ。また、一つの個体を引き裂くと、新たに複数の個体になることもある。つまり、海綿動物には何かしらの自己組織化のシステムがあるのだ。

このミステリーのどこかで、生命が開花した。細胞はアリと同じくらい社会的で、膜を通して物質を交換し、タンパク質の助けを借りて通信する。この細胞のコミュニケーションのおかげで自分は生かされているのだと気づき、私は感動した。すべての生き物のように、私も細胞で構成されている。地上のあらゆる生き物は、水に書かれた一つの言語を共有している。この言語を通じて、私たちはみな、生命の起源に関する情報を伝えることができる。

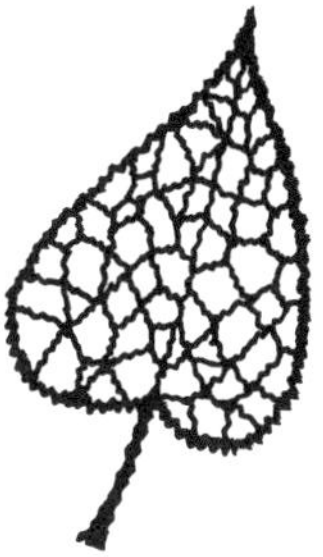

〝臨時ベランダ〟が肌寒くなりはじめたので、私はキッチンに行ってお茶をいれた。鍋から上がる蒸気を見ながら考えた——海から雲へ、雨から氷へと、水はなんとスムーズに変化できるのだろう。水は、生きているものすべての中に存在する。それから、私たちの食べ物にも。そう、たとえ堅焼きパンにだって。生命の基礎とは、まさに水のことなのだ。

それで私はティーカップを持って執筆小屋に行き、暖気を保つためにドアを閉めた。四つの壁に囲まれていると、まるで小さな細胞の中にいるような気がしてきた。そりゃそうだろう、生命は細胞の中に書かれているのだから。だが、それをどうやって伝えているのだろう？　優れた話し手は、話の本筋から脱線するのを避けるものだが、生命にとっては分岐こそが重要だった。細胞は、できる限り多様な言語を組み合わせ、あらゆる方面にコミュニケーションを試みる。言語の一つ目は、化学元素を表す一一八文字。二つ目は細胞にある染色体。三つ目はＤＮＡスパイラルの無限の組み合わせを形成する四つの塩基。人間の文字は直線的に続くだけなので、このような広大さを捉えることは絶対にできないだろう。

それでも私は、生命が書いた歴史を理解したかった。生命の歴史の始まりが、私が生まれる三〇～四〇億年前だったと仮定しよう。歴史書の冒頭にはいくつもの章が並んでいるが、各章の長さは数百万年で、おまけにあまりにも波乱万丈すぎた。そこで私はさっさとページを飛ばし、約五億四千万年前のカンブリア紀を読むことにした。

そのときまでに大陸プレートが移動し、地形に変化が起こった。今私が座るこの場所は、当時は温かい地下水が満ちる池で、その中にはサンゴの層ができていた。サンゴは花に似た小さな刺胞動物の外骨格で、藻類との共生関係から色素とエネルギーを得ている。年に一度、満月の夜に精子と卵子を放出し、そこから生まれた幼生がサンゴ礁を拡大する。世界最大の構造物となったサンゴ礁もあり、そこには海洋生物の四分の一の種《しゅ》が生息する。

三葉虫もまた大きな資産を残した。世界を最初に目撃したのは、ワラジムシに似たこの動物だったかもしれない。解像度はそれほどよくないが、とにかく最初に視力を持った生き物の一つだからだ。三葉虫の目は、のちに出現する昆虫の複眼のように、六角の部分から構成されていた。そしてレンズは結晶質炭酸カルシウムのプリズムだったので、化石として残ることができた。

三葉虫は水中をじっくりと観察していたわけではない。対象物を正確に捉えるには、比較する能力と距離感が必要だ。それでも、数千もの種が海を泳いでいた三億年間、ぼんやりしたパノラマビューを持つ三葉虫は優位に立つことができた。だがすべての個体がそうであるように、三葉虫にも死が訪れる。炭酸カルシウムの目を持つ死体はゆらゆらと海底に沈み、貝やサンゴと結合した。何百万年も圧縮され石灰になり、地球史ではほんの一瞬でしかない期間に人の手によって使われた。ピラミッド、大聖堂、道路、肥料、歯磨き粉などの中には、生物最初の目が含まれているのだ。

私はティーカップを窓辺の小テーブルに置いた。そこに鎮座するボウルには、海の歴史と夏の思い出の両方が詰まった化石がいくつか入っている。石化したサンゴと腕足動物の他には、殻に筋が入ったカタツムリが数匹。筋はカタツムリの年齢を示す装飾的カレンダーだ。らせん形のキリガイダマシを見ていると、私が幼いころに玄関外の大理石の階段で見つけた、やはりらせん形の化石を思い出す。だが、大理石に埋もれていた化石はチョッカクガイ、つまり四億年前に生息していた頭足類だった。

そのころ、海は魚類で満たされつつあった。魚類もまた、画期的な斬新さを備えていた。脳と体のあいだにある敏感な神経線維を保護するための脊椎だ。これらの魚から、すべての爬虫類、鳥類、哺乳類が進化した。古代ギリシャの自然哲学者アナクシマンドロス〔前六一〇頃〜紀元前五四六〕は、二千年以上も前に化石を研究し、生物の進化の可能性について考察していた。そして私も目の前にある化石を見ながら、生命について考えている。跳びはねていた小さな魚が化石になり、今では私の書き物机のそばにぶら下がっている。これも私のご先祖なのだ。

その日の午後、魚は私のたくましい空腹感だって鎮めてみせた。湿気にやられた壁のことを聞いて慌てて家を出てきたので、ちゃんとした食べ物を持ってくるのを忘れていたが、コテージのキッチンには伝統的な保存食がいくつかあった。ニシンの酢漬けの瓶詰とサディーンメスタレン〔魚の缶詰のブランドで、意味は「イワシのマスター」〕印のイワシの缶詰も。よかった、どちらも私の好きな魚だ。そう思うのは私だけではないようで、ニシンもイワシも私たちの文化史に登場する。

塩漬けのニシンは、千年ものあいだ陸でも海でも北欧の基本的な食べ物だった。ヴァイキングにとっては航海食であり、のちにはハンザ同盟にとって非常に重要な商品となったため、ニシンの群れが産卵のために押し寄せる海岸を別の場所に替えてしまうと、この貿易都市連合は終焉を迎えた。考えてみると、この数十年間にニシンの群れは次第に珍しくなってしまった。その原因は、海を掃除機で吸うような産業漁業のせいだと言われている。だから私が選ぶべきなのはサディーンメスタレン印の缶詰、つまりイワシなのだろう。

イワシは、それを入れる容器も含めて、南ヨーロッパ文化史の一部だ。古代では塩漬けのイワシはアンフォラ〔細長い陶器の壺〕に保存されていたが、ローマ帝国の崩壊後は頑丈な木製の樽が使われるようになった。後世になって缶が使用されるようになったのは、ナポレオン戦争の時代に数十万人の兵士に供給するために、輸送しやすい軍用食が模索されたためだ。

保存容器として、まずは煮沸したガラス瓶、次いで鉛で蓋をはんだ付けした鉄の箱が試された。しかしこれは重くて開けにくいため、開封用の小さな〝鍵〟が付いたブリキ缶が考案され、大成功を収めた。船の乗組員も世界一周の旅にまでイワシの缶詰を携えるようになり、イワシはどの魚よりも長距離を移動することになった。

その間、イギリスは世界の海への支配権を強め、船員にニシンを食べさせた。この小魚のおかげでナポレオン戦争を継続できたと言っても過言ではない。ところで、イワシとニシンはどう違うのだろう? イワシはニシン目に属しているため、一六世紀の自然科学者コンラート・ゲスナーはこの二つの魚の違いを説明するのに難儀している。私自身が知っているのは、バルト海の小さなニシンはスウェーデン語で「シュールストレミング」、北海を泳ぐ大きなニシンは「シル」と呼ばれていることだ。だが今日では両者は混じり合っている。気候変動によりイワシが北海にまで北上しているため、種の混合が進んでいるのだ。このことは、サディーンメスタレン印の缶詰を間近に見たときに確信を得た。原材料はスウェーデン語で「スカルプシル」、つまりイワシとニシンの親戚であるヨーロピアンスプラットだと書かれている。「イワシにするかニシンにするか?」という問題は、こうしてひとりでに解決した。

缶詰の〝ニシンイワシ〟を、スライスした堅焼きパンに載せながら、私はこの魚が生きていたときの姿に思いを馳せた。サイズ的には、オキアミと大型魚のあいだのどこかであり、水中での集合体は、長さ一キロの渦巻く銀色の楕円形に見えたことだろう。一匹の魚には何千もの鱗があり、そのどれもが海を反映しているので、群れ全体が海に溶け込んでいる。群れが一方に向きを変えると海面からの光を反射し、反対に向きを変えると深海からの闇を投げ返すだろう。群れの端にいる魚は餌にも捕食者にも近かったので、交代で位置を替えていた。助け合ってプランクトンを見つけ、クジラ、アザラシ、海鳥、または自分たちより大きな魚といった危険の感知に努めた。群れのメンバーはとても協調していたので、何匹かが捕まってしまうと、その近くのメンバーは同情のあまり心拍数が増加した。イワシの群れで幼年期を生き延びられるのは一万匹に一匹だけだが、その時期さえクリアすれば一五歳まで生きることができ、ニシンでは二五歳になった例もある。つまり、イワシの缶詰にはさまざまな運命が詰まっているのだ。

　小皿についたイワシ油を洗い流しながら両手で水を感じていると、私の中の何かが反応した。魚と同様、私の六五パーセントは水でできている。その水は常に補充する必要があるので、この敷地の井戸は最も重要な設備だ。だが、私の体の水分の源《みなもと》は海なのだ。だから涙、汗、粘液には塩分が含まれているし、私が人生の最初の時間を過ごした羊水もやはり塩味だ。

　どうやら私はずっとそこにいたかったようだ。出産直前の胎児は通常、母体の子宮頸部に頭を向けるものだが、私は頑なに拒否した。昔の受話器のように横になり、外の音を聞いていた。その音は、住みなれている小さな原始の海から聞こえる音よりも鋭かった。私のせいで臨月の母の体重はとても重くなり、歩いていた桟橋が壊れたくらいだ。まあ、その部分が腐っていたせいでもあるが。明らかに私は海に惹きつけられていたのだ。

だが空気中に出てしまうと、水中での安心感を忘れ去ってしまった。セーリング・スクールに入るために水泳の試験を受けたのだが、そこでは水はある種の恐怖と結び付いていた。必須科目の一つはダイビングだったが、しなる踏み台の上でめまいに襲われた私にとって、そこから飛び降りることは羊水を去るのと同じくらい困難だった。私たち哺乳類は溺れることもある。ついに私の体が水面を破ったとき、これは実在的試練だと感じた。私が直面したものは、生も死もどちらももたらすことができた。

魚だった私の祖先も、未知の環境に出ていくまで長いこと躊躇していた。魚が海で悠々と暮らしているあいだ、他の生物は恐る恐る地上に進出していった。藻類はここでも最初であり、希望に満ちた緑色をゆっくりと地球に添えていった。デボン紀のシダ類と小葉植物は、空気中の酸素を増加させた。同時に、石まで食べるというタフな食習慣を持つ菌類が、土壌を改善した。酸を出して岩石の表面を溶かし、糸状の根でミネラルを吸い上げたのだ。

海のサンゴのように、陸上の菌類も、太陽エネルギーを分かち合う藻類と同盟を結んだ。これにより、新しい植物グループである地衣類が誕生した。これも酸を放出するため、最終的には苔が生長できる土壌のポケットをつくった。地上はますます棲みやすくなった。シーラカンス類とハイギョ類が、小さなダニやクモ類と一緒に、ゆっくりと海から這い出しはじめた。

その後に続いたのは、海が上昇と下降を繰り返す何百万年もの気候変動だった。石炭紀には針葉樹、巨大なトンボ、長さ一メートルのヤスデとともに、腐敗した植物が埋まる湿地帯が出現した。

その後、ペルム紀では地震と干ばつが繰り返され、海洋種の九〇パーセントが消滅するという大量絶滅が起こった。三葉虫は滅びてしまったが、厚い皮を持つ両生類のいくつかの種は生き残った。哺乳類の祖先はそのうちの一つから派生した。一方、別の種からは恐竜が発生し、三葉虫が海を支配した期間に匹敵する一億五千万年ものあいだ地球を支配した。この間、私たち哺乳類の祖先はトガリネズミ・サイズの生き物へと進化した。恐竜を恐れ、それが眠っている夜にしか外に出ようとしなかった。

転機は、六千五〇〇〇万年前に隕石が地球に衝突したときに訪れた。衝撃による破片が何ヶ月も太陽光を遮り、すべての種《しゅ》の半分以上が死んでしまった。恐竜も絶滅したが、羽を持つ一種だけは生き残れた。こうしてトガリネズミに似た私の先祖も穴から外に出てみようという気になった。

キッチンの窓に、デボン紀からの動物・クモが網を張っていた。戸外では、恐竜の子孫が木をつついて穴を開けていた。私は外へ出て、古《いにしえ》から存在する松、シダ、地衣類のあいだを歩いた。それらの下には、海の堆積物と、ずっと昔に消えた山々の断片が横たわっているはずだ。苔の中では、顕微鏡でしか見えない動物クマムシ——八本足を持つ極小のミシュランマン——がうごめいていることだろう。クマムシは脱水、極端な温度、真空、高圧、および放射線にも耐えられるというタフな生命力の持ち主で、五回の大量絶滅を生き延びることができた。

その生命力はどこから来たのだろう？　それは、小さなクマムシよりもはるかに小さなもの、つまりＤＮＡ分子に由来している。記憶と未来をつなぐ二重らせんを展開すると二メートルもの長さになる。そこには生物史の記録も含まれている。

情報はミクロレベルで記述されている。たとえば、私の設計書は直径一ミリメートルの受精卵細胞に収まっていたが、その情報を言葉にすると、百科事典を二五立方メートル積み重ねた量になる。その三分の一でさえ、私の執筆小屋に収まらないだろう。新しい細胞が複製され、それが心臓や脳、さらには脊椎をも形成する。細胞の内部では何千もの化学反応が起こり、まるで奇跡のように、すべての細胞が適切な役割を果たす。これがスムーズに起こる原因は、すべての細胞の表面が、まるでパズルの各ピースのように、それぞれわずかに異なっていること、そしてすべての可能性——すなわち遺伝子——が細胞核の染色体に初めか

ら存在していることだ。私は五億年にわたって語り継がれてきた物語の一部だが、すべての語り部はいずれも少しばかりバリエーションを取り入れていた、と言ってもいいだろう。

私が胚だったころ、進化の過程が早送りされた。受精卵は分裂するやいなや回転する万華鏡のようにちらつきはじめた。すぐに私はオタマジャクシのような姿になった。やがてその尻尾は消え、鰓弓《さいきゅう》が変化して中耳、喉頭、そして下顎の一部になった。その間ずっと、細胞はさまざまな部分を追加または削除しつづけた。私の手はまるで五本の小枝を生やしたカタツムリのように見えたことだろう。指のあいだには水かきのような皮膚があったが、すぐに消失した。体のどこでも同様のことが起こった。すべての細胞は、互いに調和しているため、自分がいつ発達、分裂、または死ぬべきかを知っていた。最終的には私の胎児期の全細胞の大部分が、全体の利益のために死んでいった。永遠の命を夢見るがん細胞だけが、他の細胞のことなど気にせず、無限の分裂を続けようとした。だから私は死んだすべての細胞に二重の意味で感謝した。細胞の死と相続のおかげで私ができあがったのだ。

過去の想像にどっぷりと浸っていたので、携帯電話の振動音が執筆小屋の中で響いたときには少々びくりとした。かけてきたのは大工の棟梁で、今日は事情があってコテージの仕事を中断してしまったが、明日は戻ってくると約束した。突然、現実の世界に引き戻された。そもそも私がこのコテージにやって来たのは、壁の問題を大工と話し合うためだった。

それでも、一人きりでこのような一日を過ごし、まったく実用的でない視点から現状を見ることができたのは嬉しかった。時間の枠を広げれば、人間社会の些事を別の尺度で見ることができる。地球を襲った大惨事は、腐敗の進んだ壁とは確かに次元が異なり、しかも新たな方向へ道を拓くことが多かった。ただし、何事にも莫大な時間がかかった。地質学者によると、聖書に記述のある有名な洪水をもたらした雨は、何万年も続いていた可能性があるそうだ。

地球の生命史は非常に長大であるため、俯瞰するためにそれを一週間に短縮してみよう。地球という燃える球が日曜日の夜にできたとすると、最初の生命は火曜日に生まれたことになる。それはシアノバクテリアで、この惑星のいたるところに繁殖し、その状態は海洋動物が出現する土曜日まで続いた。しかし、次の日曜日はてんやわんやの忙しさになる。朝に最初の植物が陸地に這い上がると、二、三時間後には両生類と昆虫がそれに続いた。午後には大きな爬虫類が地球を占領し、三〇分後には哺乳類もお目見えしたが、四時間は恐竜から身を潜めて生きなければならなかった。鳥は夕食のころに到着した。真夜中直前に類人猿が木に登り、一二時の三〇秒前にホモサピエンスが二本足で歩きはじめた。人類の歴史はごく短いのだ。

このように私たちは、全生物の長い旅のいちばん最後に現れた。それまでの旅路には、無数の種やその〝家系図〟、そして個々の生物の物語が詰まっている。それらがなければ、私たち人類の歴史はまったく別のものになっていただろう。

人間にとってオーロックス〔絶滅した野生の牛〕の狩りは至難だったが、八千年前にどうにか飼いならすと、この筋肉質の獣の子孫は乳牛と輓獣《ばんじゅう》〔車両などをけん引する使役動物〕になった。牧草地で牛を飼い、また牛を使って農地を耕すようになると、人間は食べ物を探す以外のことに時間を使えるようになった。人口は増加し、それに伴って社会を組織化する必要性が高まった。貴重な動植物を扱っていたシュメール人は、それを記録するために書記言語を開発した。馬はコミュニケーションと軍事征服を可能にし、羊毛交易が生み出した市場経済は、ニシンと鯨油だけでなく、ヨーロッパチヂミボラ〔染料になる巻き貝〕、カイコ、象牙からでも富を築けることを証明した。

最も劇的な変化は、化石燃料が馬力に取って代わったときに起こった。化石燃料には遠い昔の記憶が秘められている。石炭はもともと石炭紀に腐敗した植物であり、原油は太古の海底で圧縮された何十億もの藻類、プランクトン、動物だった。化石燃料の燃焼とは、原料が生きていた時代からの数百万年を圧縮して爆発させたようなものだ。そしてその大爆発は、一瞬にして世界を変えてしまった。農耕社会が工業社会になるにつれ、海を滑る帆船はコンテナ船とタンカーに取って代わられ、同時に動力を供給する石油はすべて、これまで以上に深いところから汲み上げられるようになった。さらには何十万トンもの石油が、すべての始まりである海に流出してしまう事故もあった。

私は石油流出の結果を、何人かのセーリング仲間と一緒に、間近で目撃したことがある。タンカーがバルト海に大量の石油を流出してしまったため、浄化プロジェクトに多くの人手が必要になり、私たちも参加した。軍用ヘリコプターが私たちを多島海の沖に輸送するあいだ、戦地へ赴く兵士のような気分で私たちは機内に座っていた。窓の外を見ると、海面にはクジャクの羽のような色が漂っていた。船から見る海の色も変化するが、それとはまったく異なっていた。

ヘリコプターが着陸した小島の崖は、真っ黒な泥に覆われていた。シャベルで削り取って大きな袋に入れることになっていたが、いくらこすっても泥は岩肌にくっついていた。そして割れ目から岩の内部に入り、花にまでへばりついていた。営巣している海鳥の羽に少しでも石油のシミが付くと、その鳥は死んでしまうのだと私たちは教えられた。

それは一九八〇年代で、私たちが生きている地質年代に新しい名前が付けられたばかりだった。それ以前の用語である完新世は、ギリシャ語で「全体」を意味する言葉に由来している。これに代わって提唱されたのが、ギリシャ語で「人」を意味する言葉に由来する人新世だ。この名称変更は喜ばしいものではない。それ以前の地球災害は、地球自身の激変や隕石の衝突などの外力によって引き起こされていた。ところがいまや、生態系から気候まで劇的かつ進行中の変動の原因は、私たちなのだ。

黒く染まった岩だらけの小島に立つと、陰に隠れた未来が垣間見えた。私は詩の中で、生命を生み出した水滴や、神秘的に魚を引き寄せるサルガッソ海など、海への畏敬の念を表してきた。しかし、現代の海には原子力潜水艦が潜んでおり、その底には、十万年ものあいだ生命を脅かす使用済み核燃料が横たわっている。短縮された生命史の表は、がん細胞の成長のように、あっという間に終わってしまうだろう。

その日から数十年経った今、黒い岩場で警告されていたことはすべて、疑いの余地すらなくなった。腐敗した有機物が暗い地下から掘り出されたとき、地球の歴史は進路を変えてしまったようだ。石油から生まれたプラスチックは毎分一五トンも海に流れ込んでいる。そして魚を介する食物連鎖の結果、プラスチック片を食べてしまった数百万羽の海鳥、数千頭のクジラ、ウミガメ、アザラシが死んでしまった。石油をエネルギーに変換するために、毎分千万リットルの石油を燃やすようになった。その結果、大気中に蓄積した二酸化炭素は温室効果を高め、世界中の気温が上昇した。突然、世界人口の三分の一が水不足に直面しているとの報告があった。同時に、氷河が解けて海面が上昇し、世界各地の海岸線が沈下するとの警告も。そして、生物の種が以前の千倍以上の速さで消滅しており、地球は六回目の絶滅への道を歩みはじめていると言われている。プロメテウスの火は、生物界の頂点に立つ人間に背を向けはじめた。私たちの文明を生み出してくれた川がどこへ向かっているのかはわからないが、その川岸にはこんな警告文が立っている。「大洪水が来るぞ」

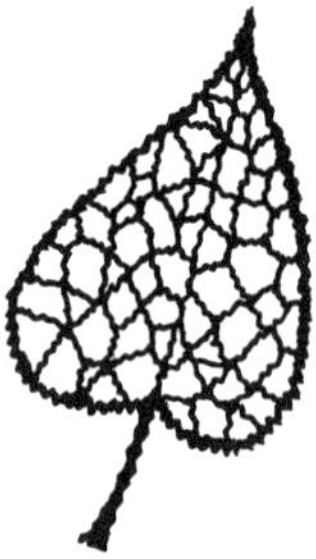

外は暗くなり、海峡を行くボートはランタンを灯していた。敷地内を歩いていると、夜空

に一点の光が動いているのが見えた。おそらく人工衛星の一つだろう。今日《こんにち》では地上の様子を監視したり、音声や画像を送信したりするために、人工衛星が地球の周りを回っている。気の進まない乗客を乗せたこともあり、その筆頭例は過熱した宇宙カプセルに乗るはめになった宇宙飛行犬ライカだろう。その他にもカタツムリ、カブトムシ、蝶、コオロギ、スズメバチ、クモ、ハエ、魚、カエル、カメ、ネズミ、サル、ネコなど、何千もの動物が衛星に乗せられ宇宙へ送られた。その目的は、地球が住めなくなったあと、宇宙で地球生命が生き延びられる可能性を調査するためだった。

私はキッチンから懐中電灯を持ち出した。開放型物置小屋の棚のどこかに、海や森で使った寝袋があるはずだ。奥のほうに置かれた大箱の中に、それはあった。視界の端で何かが動いていたので、円錐形の光があることが嬉しかった。おそらくそれは、人間が眠る夜にしか活動しない動物の一種だろう。

風が強くなってきた。壁が三面しかない家で、青い防水シートが、出航を心待ちにする帆のように羽ばたきはじめた。執筆小屋に戻って寝袋に入ると、再び練習船のことを思い出した。私は、自分がどこかへ向かって流されているような気がした。視界を広げてみれば、すべての生き物は、〝これまで〟と〝これから〟のあいだを流れる川のようなものだ。

ところがきゅうくつな寝袋の中で体の向きを変えると、私の視界はまた縮みはじめた。仕方ない、だって明日の朝にはまた大工たちがやって来るのだから。壁を取り壊して新たにつくりなおすことって、本当に改善なのだろうか？　生物は多孔質の細胞壁のおかげで進化してきたというのに。

昼間に広がった視界のおかげで、そのときの私は問題点を振り返り、この別荘を少々違う角度から見ることができた。今まで私はこのコテージを「一面取り壊されてしまったので、壁が三面しかない」と表現してきたが、じつは正確な四角形ではない。建て増ししたキッチンが凸の字のように壁の外へ突き出しているのだ。古い部分の壁と新しい部分の壁は一点でつながっていて、いわば三角形の二辺をつくっている。すでに壁が二面あるわけだから、もう一つ壁と屋根を追加すれば、一室ができあがる。壁が三面しかなくても、それで充分なのだ。

私たちに足りなかったのは、水辺の景色を望むベランダだったのだ。そうすればこのコテージで持てる視界は、壁の中だけでなくもっと広がっていたのに。海の中には、人間とは異なる感覚を持ち、人間とは異なる歌を歌う生き物が棲んでいる。彼らは、ある面では私たちと異なっているが、別の面では非常に似ている。海の底では、何十億もの砂粒が、消えた風景の証言をしている。地球生命史がマリアナ海溝と同じくらい深いとすると、私たち人間の時代は水面の泡程度でしかない。たったそれだけの時間で、私たちは地球に深刻な危機をもたらしてしまった。だから大急ぎで舵を切り、私たちの進路を別方向に変える必要がある。それとも、その進路を変えるものは大災害しかないのだろうか？

目覚まし時計のカチカチ音の合間に、海峡を渡る風の音が聞こえてきた。風が語る内容は、私が生まれ、今も私と共にある海の王国の、波のうねりについてだった。

第六章　野生の力

腐食が進んだ壁の交換には時間がかかった。床の一部も剝がすことになり、家というのはあらゆる面がつながっているのだと再認識した。それから新しいコンセントのために床下に電線を通すことになった。電気技師がここへ来て仕事を始めれば、きっと敷地内のほかの小屋にも配線してくれるだろう。

電気技師の作業場所は暗くて狭いものだった。床下へと匍匐《ほふく》前進していったので、仕事は地面に腹ばいになってやっているのだろう。そこから聞こえる話し声はくぐもっていた。背の高い男性たちがようやく床下から這い出てきたと思ったら、今度は高さ一メートルのポンプ室にもぐり込んでいった。各小屋に電気を供給する分電盤を設置するためだ。彼らは敷地全体に電線を引っ張れば楽勝だと考えていたようだが、それは作業の中で最も厄介な部分であることが判明した。地形を考えると、硬い土壌を手で掘る必要があったのだ。しかし、それは電気技師には無理な話だった。次善の策として、地上に置いてあるパイプに電線を通すことにした。だが、誰がこれらのパイプを地中に埋めるのだろう？　私はある電気技師に訊いてみたが、敷地を見るなり断ってきた。問題解決には時間がかかりそうだった。

とはいえ電気は現代の必需品なので、どうしても各小屋まで電線を引きたい。暗闇は文明以前のあやかしの世界の名残なので、敷地にささやかな光が漏れているだけでもほっとする。そのためには星が見えなくなっても構わないと、一晩中照明を点けている家があるくらいだ。田舎にいても明かりは都会並みにしておきたいのだろう。

これは私にも当てはまるのだろうか？　私が憧れていたものは、必ずしも荒野ではない。

私と野生との関係は二つに分かれている。作家として、私は厳密で明解な言葉を探しているが、一方で、カール・ヨーナス・ルーヴェ・アルムクヴィスト〔一七九三〜一八六六。スウェーデンの作家〕の物語『オルムスとアリマン』のように、予想できない衝動が言葉に精気を与えることを知っている。オルムスは几帳面な神で、日中にあらゆることを秩序立てる。一方、アリマンは予測不能な神で、夜になるとオルムスが計画していたことを変えてしまう。その結果は変調と不安をもたらしたが、同時に美しくもあった。

野生という概念はあいまいだ。あるときには自由または荒涼としたものとして、また別のときには飼いならされていないもの、または荒々しいものとして説明されてきた。他の言語には他の語義がある。たとえばフランス語の souvage には野生種の意味もあるし、人づきあいの苦手な人の意味もある。たいていの野生動物が独立した生活を送っていることを考えると、おそらくこの二つの語義は関連しているのだろう。

ウォールデン湖のほとりに一軒家を建てたヘンリー・デイヴィッド・ソロー〔一八一七〜一八六二。アメリカの作家〕は、このような距離感を求めていたのだろう。徒歩圏内に人家がいくつもあったので、そこは極端な原野ではなかったが、それでも社会生活からは遠く離れていた。沈黙の中では自分の考えに集中することができたし、野生動物にも近づくことができた。彼は自分が発見したものを鉛筆で書き残した。その鉛筆とは、父親の鉛筆工場でソローが開発に貢献したものだった。繁盛している会社を離れて森の中でのんびり暮らしたいと言いだしたときは誰もが驚いたが、実際のソローは、彼の周りに集まってくる動物と同じ程度にしかのんびりできなかった。野生動物と同じく、ソローも毎日、孤独な狩りに出かけねばならなかったし、それは全集中力を必要とした。作家にとっては、かなりお馴染みの生活ではあるのだが。

掘削業者が「ひょっとしたらそっちに行けるかもしれない」と言ってくれたので、私は原稿を持ってしばらくコテージにこもることにした。ところが何かあったのか、数日経っても彼は現れなかった。未来が予測できないことは、私も理解している。私の執筆だって、ときおりそうなるのだから。人生という方程式の核心はこの未知数Xではないかと、ときどき考える。

コテージの外でも、やはり予想外のことが起こっていた。キッチンの外へとアリを誘い出すために、砂糖を載せた小皿を置いていたのだが、それがある夜、忽然と姿を消したのだ。玄関ドアの外に置いてあった、陶器製の小鳥と一足の靴も同じ運命をたどった。誰が取っていったのだろう？　確かに、この敷地の周りには柵などないが、あいまいな境界線であっても尊重されるべきだ。おまけに私は一人きりだったので、誰かがこのコテージの周りをうろついていると思うと、ちょっと怖くなった。

ある日、丘の上を歩いている見知らぬ男を見かけた。「あのー、すみません！」と私は大声で呼びかけ、急いでそこへ向かった。男は少しうろたえながら説明した。「この近くに住む人を訪ねる途中なんですが、どこからがお宅の敷地なのかわからなかったんです」。それから今まで歩いてきた獣道《けものみち》を指さした。「この辺には獣道が何本もあったんです」と彼は続けた。「あなた方、いや、その前に住んでいた人たちは、それらの獣道の上に建物を建てたんです」

もちろん、彼の言い分は正しい。動物の縄張りは人間が区切った敷地よりも古く、性質も異なる。そこは時間と空間が出会う場所で、地形が記憶に残る。この敷地の本当の所有者は、ここに棲み、細部まで知り尽くしていた野生動物なのだ。

この敷地を注意深く監視していたのも、また動物たちだった。自分の縄張りを主張する鳥の歌が高らかに、いくつも聞こえてくる。歌い方は種《しゅ》に固有のものなので、この敷地内にはいくつもの鳥の縄張りがあることになる。動くものすべてにセンサーのように反応するゴジュウカラの歌はしょっちゅう聞こえた。もちろん、四本足の動物もたくさんいた。あるとき私は、ヤギのオスがメスを追いかけて丘を走っていくのを見たことがある。

そしてもちろん、リスの縄張り意識が強いことは知っていた。ある夜、「怪しいやつがこっちへ来るぞ」とリスの警報が鳴った。私は半分完成したベランダに座って執筆していたが、そばのシラカバの枝に座るリスが、尻尾を震わせながら怒るようにわめきはじめた。リスが北を向いていたので、私もその方向に目をやると、赤茶色の尻尾が公有地に消えていくのがちらりと見えた。あのふさふさした尻尾はキツネのものだ。

突然、この敷地から陶器類を取っていったのが誰なのかがわかった。当然ながらキツネは「私のもの」と「あなたのもの」を区別しない。だが人間だって自然界にいるときには、役立ちそうなものなら、ちゃっかり失敬するではないか。おまけに、この敷地は明らかに、あのキツネの縄張りの一部なのだ。

この目撃のあと、私はひんぱんにキツネについて考えるようになった。私の好奇心に応えるかのように、コテージの周りの切り株や石に、ブルーベリーをちりばめた縄張りの境界線が出現しはじめた。しかも、それはこちらへ近づいているようなのだ。

電線を地中に埋めてくれるはずの男はついに姿を現さなかった。私は荷物をまとめた。最後の夜は暖かく、私はまたベランダに座って執筆に励んでいた。目の端に何か近づいてくるものが映ったので、それまで考えていたことは吹き飛んでしまった。顔を上げた私の手からペンが落ちた。芝生の上をキツネが歩いている。大柄なうえに、オオカミのような灰色の斑点がある。私と目が合うと、一歩こちらへと踏み出した。半分開いた口は、ニヤリと笑っているようにも見える。

一瞬で血圧が急上昇するのを感じた。野生動物は通常、人に近づくことはなく、できるだけ避けようとする。混乱した私は、片手を上げて「戻れ」というジェスチャーをした。キツネはスローモーションで引き返した。

その夜は早々に寝台へ行った。公有地からキツネの雄たけびが聞こえる。荒々しい野生の声。翌朝、キツネが名刺代わりに残していったものを玄関わきで見つけた。

キツネの訪問後、「野生《ワイルド》」とは何かという問いが私の中で膨らみはじめた。自然界にあるだけでは充分ではない。子どものころはその言葉を「西部劇《ワイルド・ウエスタン》ごっこ」と結び付けていたが、なぜ先住民とヨーロッパ人が戦ったのか、スー族が誰なのかは知らなかった。四半世紀後、当時の人生のパートナーと一緒に、彼らに会いに行くことになった。二人でアメリカ先住民に関するレポート集を書くことになったのだ。

十九世紀のアメリカ植民地時代、ミシシッピ川より西はワイルド・ウエストと呼ばれていた。その後、多くの変化が起こった。次々に流入する移民は、この土地をたんに征服すべき荒野に過ぎないと考えていた。この土地が一八九〇年にアメリカ合衆国に編入されると、ワイルド・ウエストの時代は終わりを告げた。ウーンデット・ニーにおけるアメリカ軍による先住民虐殺がその終焉だった。

先住民族によると、土地は空気と同じくみんなのものであり、誰かが所有できるものではなかった。オグララと呼ばれていたスー族は、長いあいだ大草原を自由に移動していた。そこではバッファローの大群が食料だけでなく、ティピー〔テント〕や衣服用の皮を提供してくれた。それゆえ、バッファローは世界を構成する一要素だと見なされていた。しかし十九世紀になると、先住民が自由に移動していた土地が分割されてしまう。大草原に境界線が引かれたり鉄道が敷かれたりしたのだ。その後の数年間で、六〇〇〇万頭の水牛が兵士、鉄道工事人、銃を持ったハンターによって殺された。平原先住民が住んでいた自由で広大な荒野は消失し、代わりに政府は、土壌が貧弱で作物が育てられないような土地に先住民を移住させた。だが、それらの地域に鉱物が埋まっていることが判明したとき、移住契約も反故《ほご》にされた。

先住民族居留地に関する歴史は、残念ながらアメリカ合衆国だけのものではない。ヨーロッパからの入植者たちは、コロンブスの時代から先住民の文化を迫害してきた。同様の抑圧が世界中でおこなわれ、スウェーデンのサーミ人もその対象だった。違いは、それが映画などの大衆文化にならなかったということだ。

一九七〇年代になると、合衆国の先住民新世代が、歴史的過ちと腐敗した先住民当局の双方に抗議しはじめた。オグララ族は、かつて先住民虐殺の舞台となったウーンデット・ニーを占拠し、その後、彼らの居留地であるパイン・リッジで暴動を続けた。私と、作家であるパートナーが向かったのはそのパイン・リッジだった。

居留地を訪れるために地元のバスの最終停留所で下車した私たちに、運転手がこう注意した。「気をつけなよ。あそこの先住民は部外者が好きじゃない。おまけに居留地の境界付近では発砲騒ぎもあったし」。私たちはバックパックを下ろし、困惑しながら互いの顔を見た。ワイルド・ウエストが復活したのだろうか？　しかし、無法状態なのはほとんど居留地外のようだったので、私たちは旅を続けることにした。

オグララ族が総会を開く直前に私たちは到着した。応対した男性たちは疑いの目つきで私たちを見た。あんたたちは何者なんだい？　人類学者？　入所審査は長い時間を要した。時間はかかったが私たちは受け入れられた。それだけでなく、彼らの友情さえ勝ち取ることができた。その結果、なんと彼らの宗教的儀式にまで招待されたのだ。

その夜の会場は、装飾華美な教会とは対照的だった。当時先住民の宗教は好意的に捉えられていなかったので、そこはブラインドが下ろされた簡素な部屋だった。車座に座る人々の中心にあるのは、砂を撒いた盆。これは大地のシンボルで、その上にはいくつかのタバコの箱が置かれ、さまざまな色の紐で結び付けられていた。それらの色は、この世界の主要な方向――東と西、北と南、空と大地――を表す。この〝祭壇〟には聖なる水牛の肉も捧げられる予定だったが、残念ながらプレーリードッグの肉になってしまった。

その部屋が簡素であることは重要ではなかった。なぜなら、地球上のすべての生命は暗闇の中でつながっているのだから。明かりが消えると、シャーマンの太鼓が数分間響き、そのあと人々の唱和が始まった。彼らは「我らにつながるすべてのもの」のために祈っていたが、これはどこかの部族だけを意味するわけではない。オグララ族は、ダーウィンよりずっと前から人間と他の動物との関係を理解していたので、バッファロー、ムース、ワシなどにちなんだ名前を自分たちに付けていた。人間が食用にしていた動物に対しても、同等の敬意を持って祈りが捧げられた。〝親戚一同〟が部屋の壁をゆっくりと広げていくと、大草原はかつての広大さを取り戻し、時間の進みは遅くなった。私の脚の感覚はなくなったが、心は境界線のない世界をさまよっていた。暗闇の中で、「helhet 全体」と「helighet 神聖」という言葉には共通のルーツがあることに初めて気づいた。すべてのものは互いにつながっており、同じ価値を持っているという考えに心打たれた。

するとサルビアの香りが広がり、みんなが飲めるようにと浄水を入れた鉢が回された。次は聖なるパイプの時間だ。それは私にも渡された。私はパイプの煙を吸いながら、暗闇の中で祈りを捧げた人々の唇がこのマウスピースに触れていたことを考えた。私だって、地球の親戚一同のために祈っていた一人ではないか？

オグララの儀式は、エキゾチックな体験としてではなく、もっと深いものとして、長いあいだ私の記憶に残っていた。それは、多くのアメリカ先住民文化の中に見いだせる精神を受け継いでいた。たとえば、カリフォルニアのピット・リバー・アメリカ先住民の民話では、クマの父、アンテロープの母、キツネの息子、ウズラの娘が、親戚である動物たちに会うために長い旅をする。そのうちの一人は、粗暴な息子キツネの中に友人を見いだす、年老いた祈禱師にして祖父のコヨーテだった。

アメリカ先住民の物語に登場するコヨーテは、秩序ある世界からはみ出たトリックスターであることが多い。ジョーカーのように、彼は不意にゲームのルールを変えることができるが、悪人ではない。アメリカ先住民の神話では、世界を創造したのは王様のように正悪の判断をする神ではなく、野生の神秘を秘めた動物だった。そこではキツネもトリックスターと見なすことができ、一部の部族では崇拝の対象になっていた。ソローもこれを知っていた。彼にとってキツネは、アメリカ先住民と同じく、ヨーロッパ系移民の社会よりも自然に近い生活を営むものの象徴だった。キツネが飼いならされずに自由でいることを、ソローは評価していた。

その秋、私はコテージを運命に任せることにした。それでも一月になり寒波が襲来すると、建物と動物は無事なのだろうかと考えはじめた。そこで、鳥の餌を買ってコテージへと向かった。

敷地内の雪の上には刺繍がほどこされていた。小さなリスが軽やかに跳びはねた跡に交じって、キツネの足跡と、ノロジカのひづめの押印があった。糞や齧られた枝と同じく、足跡は状況を推測する手がかりだ。それらを眺めながら、ついさっき去ったばかりの過去に思いを馳せた。ノロジカは突然進路を変えると、ひづめのあいだから分泌物を出すという。そうやって、自分が目撃したものについて、仲間に警告を発しているのだ。各種の足跡が交じるこの場所にも、においのメッセージが隠されているのだろうか？

もちろんこの動物たちの足跡はそれ以前からこの敷地にあったのだが、雪が降るまで私には見えなかった。地面の下には野ネズミのトンネルがあるはずで、その一つは明らかにコテージにつながっている。というのもキッチンのシンク下にネズミの糞があったからだ。マットレス代わりのぼろきれが隅のほうに集められていたので、トイレとベッドはきちんと分けていたようだ。もしも古いキッチン・スポンジ以外に食べられるものがあったら、ネズミはおそらくそこを巣にしていただろう。私の最初の別居パートナーの家では、家ネズミがソファの中に角砂糖を溜め込んでいた。たまたま私は、食品貯蔵庫の中で大きな目をしたネズミに出くわした。本日の砂糖の輸送の前に、ゴルゴンゾーラで栄養補給していたようだ。その姿は愛くるしかったが、その後、キッチンにはネズミ捕りが据え付けられた。

ネズミはしょっちゅう食べる必要があるので、食べ物のすぐそばにいたい。そのため品揃え豊富な家や納屋に引き寄せられるのだが、この傾向は人間にはありがたくない。そういえば、一日で七万匹ものネズミが穀物貯蔵庫で殺されたというほら話を聞いたことがあるが、これは人間がネズミをどう思っているかを浮き彫りにしている。

だが、われわれ哺乳類のご先祖様も、かつてはネズミのような生き物だったのだ。さらに、私たちの遺伝子の八〇パーセントはネズミと同じであり、いくつかの傾向も共有している。たとえば、ネズミはとても社交的で、超音波によるコミュニケーションをしていない場合は、表情やにおいで互いの気持ちを巧みに読み取っている。ネズミに他のネズミが苦しんでいるのを見せるという恐ろしい実験では、明らかに同情心が示された。

もちろん、私たち人間は超音波や微妙な表情を知覚することはできない。そこでネズミの鳴き声を人が聞き取れる周波数まで下げてみると、鳥のさえずりのように聞こえるらしい。鳥と同様に、ネズミのオスは歌でメスの心を摑もうとしており、ペアになるとかなり複雑なデュエットが歌えるそうだ。この歌の才能は生まれつきのもので、いわゆるFOXP2遺伝子にコントロールされている。この遺伝子は鳥のさえずりや人間の発話にも関係している。それが変異したネズミのオスは、はるかに単純な歌しか歌えず、メスを惹きつけることができない。

私は彼らの世界の近くに住んでいたことがある。子どものころ、私と姉はペットとしてマウスを飼っていた。彼らを家族同然に思っていた私たちは、居心地よく過ごしてもらうために、知人に頼んで段ボール紙の家を建ててもらった。屋根を持ち上げると、家の中の〝整理整頓ぶり〟がよくわかった。新聞紙はどれも齧られて、私たちが判読できない象形文字が並んでいた。マウスも私たちを理解できなかっただろう。彼らの目に映った私たちは、気の向くままに手を伸ばして、回し車から彼らを引き抜く暴君だったに違いない。私は指でマウスの毛皮を優しく撫でて、慈しむ気持ちを伝えていたと思うのだが。

最も鮮明な記憶は、マウスの家を覗いたあと屋根を戻すのが難しくなったときのことだった。どんなに強く押しても何かが邪魔をした。なんと、硬い段ボール紙の壁と屋根のあいだにマウスの首が挟まれていたのだ。死にかけているネズミを手にしたとき、その白い毛皮に小さな隆起が何度か現われた。晩年のゴッホ作品に描かれた渦巻く星のようにも見えたが、マウスの毛皮を動かしたのは、滴る私の涙だった。ネズミと人間の関係はいつも複雑だ。

もちろん、マウスと野ネズミの生活は異なる。一方は子ども用のペットや研究用の実験動物になることが多いが、他方は自由に生きられる。それでもキツネなどの動物に狙われるので、日々神経を尖らせなければならない。私はシラカバの木に設置した鳥の餌箱にタネを補充しようとして、少し地面にこぼしてしまった。きっとネズミは喜んで食べてくれることだろう。

肌寒い小屋でも耐えられるようにと、私は寝る前にスープを飲んだ。しばらく本を読んだあと、私は静寂――もっと正確に言うと私が静寂と呼んでいるもの――に耳を傾けた。外の世界にはシグナルが満ちているが、そんなものには通り過ぎてもらうおう。

ところが、真夜中に叫び声で目が覚めた。下の公有地からのもので、ひどく荒々しかった。そのあとには、すすり泣くような哀れな声が続いた。私は寝台で起き上がった。外の暗闇の中で何かが起こっている。どうやら生と死が絡み合うドラマが進行中のようだ。今回はどの動物とどの動物が出会ったのだろう？　おそらく一方はキツネだろうが、もう一方は？　何もわからないまま、私の想像力は不気味なシーンをいくつも描きはじめた。私が静寂と呼んでいたものが、ようやく戻りはじめた。

ストックホルムに帰った私は、キツネについてもっと知りたくなった。そうすれば、野生という捉えがたいものについても、どうにか理解できるかもしれない。だが、調べる中で最初に驚いたことは、キツネに対する人間の視線だった。キツネを悪者に描くのは、おとぎ話、寓話、神話だけではなかった。旧約聖書の雅歌もまた、ブドウ園を荒らすキツネを捕まえるように促している。キツネは常に狡猾だと語られてきた——その知性を高く評価していたアリストテレスにさえ。なぜだろう？　狡猾とは隠れて悪事を働くことだが、キツネは食べ物

が欲しいときに、けっしてコソコソしない。人間がキツネを嫌う最大の理由は明快だ――飼いならすことが不可能で、人間がコントロールできないからだ。

もちろん、キツネは私たちの裏をかく必要があった。でなければ、どうやって生き延びることができただろう？　繰り返されるキツネ狩りは、巣穴の出口を二つにするよう、この動物に教えた。それから、引き返したり、水に飛び込んだりして、追っ手をまく技術も。おそらく狩りは、キツネが逃げ道を見つける能力さえも磨いたのだろう。そうして今では、不毛の砂漠から高山に至るまで、キツネは世界中に棲んでいる。

キツネの体形は、多くの状況で役に立つ。どんな障害物があっても、乗り越えたり登ったりすることができる。デコボコだらけの地形では、前足の感覚毛《かんかくもう》がセンサーの働きをする。他の動物を狩る際には、その細長い体は遠くまで速く走ることができるし、また静かに這って獲物に近づき、奇襲をかけることもできる。げっ歯類の動物を捕まえるときには「マウシング・パウンス」をおこなう。キツネはまず地中の動きに数秒間、聞き耳を立て、それから一メートルほど飛び上がる。尾を使ってバランスを取りながら、隠れているげっ歯類めがけて着地する。キツネが北を向いている場合には、地球の磁気を利用して、獲物までの正確なコースを把握できるという。

しかし、キツネの最大の強みはその柔軟性だろう。キツネの食性は「日和見主義」と呼ばれているが、どうしてそれを、「変化する条件との創造的な相互作用」と呼んでやらないのだろう？　確かにキツネは丸々としたニワトリを夢見ているだろうが、ご馳走が日常食だとは限らない。チャンスがあるうちにさっさと食べることもあれば、将来のために余った分を地中に埋めておくこともある。キツネの主食は小さなげっ歯類だが、それが不足するときには、ミミズ、昆虫、動物の死肉、卵、鳥、ブルーベリー、ブラックベリーも食べる。キツネは雑食動物の歯を持っているので、緊急事態には、キノコ、木の根、数種の草で飢えをしのぐこともある。

適応能力の高さはキツネに多くの利点をもたらした。オオカミはグループで狩りをするので広大な縄張りを必要とする。だから人間の居住地が野生の領域に侵入すると、オオカミは追い出された。これはキツネにとって二重の勝利だった。オオカミはキツネの天敵だったし、人間の居住地にはチャンスがある。針葉樹がまばらに生えている森では、食べ物を見つけるのに数平方キロメートル歩きまわる必要があるが、都市近郊なら困らない。人間は大量の食べ物を捨てるので、ゴミバケツは宝の山だ。郊外住宅の庭にはコンポスト、果樹、ベリーの茂みがあり、しかも田舎よりも農薬の量が少ない。さらにボーナスとして、人口密集地域での狩猟は禁止されているし、都市住民は田舎の人ほどキツネを嫌わない。

キツネがイギリスの都市部に移動していることが観察されたのは、一九三〇年代の都市化の時代だった。二十世紀末時点で、ヨーロッパには数十万匹の都市ギツネが生息していた。国中の環境が人の手によって変えられ、そこではごくわずかな自然が点在しているだけだった。多くの動物が、建物の暗いはざまで生きる術《すべ》を学んだ。都市の郊外でノロジカ、野ウサギ、ヘラジカ、ビーバー、イノシシを見かけることが多くなり、ついには北半球の動物の半分が人間が住む地域に生息するようになった。

人獣が混在するようになったのは、動物のせいではない。千年前には人間とその家畜は地球上のすべての哺乳類の二パーセントでしかなかったが、徐々にその割合は逆転していった。人口は定期的に倍増しているため、私たちと家畜は現在、世界の哺乳類の九〇パーセント以上を占めている。主要な家畜とは、数十億頭のウシとブタ、五億匹のイヌと五億匹のネコである。一方、野生動物のほぼ半数が短期間で姿を消したため、百獣の王であるライオンは二万頭弱しか残っていない。

このため、世界自然保護基金の支援のもと「再野生化」と呼ばれる運動が起こり、ヨーロッパ各地を「野生に戻す」試みが始まっている。魚が泳ぎやすい河川をつくり、放置された農地を野生動物の草原にしている。実際、順調な都市生活を維持するためには、その百倍の自然豊かな土地が必要だ。食料を生産し、廃棄物を処理するためだが、このように自然環境を広げることは、誰にとっても利益となる。

以上のような知識を得ることができたが、まだわからないことが残っている。私自身はどうやったら野生空間を広げることができるのだろう？　キツネは、自由を求めるイヌの近種と見なせばいいのだろうか？　キツネの願いは、自分の縄張りの中で自由に生きることだけだろう。それは一種の生き方の手本になるだろうか？　自然界で柔軟に生きるには、自然界を知り尽くしていなければならない。すべての可能性を受け入れるキツネの目には、道なき道でさえ映っているのかもしれない。

四月に私はまたコテージへ出かけた。春になると気持ちが落ち着かなくなるが、それは自然の中で治すのがいちばんだ。それに、掘削業者が行けるかもしれないと言ってきた。彼の

到着を待つあいだ、母と前の所有者が残したものを整理して、開放型物置の中を片付けるつもりだった。

　壁が三つある建物と四つある建物の違いは、これまで見てきたとおりだ。開放型物置もまた、自由に出入りできる居心地よい空間だったようだ。あるキャビネットの上には、略奪されてきたと思われる鳥の巣があった。母親の古いソファの一端は、生地が引っ掻かれ詰め物が出ていた。どちらもネコの仕業だろう。壁に立てかけてあった絵画を動かすと、その隙間に半ダースほどの小さな糞が隠してあった。これはネコの衛生観念の表れだろうか？

　私はソファにこれ以上の攻撃をしてほしくなかった。だからその上に折りたたみ式のガーデンチェアを置き、自分の縄張りを主張してみることにした。翌日そこへ行ってみると、信じられない光景に出くわした。ガーデンチェアの上には、やはり同じような縄張りの主張がされていたのだ。臭くて茶色の。

　私は口をあんぐり開けながら、恥知らずの小山を見た。これはやりすぎだ！　いったい何が言いたいの？　それはキツネの縄張りマーキングだった。この開放型物置に、ネコとキツネの両方がいるのだろうか？

　考えてみれば、両者には確かに共通点がある。どちらも夜行性の孤独なハンターで、敏感なひげ、ざらざらした舌、そして暗がりでもよく見える垂直の瞳孔を持っている。爪先で忍び寄ることもできるし、背中を丸めることもできる。座ったり眠ったりするときには、尻尾を体に巻き付けるのが好きだ。どちらも前足で魚をキャッチし、捕まえたばかりのハタネズミやイエネズミと遊ぶこともある。どちらも木に登ることができ、ハイイロギツネであればネコのように鋭い爪を出しておくこともできる。キツネはイヌ科の一員だが、ネコとよく似た生態的地位《ニッチ》を占めている。

とはいえ、両者は大きく異なる世界に棲んでいる。ネコは、人間が楽しむために飼いはじめた最初の動物だ。ネズミを捕まえるとはいえ、イヌみたいにハンターや警備員、羊飼いになる気はさらさらなく、野生の本質を保ちつづけている。屋内では家具を引っ掻き、屋外では多くの鳥を殺す。ところが、私たちは喜んでそれを許しているのだ。夜の狩りのあとクッションや膝の上でくつろぐネコに、ちょっとしたご褒美を与えたりもする。

キツネもネズミを捕まえるというのに、その待遇は反対だった。イギリスのハンターが特別に訓練された三十匹の犬を使ってキツネを追い込んでいる写真を見れば、いかにキツネ狩りがスポーツマンシップに則っていないかがわかる。こんなふうに獲物を追い詰める狩りは大嫌いだ。これは「弱者の側に立つ」という優れた英国の伝統に反している。このモットーは英語で「You go with the underdog.」という。もしもキツネが underdog なら、私は喜んで彼らの味方をする。

しかし、このキツネは本当に私の忍耐力を試している。物置から外に出ると、何かが逃げていくのが見えた。大工小屋と丘のあいだには、冬の厳しさのあまり地面に這うことを余儀なくされた松の古木がある。水平に伸びた幹には、苔だけでなく小さなモミの木も育っている。この身分違いの結婚に困惑した松の木は、その根を無秩序に伸ばしてしまった。その根のあいだに大きな穴が一つあった。

それは典型的なキツネの巣穴だった。キツネは通常、丘の斜面に立つ木の下を掘って巣をつくる。ここでは大工小屋の床下が無料の第二出口を提供していた。さらに、開放型物置にはお宝が満載されているので、ここはキツネにとって絶好のロケーションに違いない。

だが、私にとっては御免こうむりたい場所だった。この巣穴は松の根を傷つけるだけでなく、大工小屋の出入り口に近すぎる。道具を取りに行ったら、足元に野生動物がいたなんてまっぴらだ。掘削業者の到着は大歓迎だが、こんなことは期待していなかった！　とにかくキツネがこの敷地内にいることは構わないが、もう少し遠くに行ってくれないだろうか。今夜、キツネが出かけたあとに、この穴は埋めたほうがいいだろう。もしまだキツネが巣の中にいたとしても、出口はもう一つあるのだから、閉じ込められることはないはずだ。

戸外が暗くなりはじめたころ、立ち退き計画を立てるためにもう一度、巣を見に行くことにした。開放型物置のそばで何かが動きまわっているのが見えたので、ネコだろうかキツネだろうかと考えた。ところが私が近づくと、二つの小さな黒い塊が別々の方向に猛ダッシュした。一つは物置の裏に消え、もう一つは巣穴に飛び込んだ。キツネの子どもたちだったのだ。

二匹の子ギツネの反応はまったく異なっていた。一匹は好奇心が強いのか、物置の陰から顔を出した。もう一匹は怖がりなのか、隠れ処にこもったままだった。私も同じくらいびっくりしたので、コテージに戻ることにした。

『星の王子さま』の中で作者のアントワーヌ・ド・サン゠テグジュペリは、友情についてキツネに語らせている。相手に命令するなんてとんでもない。大切なのは、ゆっくりとお互い

の信頼を勝ち取ることだ。だから王子さまが毎日ここへ来て、キツネの近くにおとなしく座っていたら、そのうち友だちになれるかもしれないね。

人間とキツネの友情は確かに昔から存在していた。二〇〇〇年代初めに発見された中東の墓は、一万六千年前にある男性とキツネが並んで葬られたことを示している。考古学者たちは驚愕した。人間とイヌが一緒に埋葬された墓が現れるのは、その四千年後だからだ。キツネはイヌよりもずっと前に貴重な動物として扱われていたので、死者のお供をするようになったのだろうか？　そのころの人間はキツネと同じくらい野性的な狩猟採集生活を送っていたからだろうか？

私はこの敷地にいるキツネを飼いならしたいとは思わなかった。近所の人が食べ物を与えているという話を聞き、ここのキツネが人間を怖がらない理由がわかったが、それでもキツネに食べ物を与えたいとか名前を付けたいとかは思わなかった。私の関心の対象は、キツネの独立性だ。キツネは飼い主を欲しておらず、自分の意思と環境の要請にだけ従っている。

数百万年前、イヌの祖先はイヌ属 Canis（オオカミが属する）とキツネ属 Vulpes に分岐した。現代の飼いイヌはイヌ属の子孫だ。一部のオオカミが、人間の住居近くに捨てられた獲物の残りに惹きつけられたのが始まりだろう。こうして、人間を恐れないオオカミはもっと食料にありつけることになり、より多くの子どもを持てるようになった。やがて彼らは人間を資源として見るようになり、最終的に彼らの子孫は人間と一緒に暮らすようになった。オオカミは集団で狩りをする動物なので、厳格なヒエラルキーを持ち、アルファオスは絶対視される。だから人間でも、オオカミが一匹だけならば、それに対して指導権を握ることができる。この段階が終わると、多種多様な犬種の繁殖が始まった。セントバーナードとプードル、狩猟犬と番犬、追跡犬と牧羊犬――そして最小のラップ・ドッグに至るまで、すべてのイヌはオオカミの遺伝子を持っている。

一方キツネが主食にしている小さなげっ歯類は群れで狩ることができないし、その小さな体では群れ全体を養うこともできない。これが、キツネを飼いならすことができなかった理由だろうか？　一九五〇年代にこの問いを提起したロシア（当時はソビエト）の研究者、ドミトリー・べリャーエフ〔一九一七～一九八五〕はその後、実験をおこなった。オオカミの家畜化がシベリアのギンギツネで再現できるか試したのだ。

実験は毛皮農場でおこなわれた。数千匹のギンギツネがケージの中で飼育され、その声が金属製の小屋の中で反響していた。その動物が攻撃的だったのは無理もなく、彼らに近づくには厚さ数センチメートルの防護手袋が必要だった。べリャーエフの計画は、同僚のリュドミラ・トルート〔一九三三～〕に、最も攻撃性の低いキツネ同士で繁殖させ、さらにその子孫のうち最も穏やかな性質の個体を選んで繁殖させるというものだった。飼いイヌに特有の性質が繁殖によって洗練されたとき、変化は急速に進んだ。

ギンギツネの精神的な変化は、驚くほどの短期間で現れた。第六世代以後、リュドミラを見た子ギツネたちは尻尾を振るようになった。仰向けになってお腹を撫でてもらおうとしたり、彼女の手を舐めたりするものもいた。第八世代では、子イヌのような信頼と遊び心を示しただけでなく、成長しても子イヌのような身体的特徴を保っていた。尖っていた鼻は丸みを帯び、耳が少々垂れ下がり、尻尾が巻き上がるようになった。

ホルモンの違いも見られた。実験用のキツネは、飼いならされていない対照群のキツネよりも血中のセロトニンのレベルが高かった。これは攻撃性が低下したことを示している。のちに、あまり快適とは言えない実験で、これらの変化が遺伝子によるものだということが確認された。穏やかな性質のメスの胎児を攻撃的なメスに移植し、子ギツネを誕生させたのだ。警戒心の強い〝産みの母〟が止めるにもかかわらず、子ギツネは人間に近づこうとした。

その後、研究者たちは、いちばん性格が穏やかな子ギツネならリュドミラと一緒に暮らせるのではないかと考えた。この実験は、キツネを人に懐くように飼育するよりも、さらに一歩進んだものだった。これがうまくいけば、家畜化（domestication）に成功したことになる。この言葉はラテン語の domus「家」に由来し、動物を建物や柵の中で飼うことを意味する。リュドミラの家に連れてこられた子ギツネは最初、拒否反応を示した。きょうだいから引き離され家に閉じ込められてしまったので、生きる意欲を失い、食事も受け付けなくなった。だがその状態を克服すると、飼い主のベッドにまで入ってくるようになった。

この実験とともに、品種改良によるギンギツネの家畜化が始まった。エキゾチックなペットを飼いたがる人は大勢いたので、のちには一匹に千ドルもの値が付いた。子ギツネは命令されれば座るよう訓練された。シャンプーされ、毛皮がふんわりするようへアドライヤーで乾かされた。撫でてもらおうと仰向けになったり、尻尾を振りながらクンクン鳴いたりするようにもなった。それでも何かが飼いイヌとは違った。かなり独立心が強いため、扱うのは少々困難だった。

家畜化されたキツネはその祖先よりも幸せなのだろうか？　彼らは〝永遠の子イヌ〟として暮らし、自分たちの生活に責任を持つ必要はなくなり、自由に伴う危険もなくなった。だが、他にも失われてしまったものがあるようだ。

ある人がキツネを連れて歩いているのを広場で見たことがある。人目を避けたいのか、リードを付けられたキツネの動きはコソコソしていた。つまり野生の警戒心が残っていたのだ。あるビデオでは、ペットのキツネが多動症の子どものように居間を走りまわっていた。家の中にないのは自由だけではない。森の中での生活には付きものの試練もさまざまな刺激もないのだ。私たち人間はスポーツやゲームなど、安全に配慮した環境での試練を体験したい。一方、野生生活は常に緊張の連続なので、野生動物は退屈に慣れていないのだ。彼らはまた、生き残るためには何でもする。その一方、現代のペット用抗うつ剤には、ますます多くのお金が費やされている。

子ギツネたちとの出会いは、大工小屋そばの巣穴に対する私の見方を一気に変えた。あとから考えてみれば、私の目の前で展開していたのは、一族の物語の集大成だったのだ。キツネは冬に交尾し、春に子どもを産む。冬の発情期には、すでにペアになっていても楽しそうに相手にサインを送る。メスは仰向けになったり、後ろからオスをつついたりして挑発するが、次の瞬間には焦らすように身をかわす。ようやくメスの準備が整うと、彼らはかなり長

いあいだ、お互いから離れられなくなる。彼らの愛情行為は非常に騒々しいので、その喘ぎ声を聞いた人は、動物の闘争だと勘違いする。あの一月の夜に私が聞いたのは、ワイルドなカップルの叫びだったのだ。そのあと私は恐ろしいドラマを想像してしまったのに、キツネたちは優しく身を寄せ合っていたのだ。

キツネは単独でも狩りをするが、ペアになったあとは離婚せず、子育ての義務も分担する。巣を準備するのはメスの仕事だ。そこで彼女は出産し、か弱い子どもたちのそばにいる。巣の中で子どもたちに乳を飲ませ、その体を温め、敵から守らなくてはならない。だからオスは彼女のために食べ物を持っていく。ところが巣の中に入ることは許されない。しかも遅くなるとメスに吠えられることもあり、のんびりしているわけにはいかなかった。

つまり、キツネの家族にはこの巣が必要なのだ。ここを壊してはならない。なんと今回も——ありがたいことに！——掘削業者が姿を現さなかったので、彼らを脅かすものは当分ないことになる。私自身はストックホルムに戻らなければならず、このコテージを訪れるのはずっと先になりそうだった。

そこで私はできるだけ慎重になるように努めた。キツネは三〇メートル離れていても時計のチクタク音が聞こえると言われているので、その夕方は窓越しにキツネの家族を見守ることにした。薄暗い春の光の中、松の木々のあいだにミズゴケが広がり、瞑想的な雰囲気が漂っている。キツネは見当たらなかったが、彼らが棲んでいた自然の情景は私の心にしっかりと残っている。野生を垣間見ることは、よく詩に描かれるように、予期せぬ何かに自分自身を開くことではないだろうか？　そんなことを考えながら、私は眠りについた。

夜明けにガサガサという音で目が覚めた。窓の外を見ると、ノロジカがスグリの茂みから葉を引きちぎろうとしていて、スグリの枝が壁に当たっていた。こっそりと階段へ出た私は、そこで固まってしまった。目の前にキツネがいたのだ。だが私にもノロジカにも気づいておらず、シラカバの木に棲む鳥を狙っていた。

その光景は私を混乱させた。空を飛べる鳥はキツネにとって簡単な獲物ではないはずだ。おまけに私は、キツネはもっと大きくて、灰色の斑点があると思っていた。だが今ここにいるのは小さくて赤い。キツネは通常、オスのほうがメスよりも大きいので、このキツネがオスだとわかると、私の頭はますます混乱した。「彼 han」でも「彼女 hon」でもない新たな人称代名詞「hen」を使うのがふさわしい動物といえば、キツネになるのだろう。ときおり小さなネコや小さなイヌにもなりうるキツネの本質は、予測不能だ。

この時季のキツネは意外な時間帯にも現れるかもしれない、と私は考えた。空腹を満たすべき口が多いからだ。案の定、その日の午後に、メスが獲物を探して丘を歩くところを目撃した。その集中力を見ると、どうやら彼女は優秀なハンターのようだ。ステップは次のステップにスムーズに溶け込んでいく。すべての条件は熟知していると言いたげな貫禄ある風情。似たような印象を以前にも抱いたことがある。丘にいたノロジカが跳びはねたかと思うと、金属製の柵にピンと張られた二本のワイヤーのあいだを抜けて、道路側に着地したのだ。その体が収まらねばならないスペースは、一秒もかからずに計算された。野生では、一瞬一瞬が一つの世界を持っているのだろう。

子ギツネには学ぶべきことがたくさんある。そして彼らはすでに独自の方法で学習を始めていた。私がドライバーを探して大工小屋に静かに入っていくと、床下から物音が聞こえた。子ギツネたちがブツブツ言いながら何かを引きずっているようだ。整理整頓された道具類の

下では別の生活様式が進行していることを、私は思い知らされた。世界にはこんな可能性があるよと、遊び心たっぷりに教えられた。

開放型物置も遊び場になっていた。子ギツネたちはロープの全長を知りたかっただけではなく、今では綱引きの道具にしているようだ。すぐに彼らは巣穴から離れた場所へも冒険に出かけた。ある夜、コテージの床下からも彼らの鳴き声が聞こえてきた。そのあとには、窓のすぐ外で遊んでいるのを目撃した。

最初は二匹だけだった。生まれてくる子ギツネの数は、その春に予想されるハタネズミの数に比例すると言われている。どうやったらキツネの体がそのような予想を立てられるのかは謎だが、ともかく、ハタネズミの予想数はそれほど悪くはなかったのだろう、すぐに三番目の子ギツネが現れた。きょうだいは一緒にカブトムシ相手に跳びかかる練習をし、宝物はないかと草むらを探した。何かをつついたり、食べたりすることもあった。おそらくミミズだろう。子ギツネの成長がいちばん早いのは、ミミズが地中からひんぱんに出現する雨の多い地域だと言われている。

とはいえ、彼らの口はただ食べたり、噛んだり、お互いを摑んだりするために使われていたのではなかった。何かを言いたげに口を少し開けることもあり、そのやり方はキツネ独特のものだった。耳をペタンと倒したり、尻尾を丸めたりするときと同様に、口を半開きにすることは、キツネが遊びに誘っているサインだと言われている。

キツネのヒエラルキーは、おそらく個体の性格にも関係しているのだろう。キツネの娘は母親と一緒に弟妹の面倒を見ることが多いので、巣に留まっているのはたいてい小柄なメスだ。その後、子ギツネたちは親の縄張りを引き継ぐことができる。このキツネ一家では、母親が食べ物を探しに行っているあいだ、子ギツネたちが遊ぶのを遠くから見守っているのは小柄な父親だった。彼女はそれほど優れたハンターなのだろうか？　次にこのキツネ一家に会ったとき、彼女はちょっとした狩りのレッスンをおこなうところだった。まず母親は子どもたちを連れてコンポストへ向かった。いちばんの甘えん坊は母親のすぐ後ろを歩き、彼女が立ち止まるやいなや、その背中に乗ろうとジャンプしたが、母親はするりと身をかわした。それでも甘えん坊は仰向けになり、「撫で撫でして」の仕草をした。その一方で、いちばん独立心の強そうな子ギツネは自分で探検旅行に出かけたいようだったので、この狩りのレッスンはどうなるのだろうかと私は見守った。

この母ギツネは見上げるほどの忍耐力を持ち、子ギツネたちと積極的に会話した。動物学者たちは四十種類ほどのキツネの発声を確認したが、そのうちの数種類は母親だけが使うそうだ。巣の中ではクンクンと鼻を鳴らすように穏やかに話す。巣の外にいる場合、母親がネコの鳴き声のような声を出すと、子ギツネたちは黙ってついていく。一方、咳き込むような陰鬱な叫び声は、巣へ戻れという避難警告だ。またキツネは、個体に対する呼びかけも理解していて、自分に名前があるかのように返事をすることもあるという。

では、キツネ語はどのように聞こえるのだろう？　人間の外国語もそうだが、キツネ語を自分たちの言葉で説明するのは難しい。ノロジカのような叫び声を出すこともあれば、フクロウのようにホウホウと鳴くこともあり、ノハラツグミのようにしゃべることもある。「簡単に説明されてたまるか」とばかりに、すべての野生動物の鳴き声を掻き集めてきたようだ。

しかし、そのキツネ一家はよき隣人のままではなかった。若い庭師に、敷地に植栽を少しばかり植えてほしいと頼んだところ、助っ人精神を発揮して、電線を埋める仕事まで引き受

けてくれた。そのためキツネ一家は、もっと落ち着いた場所に移動した。このあと、丘の反対側で幼い三匹がじゃれ合う姿を目撃したので、おそらくそこへ引っ越したのだろう。ところがある晩、母ギツネが赤ちゃんリスをくわえて大急ぎで走る姿も目撃してしまった。私は、この敷地がまだ彼らの狩猟場であることを思い知らされた。すぐさま、薪にすべく取っておいた数本の角材で再び巣穴を塞いだ。

だが、詰まった穴は動物を引き寄せつづけた。ある日、穴に詰めておいた角材が引き裂かれていた。松の木の周りには穴の中身が散らばっていたが、それは柔らかくて白かった。子ギツネたちが生まれた直後、母ギツネが巣穴の中で、お腹の毛を引き抜いていたのだ。乳首をむき出しにするためでもあり、また赤ちゃんたちのベッドをつくるためでもあった。白い毛を手に取った私は、そこに詰まったすべての優しさを感じた。地中の穴は冷たく湿っているものだが、この穴には羽毛に包まれているような暖かさがあったのだろう。開放型物置にある小さなクッションの詰め物も少しばかり持ち出され、断熱材の一部になっていたに違いない。

キツネが退去してから、この巣穴に何が起こったのだろう？　毛にはたくさんの虫の足が付着していた。マルハナバチの足に似ているので、どうやら獣毛を好むセイヨウオオマルハナバチが巣穴に引っ越してきたようだ。しかし、誰が穴から角材を引き抜き、〝断熱材〟を剝がしたのだろう？　その理由は、マルハナバチの巣に行きたかったからに違いない。蜂蜜を愛し、マルハナバチと戦い、その刺し傷に耐えられるものとは――そう、アナグマだ。

その兆候は以前からあったのに、私は気づかなかった。地中を掘り返し、中身のないリンゴマイマイ〔大型のカタツムリ〕の殻を残していくのはキツネではない。確かにどちらも地中動物を食料にしているが、キツネとアナグマはその性格も習慣も異なる。アナグマはキツネほど敏捷ではないので、その分を「徹底的にやる」ことで補っている。げっ歯類を捕まえるためには、根を食べるときと同じように、地面を掘らなければならない。アナグマは近視なので、鼻を探知機のように震わせながら夜のフードツアーをおこなう。スペシャル・スパゲッティ・テクニックを用いてミミズを美味しそうにすするが、その他にもぬるぬるしたカタツムリから、毒を出すヒキガエル、反撃するスズメバチやマルハナバチまで、食べられるものなら何でも飲み込もうとする。

アナグマのライフスタイルについては、それまでに本を読んで少しは知っていた。夏のラジオ番組に出演した際には、交尾中のアナグマの陽気な声まで披露したくらいだ。キツネと同じく、アナグマが仲間と会話する声を、人間は他の動物の鳴き声と勘違いしてしまう。状況に応じてアナグマの声は、メンドリがコッコと鳴くようにも、ブタがブーブーと鼻を鳴らすようにも、鳥がチュンチュンと鳴くようにも、イヌの低い唸り声のようにも、またクンクンと鳴くようにも、あるいは子イヌが弱々しくワン！と吠えるようにも、はたまた白鳥がシュー！と警告音を出すようにも聞こえる。子どもと一緒のときには、くつろいでいるネコのような声を出したり、小鳥のようにさえずったり、ハトのようにクークー鳴いたりもする。怯えたり怪我をしたりした場合には、金切り声を上げたり、遠吠えしたり、または胸を締め付けられるような嘆き声を出すこともある。

表現については幅広いレパートリーを持つアナグマだが、性格はかなり控えめだ。キツネと同じように単独で食べ物を探す。アナグマ同士が出くわすと、お互いを無視するか、小競り合いが始まる。支配欲の強い個体間では対立がすぐに発生する。オスは互いの尻に噛みつき、メスは相手の顔を狙う。それでも巣穴を共有することには利点があるため、彼らは一緒に棲むことをやめない。

私はどこにアナグマの巣穴があるのか知っていた。道路からだいぶ離れた場所に、小石が積み上げられていた。その隣のイバラの茂みから、シッシという鋭い声が聞こえていた。イバラの茂みからそんな音が聞こえてくるとは意外だったが、ともかくその音から察するに、私が近づくのは歓迎されていないようだった。

巣穴には八匹のアナグマがいるようだったので、中ぐらいのサイズだと言えるだろう。アナグマの巣のなかには数百年の歴史を持ち、四十もの地下室がトンネルでつながっているものもある。冬眠中には寄り添って暖を取る必要があるため、共同寝室はそのときだけ使用される。暖かい季節には、集合住宅のように、それぞれがプライベートな部屋を持とうとする。キツネの単純な巣と比べると、アナグマの巣は壮大だ。

ケネス・グレアム〔一八五九～一九三二。イギリスの小説家〕が『たのしい川べ』に描いた裕福なアナグマの家は、まことに快適だった。親切なアナグマは、友人のカワネズミとモグラを豪華な夕食に招待し、快適な客用ベッドを提供する。廊下に並ぶ部屋の一つは、暖炉のある心地よい居間だ。この児童書の牧歌的な描写は、野生のアナグマの生活とはまったく一致しない。

アナグマは一生の四分の三を巣穴で過ごすので、もちろんそこにはあるレベルの快適さが求められる。暖かい暖炉はないが、巣穴の冷たい壁を苔や落ち葉で覆ったり、場合によっては、どこかで見つけてきた袋を壁紙代わりにしたりもする。土壌は無菌状態ではないため、定期的に寝床の藁を交換し、寝室も変更する。春には大掃除だ。ヒエラルキーの最高位にいるものは数キロの草を巻き上げて廃棄し、下々のものは巣穴から食べ物の残りを捨てる。その後、床を草やシダで覆い、においの強い野ニラが近くにあれば、害虫を抑えるために利用する。冬のあいだに死んだものがいれば、すぐにその周りを土の壁で囲い、隔離した墓をつくる。共同トイレは、巣穴から少し離れた場所にある。できれば縄張りの境界線上が望ましい。その強いにおいが、誰がこのグループのメンバーなのかを物語るからだ。

つまり、アナグマはきちんとした生活が好きなのだ。それなのに、毛皮に侵入した地下寄生虫は完全には取り除けない。他のアナグマは助けてくれないので、日々の習慣として自分の体を掻きむしることになる。これはちょうど、夜の徘徊前に体の動きを軟らかくするためのアクロバット体操にもなる。この点では、望ましくない小さなベッドメイトにも役目があると言えよう。

地味なアナグマには、優しい気持ちを呼び起こす何かがあった。リンネはこの動物をクマと見なし、後世の人々はスカンクの親戚だと信じていた。しかし実際には、アナグマはイタチ科に属するのだ。イイズナのしなやかさもカワウソの潜水能力も持ち合わせていないが、アナグマだって必要ならば木に登ることも泳ぐこともできる。それでも、彼らの世界は地中にある。鳥に空気が、魚に水が必要なように、土はアナグマにとって不可欠なのだ。アナグマをいちばん守ってくれるものは暗闇なので、その巣の中では木々の根が壊れた電線のようにぶら下がっている。

人間が住む場所を広げるにつれ、荒野は縮小している。野生動物にとって隠れる場所を見つけることが難しくなり、ますます多くの動物が夜に逃げ込んでいる。カリフォルニアのコヨーテ、アラスカのヒグマ、ガボンのヒョウ、タンザニアのライオンはすべて夜行性になりはじめている。これは、夜目が利かないケニアの象にも当てはまる。夜は野生動物にとって最後の砦になりつつある。

夜は恐ろしい謎を秘めている。私たちは、暗くなると明かりを点け、外の世界に対してドアを閉める。暗闇の中では捕食者の目が光り、私たちには理解できない音がする。コウモリはエコーロケーションを利用して隠れた世界を探索する。鰓呼吸する等脚類が這い出て、しおれた植物を土に変える。暗闇の中でうごめくこれらの動物を、人間は避けることができる。とはいえ、彼らもまた地球生命の一部なので、私たちは早かれ遅かれ出会うことになる。

夏の夜には詩情がある。地面の温度が下がると、リンゴマイマイは緑葉や、優しく交われる相手を探す。穏やかな風の中にさまざまな香りが漂い、蛾の触角でブラッシングされる。薄暮のあとには、ヨタカのアクロバティックな飛行や、サヨナキドリのよく透る声が続く。このような夜には誰でも外へ出たくなるものだ。

庭師はちょうど電線を地下に埋めたところだった。私は原稿を持ってコテージに留まり、初夏の詩情に身を委ねていた。私の感覚は自然の中で研ぎ澄まされていたので、体の中の何かが野生に反応したに違いない。執筆の最中に、羽音か低音のざわめきが聞こえたような気がした。そこで原稿から顔を上げる。外で何が起こっているの？

優しい光が私を手招きした。玄関外の階段に立つと、アプリコット色の月が迎えてくれた。そのとき、何かが私の足元で点滅していることに気づいた。かがんでそれを摑んでみると、メスのホタルだった。彼女のエメラルドグリーンのテールライトは、オスを導くためにちょうど点灯したところだった。

月とホタルに照らされた魔法にかかった夜。石も命を与えられたようで、そのうちの一つはブルーベリーの茂みの背後をゆっくりと動いていた。だが、それは石ではなかった。突然、アフリカの呪術師の仮面のようなものが現れた。

怖いと思う気持ちよりも驚きのほうが大きかった。光と闇の縞模様は、昼行性の動物と夜行性の動物の出会いを連想させる。それが私たちだった——アナグマと私（ヨーロッパアナグマの顔は白と黒の縞模様になっている」。

アナグマの顔の縞模様を、自然に溶け込むカモフラージュと解釈する人もいる。また、アナグマは服従を示すときには顔を隠すので、顔を見せるのは相手を怖がらせたいときであり、縞模様はそれを強調するためだと考える人もいる。動物学者はまた、危険、防御、招待、攻撃などの状況に対応するアナグマの姿勢を十個ほど特定した。しかし、私の目の前にいるアナグマは毛を逆立てたりせず、また跳びかかるためにしゃがむこともしなかった。私を見る目はただ穏やかだった。

そこにいるのは不思議な生き物だった。人間は絶えずアナグマを狩ってきたが、この動物については不明な点が多く、そのツートーンカラーの毛皮は逆説的な性質を反映している。彼らは単独で行動するが、グループで暮らしている。恥ずかしがり屋だが、自分と家族を守るためなら勇敢に戦う。夜行性だが視力が悪いため、目撃される姿はたいてい道路脇で血まみれだ。だが今、この夜を私と分かち合っている瞳は生き生きしている。

野生動物とアイコンタクトを取ることは挑戦を意味する。だが私たちのアイコンタクトは、あけすけな好奇心ゆえだった。おそらく私の姿が、月明かりの下でミステリアスに見えたからかもしれない。それとも、私の雰囲気からは怯えていることが感じられなかったからかもしれない——好奇心のほうが強かったので。ある種の出会いは、双方がコントロール権を放棄したときにのみ可能となる。このときの私たちがそうだった。ようやく私が体を動かすと、アナグマはゆっくり後退し、積み上げられた石とブルーベリーの茂みのあいだに姿を消した。その重くてもっさりした動きは、自己紹介の一部だったのだろう。

遅かれ早かれ、私たちは出会うことになっていたのだろう。そのとき気づいたのだが、ブルーベリーの茂みを通過する数本の小道はアナグマがつくったに違いない。習慣を大切にする生き物として、彼らは自分たちが踏みならした道を通ることを好む。そのうちの一本は、執筆小屋の床下にまで続いていた。私たちは知らず知らずのうちに、その小屋を共有していたのだ――昼は私のもので、夜は彼らのもの。

けれども、ある夜、私が執筆に没頭していたあいだに、その時間の境界線は再び破られた。小屋を出て、考えながら歩いていると、不意に二匹の子アナグマが目の前に現れた。その直前まで、建物の一部とブルーベリーの茂みがお互いの視線を遮っていたので、こんな出会いは双方とも予想していなかった。

予期せぬ状況にはルールがない。子ギツネたちが初めて私を見たときのように、この子たちも衝動で動くかもしれない。その予想は的中した。子アナグマのうち一匹は狭い小道を後退しようとぎこちなく動いた。そのずんぐりした体で、できる限り頑張っているようだった。もう一匹はその反対で、近視にもかかわらず、いや近視だからこそ、興味の対象に近づいた。身の危険についても、またアナグマの勇敢さについても、明らかにまだ学んでいなかった。私のほうといえば、ゆっくりと執筆小屋へとあとずさった。思いやりを忘れるな、と自分に言い聞かせながら。この時間帯はアナグマのものなのだ。それに、この近くに母アナグマがいて、この状況を完全に誤解してしまうかもしれない。どうしてもコテージに行きたければ、少し足踏みをすればいいだろう。けれども私はドアを閉め、執筆小屋で静かに一夜を過ごすことにした。

二羽の蛾が窓ガラスにぶつかりながらも、しつこく踊っていた。彼らの目当ては電気スタンドなので、しばらくしてから私はそれを消し、寝台に横になった。私たちの住む半球に太陽光が当たらないこの時間、アナグマはきっと地中に隠れた生き物を掘り返しているだろうが、その他大勢のものは眠っている。リスは木々の中でまどろみ、魚は海峡の中で休んでいる。私がかつて参加を許されたアメリカ先住民の儀式で見たように、あらゆる生命が暗闇の中でつながっていた。

夢は、最も多様な領域で内面のシーンを創造することができる。夢を見ているイヌは、ショウジョウバエのようにピクピクと足を動かすことがある。眠っているタコの色が変わるのを見た研究者は、夢の中でカニを捕まえているのだと解釈した。夜になると、私たちの脳のひだの中でも、さまざまな世界が出会う。感覚刺激が鈍くなると、その日の記憶が邪魔されずに統合され、遊び心のある画像が生み出される。３Ｄレイヤーで滑らかに動くイメージは、ＡからＢへの推論を超えて、独特の理由付けで展開する。私の場合、その日の問題の解決策を見つけるのは、たいてい夜だった。

今、私が行きたいのは、言語不要の画像領域だ。私は疲れていた。言葉について考えると眠れなくなるので疲れていた。夢はどこにあるのだろう？　どうやったら自分のもとへたぐり寄せられるのだろう？　暗闇の中で足音が聞こえると思ったら、それは夜でも働きつづける自分の心臓の音だった。

ようやく私は、うつらうつらすることができた。が、それもドンドンという音がするまでだった。その原因は私の心臓ではなかったし、葉を食べるノロジカでもなかった。それは、夜の徘徊の締めくくりに壁とのレスリングを試みるアナグマの子どもたちだった。私が窓の外を覗くと彼らの動きは止まった。そして、そのうちの一匹がドアマットのにおいを嗅ぎはじめた。

私はひとりで微笑んだ。執筆小屋とアナグマの暗いトンネルの組み合わせなんて、まるであからさまな精神分析のシンボルではないか。だが、私が探求したかったのは自分自身の精神ではなく、他者との共通点だった。そう、アナグマも含めて。私の仕事は言葉を使うことだが、私の脳を司るものは無音のプロセスで、これは外の野外動物にも当てはまる。無意識による行動は、直感または本能とも呼ばれるが、ただの反射的行動ではない。それは地球生命と同じくらい古いものであり、なおかつ新しいものを生み出すこともできる。

おそらく、その創造性の最深部には、夜の動物との共通点があるのだろう。それはキツネが持つ、さまざまな可能性に対する開放性と、かすかな痕跡を嗅ぎつける鋭さかもしれない。それだけでなく、アナグマの粘り強さも含まれているだろう。野生には多くの側面がある。それは恥ずかしがり屋だが大胆で、孤独を好むが遊び心もあり、探求心の強い人には応えてあげようとする。結局のところ、私たちは地球の子どもなのだ。

第七章　守護樹

私はようやく、あることを悟った。敷地が静かに思えるのは間違いなのだ。そこは生命に満ち、コミュニケーションも盛んなのだが、そのほとんどが私には感知できないだけ。それでも一人ぼっちで耳を澄ましていたから、どうにかコテージの周りで動物に会うことができた。だから騒々しい家族がコテージに戻ってくると、生き物たちは注意深く距離を保つか、バックグラウンドノイズの一つになった。

植物はまた別だ。私たちが休暇中にエネルギーを回復するのは緑の中なので、植物はいつでも身近だった。木にブランコを吊るし、花を摘んでキッチンテーブルに飾る。花の数が増えるのは楽しいことだ。電線が地中に埋まる前に庭師が植えてくれたさまざまな花が、今では開きはじめている。北の急斜面の手前にはキンロバイとライラックの保護区があり、敷地の南側ではスイカズラの枝が伸びていた。せっかく移植したラズベリーの茂みはしおれつつ

あったが、野生のラズベリーの甘い香りが谷底の公有地から漂っていた。砂利を敷き詰めた無機質な一角を芝生に変えてみたが、そこも似たような状況だった。しぶしぶ伸びてきた芝生の新芽に交じって、苔、ヤナギタンポポ、マンテマが育ち、それからベンケイソウが分散して茂っている。どれも勝手にタネが飛んできて、この土地に根を下ろしたものだ。

植物だけでなく、動物もまた自分の意思を示した。私たちが設置したリスの餌箱は、おそらく独立の証しとして無視された。私たちはコテージの南側の壁に小さなハチ・ホテルを設置してみたが、それも同じような結果だった。誇り高い野生のハチはそれを通り過ぎ、代わりにドアフレームの巣を窓枠まで拡張することにした。野生のハチは植生についても独自の考えを持っているようで、単一栽培の芝生を間違いなく嫌っていた。代わりに、マルハナバチが熱心に広めたムラサキベンケイソウに夢中になった。

実際、単調な芝生は私の好みでもなかった。一八世紀には宮殿の前の芝生はステータスシンボルだったが、現在はたいていの家を囲んでいる。アメリカでは、国内の全トウモロコシ畑の三倍の面積を芝生が占めている。その維持管理のために、数十億ドルの費用、数百万キロの殺虫剤、そして所有者の水道水の大部分が遠慮なく使われている。

「この敷地は自分で自分の世話をしたがっている」と考えることは、私にとっては解放だった。アダムとイブがエデンの園から追い出されて以来、彼らの子孫は自らの楽園で汗水垂らして働くことを夢見てきた。だが私自身は雑草の除去にはなんの魅力も感じなかった。とはいえ、庭の維持管理には大きな愛情が必要なことは知っている。実際、姉が新しい国にどうにか根を下ろすことができたのも、その家の庭づくりをおこなったからだ。

この敷地の土壌は果樹には適さなかったが、松、ジュニパー、オーク、シラカバは育っていた。コテージの両端には、緑豊かな二本のシラカバが立っていた。一本は玄関前にあり、もう一方は北東の角にあった。後者はあまりにもコテージに近かったので、一本の枝は家を抱きかかえるように伸び、根は敷石を何枚か持ち上げていた。秋には庭師に頼んで、この木を少々剪定してもらわねばなるまい。

木と家は常に密接な関係にある。壁、床、天井の木材は木の記憶を残し、薪は部屋に心地よい暖かさをもたらす。昔の人も家のすぐそばに木を植えた。根が土台の湿気を吸い取り、しかも木の魂が家を守ってくれると信じていたからだ。その木は「守護樹《しゅごじゅ》」と呼ばれた。きっとあのシラカバも、自分のことを守護樹だと思っているに違いない。

守護樹かどうかはさておき、そのシラカバはベランダのすぐそばに立っていたので、私たちはそのそばに集まることになった。暑い日には木陰に座るのが快適だし、しかもベランダには大きなテーブルもあった。姉が息子と孫たちを連れてきたので、そのテーブルには三世代がくっついて座ることになった。ベランダには壁が三面しかないため、自然をある程度、感じることができた。

ときどき、その木は、私たちがやっていることに仲間入りしたいようだった。以前年上のいとこたちはカタツムリで遊んでいたが、今の子どもたちはバッタを見つけ、フェルディナンドと命名した。ボウルに苔を敷き、フェルディナンドの棲み処にした。そのとき私は、かつて姉が創作した物語の中に同じ名前のアリがいたことを思い出した。姉とその息子の一人には物語を編み出す才能がある。私のお気に入りは、あまりにも動作がのろいので、ちょっ

とマヌケに見えるトロールの話だった。ところが彼が苔に手を置くと、どんな質問にもすらすらと答えられるのだ。なぜなら苔はすべてを見てきたのだから。植物が語りかけることを知っているなんて、なんて賢いトロールだろうと私は思ったものだ。

そのベランダでは多くのことが再現された。夜になると、姉と私が小さかったころと同じように、ゲームが始まった。ある記憶ゲームが始まると、私は既視感に見舞われた。バージョンと世代は新しくなったが、同じことの繰り返しなのだ。樹木が新芽を出しながら年輪を重ねていくように。

春になると木々は太陽と水を葉に変える魔術を披露し、私は毎年のように驚いてしまう。由緒ある松でさえ春に浮かれると花粉を撒き散らす。一億粒の花粉を集めても一平方メートルにしかならないと聞いたことがあるが、さもありなんと思った。屋根や窓辺に着陸してしまった花粉でさえ、未来の希望に輝いている。

それでも春の到来にいちばん熱くなっているのは、なんといってもシラカバだろう。なぜシラカバが北欧の豊穣の女神フレイヤおよび豊穣の神フレーと結び付けられているのか、私は理解した。シラカバの樹液は栄養豊富だと言われているし、その葉は夏至祭のメイポールの飾りに使われる。メイポールは古《いにしえ》の豊穣の儀式の名残だと言う人もいる。〝春のカーニバル〟は夏至祭で最高潮を迎える。カーニバルの始まりは、小さなスパンコールのような新緑だ。次に、ボートの正面に湧きたつ波しぶきのように、スピノサスモモの花が咲き乱れる。このとき、現在時制と未完了時制が二重生活を送る。それは「今」のことであり、「ついさっき」のことでもある。やがて新緑は光の中で色を濃くしていく。

植物は時間の相対性と長大さについて熟知している。時間を小さなタネに詰め、永遠に持続させることができる。植物は何億年ものあいだ、死と再生を繰り返してきた。現在でも地球の生物量《バイオマス》の八〇パーセントは植物だ。人間と他の動物が占める割合は一パーセントもない。この数字を見て私は考え込んだ。地球が植物の惑星なのは間違いない。

私たちを取り巻く植物もいる。姿を変えて、建物の壁や衣類の繊維や道具になっている。また、薬やペンキや熱エネルギーにも変身する。そして何より、私たちが食べたり飲んだりするものにはどれも植物が関わっている。食用動物だって草を食べるか、草を食べる動物を食べている。私たちは呼吸するたびに、植物が生成した酸素を吸い込む。私たちは植物についてもっと知るべきなのだ。

私は名前の助けを借りて植物の個性と形状を探ることから始めた。風で花粉交配する草の中にさえ、多様性の大きなうねりを発見した。そのような草は壊れやすいと同時に丈夫なので、オニウシノケグサは千年も生えることができる。アリにとっては、オニウシノケグサは森であり、シラゲガヤは松の木であり、チュウバンコウはアスペンの木であり、イトコヌカグサはシラカバの木だ。

春に花粉と雌しべが出会った結果できた種子も地表で生きている。私は、植物の親としての配慮に感心した。小さな種子を世界に向かって旅立たせる前に、さまざまな状況を想定して、携行食とインストラクションの両方を持たせたのだ。アメリカの生物学者ソーア・ハンソンは、種子を待ち受ける冒険についての本を一冊書き上げた。

種子が受け取った栄養は多くの動物にとっても望ましいものだが、そんなことは想定内

だった。ナッツのような種子は硬い殻で守られているし、その他にも、まずい味のするものや毒素を含んでいるものもある。その一方で、種子は遠くまで旅したかった。一部の種子は甘いベリーや果肉にくるまれているので、動物の腹の中に入って運搬され、糞として体外に出ることが可能だ。この他に小さなフックを備えている種子もあり、動物の毛皮や鳥の羽に便乗することができる。とはいえ、ほとんどの種子は独自の翼、プロペラ、またはパラシュートを持っている。まるで空を飛んでいた記憶があるかのように。

大半の種子は親の近くに着地するが、風に乗って遠くまで旅することもある。ヒマラヤの森林限界よりも高い場所で発見された種子もある。水上輸送された種子といえば、綿がそうだ。ふわふわとした綿の実は、船に乗って大西洋を横断した。

このあとには、大飛躍の反対――沈黙と忍耐――が訪れる。一つの種子にはどれくらいの未来が詰まっているのだろう？　大英博物館が第二次世界大戦で爆撃されたとき、天井から雨が漏り、突然、三〇〇年近く前の種子が植物標本シートから芽を出しはじめた。その植物の両親は別の時代に別の地域で生きていたが、種子自体には新しい可能性が開かれていた。人間にとっては数世紀でも、種子にとっては一瞬なのかもしれない。エジプトの墓で何千年も過ごしたあとに発芽した種子もある。

眠れる森の美女のように眠っている段階では、周りで何が起こってもそれに気づくことはない。ひたすらによいことが起きるシグナルを待っている。種子の中の小さな世界は、外の季節がわかるとも言われている。野火で目覚める種子もあるが、それは春の暖かさを待っていたからだろう。

種子は多くの謎に包まれている。いったいどうやって光と闇、熱と湿気を感じることができるのだろう？　どうして土壌と時間についてそんなに詳しいのだろう？　葉や根をつくり出す胚は、いつ何をすべきなのかを、どうして判断できるのだろう？　そもそも、数百万年もの経験をどうやったらこんな小さな種子に詰め込むことができるのだろう？

厳密に言えば、そもそも私たちが家の中に座ってパンを食べられるのも、「待つ」という種子の能力のおかげなのだ。種子があったからこそ、私たちの祖先は農耕に従事し、家を建てるようになった。狩猟採集の時代には、常に食べ物にこと欠いていた。定住者となったときでも、当初は見つけたものなら何でもせっせと食べていたようだ。初期のシリアの定住地の食べ物には、二五〇〇種類もの植物が使われていた。なぜなら彼らが住んでいた地域は、言ってみれば広大な緑の食料庫《パントリー》だったからだ。いったいどんな料理だったのだろう？　私は野生植物を材料にする料理本を見つけたので、ある夏の休暇中に姉とそれを試してみることにした。私は興味津々でムラサキベンケイソウをシチューにし、シロザで団子をつくり、キバナカワラマツバをパンケーキのたねに混ぜた〔上記の植物はすべて雑草〕。家のすぐそばで食材が手に入るのは、とても便利だった！　甥たちは恐怖と驚きが混じった表情で食べはじめ、疑いの眼《まなこ》で私をチラチラと見た。本当に食べられるの？「マカロニやパンだって草の一種でできてるのよ」と私は説明したのだが、彼らの懐疑心は増すばかりだった。「キャラメルだってもともとは、高さ三メートルのサトウキビだったんだから」と付け加えると、「それは、おとぎ話でしょ」と返された。

ある種の草は確かに古代の農耕社会の食事を受け継いでいた。しかも植物は古代人を変え、自分たちと同じように大地に根づかせた。このようにして古代人は個人財産を持つようになり、別の植物で家具もつくるようになった。この間、彼らが食べる植物の種は減少し、ついには穀物、ひよこ豆、レンズ豆が中心になってしまった。

奇妙なことに、同じことが異なる文明でも起こった。一万年前、中東の肥沃な三日月地帯で大麦、小麦、ライ麦の栽培が始まった。同じころ、中国では米が、南北アメリカではトウモロコシが、アフリカではモロコシとキビのタネが育てられた。現代ではすべての耕作地の七〇パーセントが米、大麦、トウモロコシ、小麦などの草本植物に捧げられている。遺伝子組み換え小麦は収穫量を大いに増やしたが、栽培に使われる農薬や人工肥料の量も増加した。

だが、種子は穀物だけでなく、スパイスや薬になったものもある。昆虫から身を守ろうとした種子は強い風味と毒素を発達させ、人間はそれを必死に追い求めた。ただし、風味と毒素の割合にも依るのだが。インドでは、香辛料は食品とアーユルヴェーダ医学の両方に使用され、メソポタミアと中国でも同様に重要視された。香辛料の勝利の行進はヨーロッパへと続いた。古代ギリシャでは黒コショウで納税することができ、ローマ帝国ではナツメグが通貨として使用された。そして新しい時代が始まると、さらに多くのスパイスを求めて、船舶で世界に乗り出すようになった。コロンブスは新しい経路を見つけるために大西洋を横断し、ヴァスコ・ダ・ガマはインド洋の香辛料豊富な島への航路を探した。彼らが探していたものは風味豊かな種子だけでなく、サフランの雌しべ、バニラビーンズ、シナモン樹皮も対象だった。オランダの東インド会社は香辛料貿易から、今日の石油産業に匹敵する利益を上げた。南アメリカで新たに発見された植物、たとえばジャガイモ、イチゴ、トマト、トウモロコシなどに最初、ヨーロッパ人は懐疑的だったが、やがてそれらは先住民から奪った金《きん》よりも価値があることがわかった。

同様に、珍しい花にも関心が集まるようになった。トルコ産のチューリップに対する投機は、オランダ経済を大混乱に陥れた。エキゾチックな植物の栽培と、莫大な利益を生む奴隷貿易が結び付いた例もあった。アフリカ人は野蛮人と呼ばれ、野蛮なのだからどう扱ってもいいとされた。こうして奴隷と植物の両方が海の反対側にあるプランテーションに運ばれた。サトウキビはかみそりのような鋭い葉を持つ草だが、最終的には地球で最も栽培される作物になった。同様に成功したのは、ハイビスカスの親戚にあたる綿だ。南アメリカではアステカ人もインカ人も綿を栽培していた。ヨーロッパではアレキサンダー大王がインドから持ち帰った綿が地中海沿いに広がった。北アメリカにはもともとはなかったが、南部諸州にヨーロッパ人が持ち込み、奴隷を利用して栽培した。こうして木綿は、世界で最初に大量生産された素材となった。

このような植物の大規模な移動の余波は、このベランダにいても気づくことができる。トルコ産のライラックがすぐそばで茂っているし、衣類だけでなくアイスクリーム、マーガリン、チューインガム、化粧品にもセルロースが入っている。何十億もの人々が毎日飲んでいるコーヒーは、いまや世界市場で主要な商品の一つだ。お茶、チョコレート、タバコの場合と同様に、富が蓄積されるのは栽培されている場所ではない。そして栽培には大量の水――一杯のコーヒーをつくるのに一四〇リットル――を必要とする。

植物は、人間の歴史や文化と独特のつながりを持つことがある。カフェインは脳神経の反応を活発化させるので、コーヒーは啓蒙主義への道を開いたと言われている。ヴォルテール〔一六九四～一七七八。フランスの哲学者〕とディドロ〔一七一三～一七八四。フランスの哲学者〕は、カフェで一日約四〇杯ものコーヒーを飲み、論理的な議論を活発におこなっていたと言われている。現代のスウェーデンの雇用主は職場でコーヒーを提供することに熱心だ。

実際のところ、カフェインは植物が用いる殺虫剤だ。クモにコーヒーを飲ませると、まともにネットをつくれなくなる。しかし、原則があれば例外もある。コーヒーの木でさえ花粉交配者が必要なので、少量のカフェインならばミツバチを怖がらせるのではなく惹きつける。勤勉に働くミツバチだって、リフレッシュする必要があるのだろう。

エキゾチックな植物で私がいちばん好きなのは、鉢植えの観葉植物だ。室内に持ち込まれても、ペットとは違って静かだ。それに、故郷での暮らしを垣間見せてくれることもある。たとえばゼラニウムはアフリカの干ばつに慣れているし、シャコバサボテン〔スウェーデン語では「一一月のサボテン」〕はブラジルで開花していたのとほぼ同じ時季にスウェーデンでも開

花する。やはりブラジル原産のマランタは、午後の遅い時間になるとその美しい葉を閉じる。ブラジルではその時間に暗くなるからだ〔緯度の高いスウェーデンでは夏の日照時間は長い〕。

一方、樹木の多くは生まれ故郷に根ざしているので、その木を見た人はその場所への帰属意識が湧くようだ。カール・フォン・リンネの名前が実家の農園にあったリンデンの木〔スウェーデン語で lind〕に由来するように、森中の木がスウェーデンのファミリーネームとなった。白樺《ビョーク》さんに楢《エーク》さん、菩提樹《リンド》さんに上溝桜《ヘッグ》さん、七竈の花《レンブロム》さんにメイプルの葉《レンブラード》さん、ハシバミの枝《ハッセルグレン》さんに楡の小枝《アルムクヴィスト》さん、榛の木の川《アルストレーム》さんにアスペン林《アスプルンド》さん、松原《フールランド》さんに樅の小枝《グラーンクヴィスト》さん。きっと大地に根を下ろした木の名前を持つことは、自分を安定させることでもあったのだろう。ひょっとしたら、守護樹を持ちたいという気持ちもあったかもしれない。

もちろん、私の家系も深いルーツを持っている。残念ながら家族は散らばってしまったが、思い出や特徴を共有できるのはありがたいことだ。最年少のメンバーのために私が描いた家系図は、その枝がすぐに絡まってしまうため、思い切って短くした。家系図は半ダース以上の国にまたがり、ルーツはあちこちに広がり、百年前には数千人とつながっていた。私たちの生物学的進化家系図、いや系統図を描くとしたら、もっとややこしくなるだろう。なぜなら私たちは、地球生物のドメイン、界、門、綱、目、科、属、そして種の一つでしかないのだから。

確かに遺伝はアイデンティティの一部だが、遺伝子同士および遺伝子と環境のあいだには相互作用があるため、変化する可能性がある。とはいえカウスリップ〔サクラソウの一種〕がバラになることは絶対にない。では、どのようにして変種が生まれるのだろう？　これは一九世紀の中ごろまで大きな謎だった。ある男がエンドウ豆を植えて実験を始めるまでは。

実家は農地を持っていたが、グレゴール・メンデル〔一八二二〜一八八四。チェコの司祭〕がやりたかったのは農業ではなかった。彼が興味を持ったのは生物に関する疑問だった。奨学金と家庭教師としての収入のおかげで、哲学、物理学、数学を学ぶことができたが、研究をおこなうには大金または後援者が必要だった。メンデルにはどちらもなかったので、教授の助言どおり、科学研究を支援するアウグスティヌス修道院に職を求めた。

その修道院は中世から薬用植物を栽培していた。そこで教職に就いたメンデルは、大学のコースをいくつか受講することを許された。その知識と顕微鏡のおかげで、彼は自分の課題に取り組むことができた。

農民は長いあいだ、さまざまな種を交配してきたが、形状がどのように次世代に伝わるのかは理解していなかった。リンネの分類システムにも、交配や雑種などの概念はなかった。それでメンデルは実験により、それを突き止めようとした。彼は初めにミツバチを使ってみたが、この昆虫は空中で交尾するうえに、かなり独特な遺伝子を持っているため、失敗に終わった。色の異なるネズミを使った実験はうまくいきそうだったが、修道院長のお気に召さなかった。ネズミは歓迎される生き物ではなく、それを繁殖させるなど修道院にとって悪夢でしかなかった。

では、植物を使うのはどうだろうか？　エンドウ豆なら食卓にも貢献できる。こうしてメンデルは修道院の庭に温室をあてがわれた。そこで彼は、外部の邪魔なしに花壇で〝友だち〟を育て、八年間で何万ものエンドウの花に小さな絵筆を使って受粉させた。緑色の豆と黄色い豆を、しわの寄った豆と滑らかな豆を、白い花と紫色の花を、背の高いものと低いものを、それぞれ交配した。発見したデータを表にまとめるのには、数学の知識が役立った。その結果は驚くべきものだった。背の高い植物と背の低い植物を組み合わせた結果は、中程度の高さの植物ではなく、背の高い植物だった。そして、白い花と紫の花の交配は、白い花だけを咲かせるエンドウになった。ただし、雑種第一世代に現れなかった形質が次の世代に現れることがあり、その〝要素〟は植物の中に隠れながらずっと存在しているように思えた。親が二人いるように、優性な要素と劣性な要素がペアになっているに違いなかった。

メンデルは地元の科学雑誌に自分の論文を発表し、約一〇〇部のうち一部をダーウィンに送った。これ以前にメンデルはダーウィンの進化論のドイツ語訳を読み、詳細なノートを記していた。しかし、ダーウィンへ送った封筒は開けられることなく、また同時代の人々のメンデルに対する視線は冷ややかなものだった。私たち動物の祖先に関するダーウィンの理論と比べると、メンデルのエンドウ豆に関する論文はじつに退屈だった。種子が発芽時季を待つように、彼の発見も好機を待たなければならなかった。メンデルの実験が評価されたのは、その死後のことだった。

ようやくメンデルの理論に注意が向けられたとき、遺伝学は科学の一分野になっていたが、いくつもの謎が残されていた。このようによく組織化された遺伝子から、どうして乱雑な生物多様性が生まれるのだろう？　この問題は、別の植物を扱った人物によって解明された。バーバラ・マクリントック〔一九〇二～一九九二。アメリカの遺伝学者〕は、二〇世紀が始まり、メンデルの法則が広く知られるようになったころに生まれた。彼女もまた、自分の子どもを持つか、遺伝を研究するかを選択しなければならなかった。なぜなら当時の女性研究者は結婚すると大学から解雇されたからだ。どのみちマクリントックには家族のための時間がほとんどなかった。一日一六時間を研究に費やし、実験室とトウモロコシ畑を行き来した。彼女にとって、トウモロコシはたんなる研究資料ではなかった。風による自然交配の前に人為交配させる必要があったので、トウモロコシのキューピッドとなった彼女は、雄しべから雌しべへとせっせと花粉を運んだ。トウモロコシ畑で作業する彼女の姿は、外からほとんど見えなかった。ニックネームは「ビッグマック」だが、彼女の背丈はトウモロコシより低かった。彼女自身もトウモロコシの細胞を顕微鏡下に置くたびに、自分の姿が消えていくように感じていた。共感力の強い彼女は、観察対象と一体化していたからだ。そのおかげで、ほかの研究者たちよりも詳細な点を発見することができた。

彼女が研究していたミクロの世界には、遺伝と形質変化に関する難問がいくつもあった。染色体の遺伝子は、メンデルの数学的な表では真珠のネックレスのようにきちんとつながっているように思えたが、彼女の実験結果では、もっとワイルドで不規則だった。遺伝子のなかには理解できない方法で飛びまわるものもあった。

不規則なパターンが従う法則は、規則的なパターンが従う法則とは別のものだ。そのため、ある程度は異なる視点から理解する必要がある。マクリントックはこの事実に非常に注意を払っていたので、ついには遺伝形質を変える「動く遺伝子」の追跡に成功した。しかし彼女の洞察は、かつてのメンデルの法則と同じく、注目を集めなかった。植物が（人間を含む）動物について何かを教えてくれるとは、当時はまだ信じられなかったのだ。一九七〇年代に電子顕微鏡を使うようになって初めて、他の研究者たちは三〇年前の彼女の主張を理解した。染色体の断片は動きまわることができるのだ。これは、すべての種において雑多なバリエーションが生じる理由を説明し、最終的に彼女にノーベル賞をもたらすことになった。

そのときまでに、彼女の研究は文化史にも貢献していた。南米の先住民は一万年前からトウモロコシを育てていた。彼女がトウモロコシの染色体で見つけたタイムマーカーは、先住民文化同士の接触や影響と比較できた。つまり、彼女が顕微鏡で観察した植物細胞は、遺伝の曲がりくねった道と、南米大陸の文化史の地図の両方を描くことができたのだ。

　そしてようやく、全生物の遺伝の説明に植物を使うことは完全に合理的だと受け入れられた。なぜなら動物も植物も進化系統図ではつながっているのだから。進化系統図は系統樹とも呼ばれることがあるが、その名称の背後には、地球全体に根を張る世界樹がある。ポリネシアの神話、シベリアのヤクート人の神話、オグララ・スー族の神話、そしてインドのウパニシャッドの中にもそれが見られる。古代バビロニア神話にあった二本の木、知識の木と生命の木は、のちにユダヤ教とキリスト教に取り入れられた。

　どの思想も、木の枝に知識が宿るという点では一致している。仏陀はインドの菩提樹の下で悟りを開いた。ゼウスの神託は、ドドナ神殿にあるオークの葉のざわめきによって伝えられた。もっと北では、オークのメッセージをドルイド僧が解釈していた。そのころヴァイキングは「犠牲の森」で、残酷な方法で神々と会話していた。

世界を体現する巨木、ユグドラシルについては、古ノルド語のエッダ〔アイスランドに伝わる北欧神話の文書群〕に詳しく説明されている。その木には三本の根があり、それぞれの泉につながっている。最初の泉のほとりには、人生の糸を紡いだり、撚ったり、切ったりするノルン〔運命の女神たち〕が座っている。彼女たちは、ウパニシャッドの創造、保存、破壊の神々に匹敵する。ユグドラシルの二本目の根は、ミーミルの泉から栄養を得ている。その水には、過去と未来すべての知識が含まれている。だが、三本目の根は冷たい地獄に囲まれ、絶えず一匹のヘビに齧られている。

たとえあなたがそこに住んでいたとしても、宇宙の次元を持つ世界樹を想像するのは難しいかもしれない。ユグドラシルの真ん中、つまりミズガルズ〔中つ国〕に住んでいた人々も、自分たちが木に住んでいることを理解していなかった。彼らの祖先であるアスクとエムブラ〔北欧神話における最初の男女〕は木片からつくられたと言われ、そのときの出来事を記したルーン文字が樹皮に刻まれている。しかし、ユグドラシルの全体像を知っているのは主神オーディンが飼っているワタリガラスのフギンとムニン〔思考と記憶〕だけで、この二羽は木のてっぺんに座っている。この木は大小さまざまな枝を生やしており、そのさまは脳内のシナプス結合を彷彿とさせる。

ユグドラシルは、伝統的なスウェーデンの守護樹と同じくトネリコだったという主張があるが、どうだろうか。なにしろリンネが登場するまで、生物の分類はそれほど丁寧ではなかったのだから。なにせ神話に登場するシカたちは針葉樹を食べているくらいだ。そこで私の作家仲間の一人は、ユグドラシルはじつはイチイなのではないかと考えた。私自身は、ほとんどの特徴がシラカバであることを示していると思う。シラカバは、氷河期が終わったスカンジナビアに最初に到来した木だ。そして、ユグドラシルの説明にある特徴の多くは私たちに馴染みがある。たとえば、樹冠と地面のあいだを、天と地のあいだのメッセンジャーであるリスのラタトスクが走りまわっている。そう、私たちの守護樹のリスのように。木のそばで餌を食べていたとされるアカシカは、古代の種の分類の精度の低さを考えれば、この敷地にも出没するノロジカだった可能性がある。そしてユグドラシルは広葉樹だったに違いない。なぜなら、滴る蜜にハチが引き寄せられたとされているが、それは葉っぱを好むアブラムシの分泌物だったのだろう。木では一つのものが別のものを生み出す可能性があるので、一本の木が多くの動物を宿すことがある。枝には鳥が巣をつくり、根っこにはオオマルハナバチ、アリ、野ネズミ、キツネの棲む世界がある。

科学的に見ても、北欧神話の原初の家が一本の木であるというユグドラシルのイメージは不合理ではない。たとえば、約三二〇万年前、私たちの先祖の一人が木から落ちた。彼女は必要ならば、ほぼ直立歩行ができたが、俊足のハイエナと鋭い牙を持つトラが闊歩する地上では圧倒的に不利だった。一方、木の上は安全な避難所であり、彼女の強い腕と滑らかな指の動きは木登りに適していた。彼女に欠けていたのはリスの軽快な身のこなしだけだった。なぜなら、彼女の体重は二七キロだったからだ。ともかく彼女は少なくとも一度は樹上一二メートルの高さまで登っていた。彼女はそこで何をしていたのだろう？　研究者たちが聴いていたビートルズの曲「ルーシー・イン・ザ・スカイ・ウィズ・ダイアモンズ」に因んで、彼女はルーシーと呼ばれるようになった。ＬＳＤをほのめかすこの曲のように、樹上には中毒症状を引き起こす実があったのだろうか？　ルーシーは文字どおりハイになったのだろうか？　ともかく、彼女は枝を握りそこなった。高い位置にいたために落下スピードは速くなり、時速六〇キロに達した。これはあまりにも高速だった。彼女の外傷は、着地のショックを和らげるために腕を伸ばしたことを示しているが、残念ながら役に立たなかった。木からの保護を受けられなくなったとき、大地が彼女の死因となった。

なぜ神話において木はそれほど重要な意味を持っているのだろう？　昔を思い出すからだろうか？　たいていの子どもは木登りが上手だ。敷地内のシラカバの優雅な枝は、その使用目的には耐えられないだろうが、何本もの枝が地面に向かって流れていく姿は、まるで緑のテントのようだ。これを見ていると、ある木の梢のことを思い出した。

　ストックホルムのアパートの狭い裏庭から伸びたニレの木が、どうにか私の小さなバルコニーに達した。毎年、私はその接近ぶりを観察していた。やっと葉がバルコニーに達したときには、天に達するツリーハウスが半分完成したような気がした。ニレの木はおとぎ話によく登場する。春になると、ニレは銀貨のような翼果〔果皮の一端が伸びてできた膜状の翼があり、風に乗って飛散する〕をつける。翼果の中心にある種子はナッツのような味がするので、サラダに入れて楽しんだ。これがマナ〔旧約聖書に登場する、神が天から降らせた食物〕と呼ばれてい

るのも不思議ではない。その後、ニレの枝は葉を生やした。葉の表面に走るいくつもの脈は、まるで手のひらの静脈のようだった。そして、葉には奇妙なことが起こった。どの葉も太陽に向かって伸びていけるよう、非常に民主的な調整がおこなわれたのだ。木の枝は下のほうほど長く伸び、いちばん下の葉は、上のほうの葉よりもわずかながら大きく、日光を吸収するための色素を多めに持っていた。この木の哲学は「どの枝も他の枝より優遇されてはならない」であるらしかった。

何十万枚もの葉に差が生じなかったわけではない。場所の違いに加えて、遺伝的なモザイク〔一個体の中で、遺伝的に異なる細胞が混在すること〕もあった。それでも、どの葉も同じ幹から派生しているので、木が吸い上げた水分を姉妹のように分け合っていた。暑い日には数百リットルの水分を蒸散し、周囲にも恩恵を与える。夜になると、各葉は安らかな眠りに落ち、昼間よりちょっとだけ垂れ下がる。秋には、なかなか落ちない葉があるものの、多くはひらひらと舞いながら地面に落ちる。落ち葉をすべて集めれば、スーツケース一個分の重さになっただろう。確かにそれまでの数ヶ月間も、樹上の葉っぱは地球とともに太陽の周りを旅していたのだ。

残念ながら、そのニレとの親密な関係は、ある日突然終わった。視察に来た検査官が、その木の根が建物の土台に割り込んでいると考えたので、木を倒すことになった。そのとき思い出したのが、一九七〇年代にストックホルムで起こった大きな草の根運動だった。地下鉄建設のためにニレの木々を切り倒す計画に反対したのだ。〝ニレの友だち〟を自認する人々は即座に木々のあいだにハンモックを吊り、テントを建て、抗議態勢に入った。何回かの衝突はあったものの、ニレの木々は守られた。私の抗議運動はうまくいかなかったので、そのニレの木は切り倒された。ところが根は土台に食い込んではおらず、伐採は不要な措置だったとわかった。だが、ニレの歴史はそこで終わりではなかった。切り株から新しい芽が出てきたのだ。私自身は、その木の歴史が刻まれた円盤をもらった。

それまでは、いつも上からニレを見ていた。なかなか珍しいものの見方だが、今度は内側からその木を見ることができる。円盤の中心付近には穴があるので、昔日《せきじつ》に根が攻撃を受けたが、なんとか追い払ったようだ。その周りには、木の成長を語る年輪が円を描いている。家に面した側の年輪は、スペースと光に恵まれていた反対側と比べて狭かった。全体の幅が狭い年輪もいくつかあり、その年の気候が厳しかったことを思わせる。年輪をすべて数えたところ、そのニレはちょうど四〇歳になったばかりだった。それはニレの開花が始まる年ごろだ。木目の美しいテーブルや、ヨットの船底にならなければ、ニレは最長五〇〇歳まで生きることができる。

木の内部は私たちに何を伝えているのだろう？　楽器をつくるときには、木の生活史が考慮される。ヴァイオリン製作者は、その楽器の表板の材料としてトウヒを選ぶ。その中でも、厳しい冬と激しい山の風が強い繊維を発達させ、季節の移り変わりの中をゆっくり成長したものが望ましい。ただし、側板と裏板には、トウヒとは異なる環境で育ったバルカンメイプルが必要になる。異なる木の種類が相互作用するように、表板と裏板のあいだにある魂柱が振動を伝える。異音が生じて共鳴の邪魔にならないよう、比率はミリメートルまで正確でなければならない。素材は生きているので、完成しても常に楽器を演奏する必要がある。

ヴァイオリン、ギター、木管楽器は、木の精神の一部を表現できるのだろうか？　木が生きていたときには、何を話していたのだろう？　彼らの解剖図は私たちのものとは完全に異

なるので、そのコミュニケーション手段もまったく別に違いない。この件について姉と話し合ったことがあるが、彼女は庭のサクラの木とよく話すのよと言っていた。私自身は、もっと科学的な説明を期待していたのだが。さて、実際にそのような説明が出はじめているのだ。木は、地球最大の有機体とパートナーシップを結んでいるので、見た目ほど孤独ではない。その有機体とは菌類で、その根系は一キロメートルも広がることがある。発生初期段階においても、菌類は岩盤から吸い上げたミネラルを植物に供給する。次いで木の根の周りに糸のような根、つまり菌糸を広げるようになると、両者が恩恵を受ける。木は太陽エネルギー〔光合成でつくった糖類など〕の一部を菌類に与え、菌類はお返しに地中から得た栄養と、菌根ネットワークへのアクセス権を木に与える。このおかげで、木はその内部の化学的接続を他の木にまで拡大できるようになった。木々には隠されたネットワークがあったのだ。最終的にはほとんどの植物が菌類の助けを借りて協力し合うことができるのだが、品種改良された植物はコミュニケーションに少しばかり苦労しているようだ。

いずれにせよ、木々がお互いを気遣っていることは明らかだ。自分のきょうだいを認識しているし、必要があれば他の木に少しばかり融通することもある。ある木が「昆虫が攻撃してくるぞ」と警鐘を鳴らせば、周囲の木々はただちに防衛態勢に入る。オークの葉はタンニンで苦くなり、バッコヤナギはピリピリするサリチル酸を出す。この他に「敵の敵は味方」

とばかりに別の昆虫を誘い出す物質もある。一方、原因が昆虫以外の自然な損傷の場合、木はたんに治癒ホルモンを生成するだけで、他の木を不安にさせることはない。

もちろん、木々がコミュニケーションをしているという意見には疑問が投げかけられている。確かに分子レベルでは接触しているのだろうが、コミュニケーションをしているとなれば、両者には何らかの意識があるのではないか？　意識とは実際に何なのか、また、それはどこにあるのかについて、研究者の意見は一致していない。それでも神経科学者と認知科学者は、神経系を持つすべての動物は体験を主観的に感じていると断言している。とはいえ、これは動物の話。植物はどうなのだろう？

この質問は古代から定期的に繰り返されており、その回答もさまざまだ。デモクリトス〔前四六〇頃〜前三七〇頃。古代ギリシャの自然科学者。前五七〇年頃〜前四九六年頃〕は木を、脳を地面に突っ込んだ上下逆さまの人間だと見ていた。ピタゴラス〔古代ギリシャの哲学者〕は、魂の原子は植物にも入り込むと考えていたので、豆を食べることを拒否した。アリストテレスは植物が動けないことにこだわり、植物の魂は劣っていると主張した。

こうして議論は続いた。いわゆる汎心論者はすべての生物に意識を見いだしたが、デカルト〔一五九六〜一六五〇。フランスの哲学者〕のような合理主義者は、人間ではないすべての生物を魂のない機械だと考えた。彼は一七世紀の偉大な発明、振り子式の機械仕掛けの時計の影響を受けていた。ところが一八世紀フランスの哲学者ルソー〔一七一二〜一七七八〕は、自然を機械に見立てる考え方を否定した。デカルトとは違って、ルソーは自然の中を歩きまわり、自然のことをよく知っていた。やはり自然観察に優れたリンネは、植物が夜中にポジションを変えるということは、植物が増殖しているだけでなく眠っている証拠だと発表した。ということは、植物が目覚めているときには何らかの意識があることになる。一九世紀になると、ダーウィンまでもがデカルトの自然に対する機械的な見方に反論するようになった。ダーウィンにとって、人間と他の動物の意識の違いは程度問題であり、植物にある種の知性があってもおかしくなかった。

やがて、技術的な実験が議論に割り込むようになった。その一つは、かなり偶然に、かなり奇妙な状況で発生した。一九六六年、ＣＩＡの尋問スペシャリストだったクリーヴ・バクスターは警察で嘘発見器《ポリグラフ》の使用方法を教えていた。その機械はおもに皮膚の発汗量を計測していた。ある朝、バクスターがオフィスで観葉植物に水をやっていると、こんな考えが浮かんだ。ポリグラフは、植物が根で吸い上げた水分を葉に運ぶ速度を計測できるだろうか？そこで電極を葉に取り付けてみたが、何も起こらなかった。ここで尋問者としての彼の経験が頭をもたげた。もっとタフなメソッドを使ってみたら反応が起きるかもしれない。葉をちょっと焦がしてみたらどうだろう？　彼がそう考えたとたん、ポリグラフの数値が上がった。バクスターは驚きのあまり、見たものを信じていいのかわからなくなった。植物は危険を察知することができるのだろうか？　もしそうなら、彼らはどのようなコミュニケーション・システムを持っているのだろう？

彼の継続的な実験は、注目と反発の両方を集めた。植物は人間の静脈のようなシステムを持っているのだから、内部でコミュニケーションしているという発想は不合理ではない。だが、異なる植物同士がメッセージを送り合っているなど、馬鹿げた考えだと一笑された。けれども半世紀ほど経ってから、農業大学の研究により、小麦とトウモロコシが根や空気を介して互いに小さなメッセージを伝達していることが確認された。植物の感性は細胞レベルなのだろうか、それとも分子レベルだろうか？　新しい研究分野が生まれ、「植物神経生物学」という名前が付けられた。

その中心となっているのは、イタリアのフィレンツェにある国際植物神経生物学研究所。創設者のステファノ・マンクーゾは、ある仮説を検証したいと考えていた。「植物にはアリのような一種の群知能があるのだろうか？」

それはとりたてて新しい概念ではなかった。モーリス・メーテルリンクも同様の考えを表明していた。ミツバチとアリに関する本の他に、メーテルリンクは『花の知恵』（高尾歩訳、工作舎、一九九二）と題する本を書いていた。彼にとって、植物とアリの類似性はそれほど奇妙なものではなかった。とはいえメーテルリンクは作家であり、科学者ではなかった。また、知性の定義はその対象が人間であっても難しい。しかし、メーテルリンクの本が出版されてから一〇〇年後、マンクーゾ教授はより科学的な観点からこの概念に取り組んだ。彼にとって知性とは「生きていくうえで生じる問題を解決する能力」を意味し、もう少し技術的に説明すると、「外部からの刺激に応じて柔軟に答えを出せること」になる。これなら電磁気または分子レベルで研究することが原則的に可能になる。

マンクーゾは、進化の過程でさまざまな種類の知性が発達したと確信していた。その一つとして結実したものが大きくて高性能の人間の脳であり、これはスーパーコンピューターにたとえることができる。一方で別の種類の知性は、相互に接続された数百万台のコンピューターのように広がっている。各個の能力は限られているが、協力すればかなり複雑な問題でも解決することができる。このように考えれば、ミツバチ、アリ、植物は一個体であると同時に、大きな全体像の一部だと言える。

ここで私が思い出したのが、個々のハチやアリ、そして彼らの高度な社会との出会いだった。それらを植物と比較してみよう。個々の花にはユニークな細部があり、それを見れば花も個体であることがわかる。一方、「個体 individual」という言葉の原義は「分けられないもの in-divid-ual」なのだ。ところが芝生を刈っても、ゼラニウムを挿し木しても、よっぽど例外でない限り、それが死ぬことはない。木などは正しく剪定すると丈夫になるくらいだ。

しかし、こんな説明がある。植物の構造は私たちとは異なる。人間は頭を斬り落とされると即死するが、昆虫ならしばらく生きているし、植物にはそもそも頭がない。絶えず動物に齧られ、それでも逃げられないのだから、大切な部分を一ヶ所に集めておくのは危険すぎる。だから植物の感覚器官は分散しているのだ。人間のようなはっきりした目、鼻、口はないが、植物の葉には光を感じる細胞があり、根は地下水と栄養を探しながら伸びている。根はその数を増やし、必要なものをさらに吸い上げる。反対に、鉛やカドミウムなどの有害物質を感知すると、根はそれを迂回する。

地下だけでなく、地上でも植物は動いている。二〇秒ごとに花の写真を撮り、その画像を編集して動画にすると、花が地面から激しく伸びていく様子を見ることができる。植物は、小さなら‌せんを描きながら太陽光線をたどり、できるだけ早く成長しようとする。そして夜にはリラックスする。ツル植物は巻き付けられるものを探すので、スイカズラのそばに熊手を置くと、それに近づいていく。昆虫から栄養を摂取する食虫植物は、昆虫が葉に触れたことを認識すると、素早くそれを閉じる。

そのうえ植物は音も知覚していると言われている。実際に根の先端はカチカチという音を立てている。成長に伴って細胞壁が破裂している音だと推察されており、もしもほかの根にもこの音が聞こえるとすれば、次のミステリーを説明できるだろう。たった一つの植物でも、その根の先端は何百万もあるが、それらが互いに絡み合うことはない。どういうわけか、根の先端はお互いの状況を理解しているようなのだ。このことは、鳥の群れや魚の群れの中の各個体がお互いに距離を取り、絶対に衝突しないこととよく似ている。いずれにせよ植物の根が、まるで動物の脳のように、情報を集めていることは明らかだ。これはデモクリトスが信じていたことでもある。

根が音に反応する可能性が、新しい実験に拍車をかけた。マンクーゾの指示の下、ブドウ園にステレオシステムが設置された。五年後、音楽を流すスピーカーに近いブドウの木のほうが、他のブドウの木よりも優れていることが確認された。ブドウの実の成熟が早く、しかも色も風味もよく、おまけに音楽が害虫を混乱させたようで、農薬の量も減らすことができた。ところで、ブドウの木にとって決定的な要因はメロディーではなく周波数だった。一定の低音域は成長を促したが、周波数が高すぎると成長を抑制するようだった。

オーストラリアの研究者もヒントを見つけた——ある小麦が二二〇ヘルツのタッピング音に反応し、その方向に根の先端を向けたことを確認した。ひょっとしたら、これらの植物が反応したのは振動なのだろうか？　マンクーゾの研究によれば、多くの動物と同じように、植物も地球の電磁場を感知できる。クレソンの根は電磁場に沿って伸びようとする。

疑問は増える一方だった。植物の感受性はある種の感情と見なすことができるだろうか？　ワイン生産者によると、醸造中のワインはときどき不可解な兆候を見せるという。それは年に二回あり、一度目はブドウの花が開花したときで、二度目は収穫時。このとき、収穫現場から遠く離れた樽や瓶に保管されていても、若いワインは二、三日、濁ってしまうそうだ。これは先祖から受け継いだ生命のリズムなのだろうか、それとも同情の表れなのだろうか？　植物が一種の意識を持っているのなら、お互いの感情について尋ねることもありうるだろう。

このような事実を知るにつれ、私たちはベランダのテーブルに置かれているすべてのものについて疑問を持つようになった。ワインや小麦でさえ周囲を感じることができるのなら、おそらくどんなものにも意識はあるのだろう。私たちは動植物の感情ネットワークのど真ん中にいるのだろうか？　これは生物特有の兆候なのだろうか？

元気いっぱいの子どもたちは隠れんぼをしていたので、しばらく姿が見えなかったが、そろそろお休みの時間が近づいてきた。彼らの父親たちは、私と姉の夏の伝統を採用し、ここで一緒に配偶者のいない一週間を過ごすことにしていた。父親二人とその子どもたちがコテージで寝ることになっていたので、寝支度はちょっとした騒ぎだった。その間、姉は幼児たちの面倒を見ていた。

私自身は敷地内で夕方の散歩をすることにした。樹液が豊富な幹、広がった枝、そして暗

中模索しながら伸びる根などに今、何が起こっているのだろう？　地中にある木の根は、アリのようにコミュニケーションしているのだろうか？　そしてやはりアリのように、コミュニケーションすることで強くなっていくのだろうか？　アリと木は協力し、一緒に超個体のような森をつくり出していく。

これは人間の文化や社会についても当てはまるのではないか。しかし、植物は文字どおり大地に根差して生きているので、地球との会話方法はもっと高感度なのだろう。ここでマンクーゾは、この時代ならではのキャッチフレーズを思いついた。彼は、未来の技術が植物を通訳に変え、空気と土壌の質、有毒な雲、または迫りくる地震に関する情報を人間に与えるだろうと予言する。それらは一つのグリーンターネット（Greenternet）になるのだと。

いずれにせよ、植物はこの世界についてかなり理解していることがわかった。植物は光、音の振動、化学物質に反応し、常に動きまわっている。彼らと私では時間の解釈が違うので、私には彼らが静止しているようにしか見えない。植物の生きるリズム、見える世界、コミュニケーションは私たちのものとは明らかに異なる。自分の判断基準と表現方法を、万人の規範だと勘違いしてはいけないのと同じように。

一方、すべての生き物の最深部には共通のコミュニケーション・システムがある。それは細胞レベルに存在し、そこでは動物界と植物界がほどよく混じり合っている。実際、動物細胞は、植物の根の先端の細胞によく似ている。

この発見は、ダーウィンが植物の根とミミズの脳を比較したときに得られた。彼の研究対象の大部分は植物とミミズだったが、後者は長いあいだ小声でしか議論されなかった。私たちの祖先は類人猿だという主張だけでも厄介なのに、その系統図の中にミミズが含まれているなどと公言すれば、彼の成功はありえなかっただろう。おまけに彼は、ミミズにはある程度の知性があるとまで考えていた。その結果、ミミズに関する彼の研究は、一九三〇年代にアメリカ人の鋼鉄製鋤《すき》の発明者によって発掘されるまで封印されていた。

ミミズが土を耕すことは、新しい発見ではなかった。古代エジプトでは、クレオパトラが

ミミズの輸出を固く禁じていた。ミミズがいなければ、ナイル渓谷は壮大な文明を生み出せるほど肥沃にはならなかっただろう。勤勉なミミズは、わずか一〇年で厚さ一〇センチメートルの土壌をひっくり返し、それを空気にさらし、栄養を回復させることができる。

しかしダーウィンの関心は、ミミズの農業への貢献度ではなかった。彼が夢中になっていたのはミミズと植物との類似性で、それに気づいたのはミミズの感覚を調べているときだった。ミミズの近くにランプを置いてその視力をテストし、楽器を鳴らしてその聴力を測った。木管楽器のファゴットもおもちゃのフルートも〝空振り〟で、ダーウィンがミミズに向かって叫んでも反応はなかった。ところが、ピアノの上に置いてあった植木鉢にミミズを置くと、何かが起こった。ピアノを鳴らすと、ミミズは土の下にもぐり込んだ。ミミズも植物のように地球の振動を感じることができるのだ。音の変化がメッセージを伝えているのだろうか？ミミズもまた、かすかな、しかし規則的な音を発している。

嗅覚に関しては、ミミズは香水やタバコの煙は気にならないようだった。しかし、好きな食べ物のにおいには反応したので、ダーウィンはミミズが何を食べたいかを知ることができた。ミミズも私たちと同じように食べ物を味わい、ヘーゼルナッツの葉よりもセイヨウミザクラの葉のほうが美味しいと感じたようだ。キャベツ、ニンジン、セロリ、西洋ワサビもお気に入りだったが、サルビア、タイム、ミントなどのハーブには触れようとしなかった。

ダーウィンが自分の観察を要約したとき、ミミズと植物の類似性はショッキングだった。どちらも土に棲んでいるので、同じような感覚を持っている。植物と同じく、ミミズは特別な触覚や、目の代わりに光受容体を持っている。植物のように、ミミズは味蕾《みらい》や鼻なしで土壌の化学的性質を判断でき、植物のように、身体の一部がなくなっても生き残ることができる。ミミズは牧草と違って家畜の餌にはならないが、アナグマから鳥、ときには魚まで、あらゆるものに捕食される。だから、子孫の数が多いだけでは充分ではなく、身体の一部を失っても死なないこともまた必要なのだ。科学の名の下に、死ぬまでに四〇回近く分割された気の毒なミミズもいる。

ミミズの最も重要な部分は正面だ。根の先端のように、土壌を掘り進むだけの頑強さがあり、また警報フェロモンを出すこともできる。ミミズは不快な場所への再来を避けるためにフェロモンを放出するが、釣り針に刺されたときにも出すことがある。魚もこれを感知することがあり、釣り餌に食いつくのを思いとどまる。

しかし当然のことながら、ミミズは植物とは異なる。たとえば、ミミズの赤い血液は五つの心臓によって送り出されている。心臓といっても実態は、筋肉の弁を備えた、肥大した血管のようなものだ。それにミミズには脳もある。といっても神経の束が集まったようなものだが、ミミズが何かを決定し、進む向きを変え、新しいことを学ぶのには充分な機能を果たしている。ミミズは、食べる葉を慎重に選び、地中で食べ物を運ぶときには、さまざまな解決策を試して最も効果的な方法を見つける。ミミズの体はヌルヌルしているが一部には剛毛が生えているので、これを土に引っかけて前進する。落ち葉がうまい具合に丸まっていると、ミミズはそれを引っぱってきて、地中トンネルの穴をふさぐ。鳥から身を守るためだ。

このように、この〝むき出しのまま生きている小さな腸〟は、人々が予想したよりも複雑であることが判明した。二〇世紀には、民間療法におけるミミズの使用に、ある程度の妥当性があることも判明した。ミミズは妊娠検査に使用でき、解熱物質を含んでいるので、その化学的性質は凡庸ではない。しかし、それでも、ミミズの最も興味深い特徴は、植物の根の先端との類似性だ。このことは、さらに大きな疑問を招いた。生物分類学のカテゴリー間の境界線はどれくらい太いのだろうか？　結論として、植物と動物は共通の起源を持っており、いくつかの生物は植物界にも動物界にも足を踏み入れているようだった。

子どもたちがベッドに寝かされたあと、小さな事件が発生した。一台の二段ベッドのそばで、アリの行進が見つかったのだ。反応はさまざまだった。子どもの一人はアリに魅了され、それについて知りたがったが、他の子どもたちは侵入者をただちに追い払いたかった。私はどちらのチームにも同情した。とりあえず、アンティシメックス社製のアリ駆除剤を探しに行くことにした。大工小屋のどこかにあるはずだ。

そこには、子どもたちが興味を持つかもしれないものがたっぷりある。ある日、腐った薪の束の上に黄色いクッションが載っていた。最初はキツネが持ってきたと思ったが、近づいてみるとそれは粘菌の一種だった。それがスウェーデン語で「トロールのバター」と呼ばれている理由は想像できるだろう。粘菌はゆっくりと動くことができる。菌類は一般的に地上を移動することはないので、一部の生物学者は粘菌を動物界に含めることにした。だが、こ

の分類に同意できない生物学者もいる。なぜなら粘菌は胞子を広げるので、植物界に属するはずだからだ。

対立する生物学者はどちらも正しくなかった。粘菌は動物でも植物でも菌類でもない。単細胞であることを考えると、どちらかといえばアメーバだ。しかし、単細胞でも多くのことができる。お互いを認識し、コミュニケーションを取り、記憶もできる。粘菌のように細胞壁がないものは、お互いに結合して、多くの核を持つ一つの細胞になることができる。これらの核が前後に流れると、細胞の塊が動き、そうすることで、周囲のバクテリアを片っ端から分解する。粘菌は捕食できるのだ。これが分類学者を混乱させたのも無理はない。

私はトロールのバターを探してみたが、薪の束の上から消えていた。まあ、ノロノロした細胞の塊を見ても、子どもたちはそれほど大喜びしないだろう。それでも研究者にとって粘菌は生物の進化についての重要な情報を提供するものだった。核の多い粘菌は、単細胞生物が協力しはじめると何が起こるのかを示している。迷路に入れる実験では、粘菌は確かな記憶力を発揮した。アリのように自分が動いた跡ににおいを残したのだ。違う点は、粘菌は自分の残り香のあるところには絶対に戻らないということだった。自分のにおいを感じると、別の道を選び、すでに居た地域を避けようとする。これは研究者に手がかりを与えた。このような外部記憶は、おそらく内部記憶に至る道の第一歩なのだろう。

この段階を原始的だとか単純すぎると言って軽視することはできない。なぜなら、私たちの外部記憶は文化の要石《かなめいし》なのだ。私は最近、家族とやった記憶ゲームでは負けてしまったが、本という外部記憶なら書くことも読むことも自由にできる。粘菌が私たちに示しているのは、外部記憶の形式が書かれたものでなくても、生物が生き延びるために重要な役割を果たしてきたということだ。

ともかくトロールのバターは記憶の進化以外にも伝えたいことがあるのだろう。植物についても何かを証明したいようなのだ。目、脳、神経系のない有機体でさえ、環境に応じて進路を変え、何かを記憶することができるのだと。

アリ駆除剤を見つけたあと、私は小屋の外にしばらく佇んだ。スイカズラが放ちはじめた香りは、その花のようにゴージャスだった。すぐに蛾が、花びらの奥にある蜜の洞窟を目指して集まってきた。

その香りは夏の夜ならではのものだった。そのおかげで、その花が壁のヒビを上っていくのを見た、何回かの夜のことを思い出した。じつは半分、忘れかけていたのだが。つまり、においが思い出を隠すのは、アリの体内とトロールのバターの中だけではないのだ。姉は、母がツレザキソウを見せてくれたときのことをまだ覚えている。母はかがんでその花に鼻を寄せながら「ほら、嗅いでみて」と言ったそうだ。それ以来、姉は森の中の小さな世界に惹かれるようになった。半世紀経った今でも、それは続いている。

肉体を持たないにおいが何かを殺し、バラバラにしたあと、生き返らせるなんて、本当に驚くべきことではないか。マルセル・プルースト〔一八七一～一九二二。フランスの作家〕は、甘い小さなマドレーヌの助けを借りて、生涯にわたる思い出を呼び覚ました。認知症にかかると嗅覚が薄れるのは興味深い。なぜなら、においは「今この瞬間」と同じくらいはかないものだが、ずっと昔に経験した瞬間や場所を取り巻いているからだ。においは何百万年ものあいだ生物に進行方向を指示してきたので、哺乳類はすべて鼻孔を二つ持ち、においの元がどこなのか判断できるようになった。ところが、人間が見たものに名前を付け、地図に書き込むようになると、においはそれほど重要ではなくなってしまった。その後、においは名前のない影の世界へと転落していった。

しかし、視覚と聴覚に障害のあったヘレン・ケラー〔一八八〇～一九六八。アメリカの作家〕にとって、嗅覚の世界は依然として表現力豊かだった。彼女はにおいに基づいて、牧草地、納屋、松林の風景を、まるで見たかのように正確に描写した。そして出会った人々を、そのにおいから特徴づけた。他の人なら、友人をその声で認識するだろう。彼女は、目の前の人がさっきまでいた場所が、庭なのかキッチンなのかわかった。そしてバイタリティ溢れる人からは強いにおいを感じ取った。

嗅覚は、暗い地下牢で育ったカスパー・ハウザー〔一八一二？～一八三三。ドイツの孤児。十六歳ごろまで独房で過ごしていたのではないかと推察されている〕にとっても重要だった。葉からのかすかなにおいを嗅ぐだけで、彼は果樹の種類を言い当てた。しかし、嗅覚以外の感覚機能は長いあいだ麻痺状態だった。

浮遊するにおいの分子は、生物の最も古い表現形態の一つなのかもしれない。動物のフェロモンのように、においはその生物に独特のキャラクターを与え、何百万年ものあいだ決定的な役割を担ってきた。新生児は母乳のありかをにおいで見つける。腐った食べ物は悪臭を放って警告する。遠く離れていても、においはその持ち主が何なのかを教えてくれる。こちらに近づいてくるものは、肉食動物、それとも獲物になりそうなもの、いやひょっとしたら理想のパートナーなのだろうか？　一個の生物の周りには何十万もの有機分子が浮遊し、独特のシグナルを発している。

種《しゅ》の境界を越えたにおいは、解釈するのが難しくなり、その意味があいまいになる。針葉樹林のアロマはテルペンを含んでいるため、微生物を寄せつけない。同じ理由でラベンダーはダニ、蛾、ノミに嫌われている。しかし、ミツバチと同じように、人間はその香りを好ましく感じる。だから、蝶がバラの香りに似た物質を放出してパートナーを惹きつけるように、私たちは花の香りを利用する。何千年ものあいだ、私たちは花びら、果皮、種子、葉、さらには根や樹皮から香水をつくりつづけてきた。これらの揮発性エッセンスはラストノート、ミドルノート、トップノートに分類され、音楽のように組み合わせることができる。十九世紀の調香師による香りの一音階《スケール》は以下のとおり。ドが樟脳、レがスミレ、ミがアカシア、ファがチューベローズ、ソがオレンジの花、ラが刈りたての干し草、シがサザンウッド。フローラルな香りであれば、また別の音階《スケール》を形成するだろう。香りの世界には、音楽と同じくらい多様なバリエーションがある。

トップノートは最初に鼻に到達し、すぐに蒸発するものだ。ミドルノートにはジャスミンやバラの他に、乾燥したチョウジ（クローブ）の蕾まで含まれる。ラストノートに分類される乾燥ツノマタタケ（オークモス）は、海岸や雨降りの森のにおいを思わせる。しかし一般的なラストノートといえばサンダルウッドだろう。木のエッセンスは温かいので、すぐに気持ちを落ち着かせると同時に、エロティックな刺激も与えると言われている。

龍涎香《りゅうぜんこう》のように動物由来のラストノートもある。この神秘的なエッセンスは、かつては金や奴隷と同じくらいの価値があった。何年も続くその香りは、じつは海の生物の体内から来ている。これは、かつてマッコウクジラが食べた頭足類が胃の中で結石化したものなのだ。

かすかなものから濃厚なものまで。穏やかなものから刺激的なものまで。香水の原料は、生命の躍動や痕跡が見られるあらゆる場所から集められる。生物のように、そして音楽のように、その香りはゆっくりと変化し、消えてゆく。それでも香りの静かだが強烈なアピールは、いつでも私たちのあとをついてくる。発達の初期段階では、私たちの嗅覚は、最終的には脳に成長する神経軸索の先端にある細胞組織でしかなかった。つまり、かつて私たちの脳は、嗅覚を司る器官にくっついた蕾のような形をしていた。だから、においを感じることで思考が生まれるという説さえあったほどだ。だが実際には、思考は脳内の嗅覚の領域とはほとんど関係がない。嗅覚を司る領域があるのは、系統発生的に古い皮質であり、感情を司る大脳辺縁系だ。だからにおいは感情に結び付きやすいのだ。

感情と同じように、においについて説明するのが難しい場合もある。どうやってにおいを感じるのだろう？　ローマの詩人ルクレティウス〔前九九頃～紀元前五五〕は、嗅覚はにおいの粒子の形を区別しているのだと考えた。同様の理論が一九六〇年代に提案され、花の香り分子はくさび形、麝香《じゃこう》の香り分子は円形、樟脳の香り分子は球形だと主張された。しかし、香り分子の形やその化学式があっても、エッセンスを言葉で表現することは容易ではない。何千ものにおいを区別できる調香師は、それらを説明するように求められると、途方に暮れてしまう。香りは、文法が調教を試みようとしない言語に属している。香りは浮遊する化学物質であり、風や湿気や熱によって散ってしまう。「今」を意味することもあれば、「地球のこれまでの時間」を表すこともある。

嗅覚が感情を司る脳領域にあることを考えれば、なぜこれほど多くのものが花を使って表現されるのかを説明できる。ブーケは誕生日のお祝いから墓場までいたるところで使用されており、おまけに愛するカップルのために、どの花がどんな感情を表すのかを解説した花言葉の本まである。これは、「花とミツバチ〔生殖の婉曲表現〕」がじつは何をしているのかを口にしたくなかったビクトリア朝の人々の発案だ。ともかく彼らは、その表現には花が役立つということは隠さずに認めた。

ところで、花が役立つのは感情を表す場合だけではない。私たちの目は、何百万もの微妙な色の違いを認識することができるが、色に付けられた名前はほんの一握りしかない。そのため、ここでも花が助け舟を出す。「バラ色」は同じ名前の花に由来し、「オレンジ」という果物は色の名前にもなった。「スミレ色」はスミレに由来し、フランス語でライラックを意味する「リラ」はスウェーデン語で「紫色」になった。亜麻の花のような青灰色をフランス語では「亜麻の灰色 gris de lin」といい、スウェーデン語に入って「gredelin」になった。そしてすぐに画家のパレットを明るくした。それ以前は、この色味は茶色と呼ばれていた。

実際、色と香りはミツバチだけでなく私たちにも力強く語りかけるが、色と香りについて話すことはまた別であり、それらを生き生きと表現することはさらに難しい。それらを書き記すために使われてきたものは、死んだ植物だった。エジプトではパピルスという植物を乾燥させ、スカンジナビアではブナの木から薄い板をつくった。実際、スウェーデン語で「アルファベット」を意味する bokstav は、ブナ（bok）材に文字を刻んだことに由来する。それ以来、何十億ものアルファベットが木材チップからつくられた紙に書かれている。文字と紙は協力して、ミツバチが花から蜂蜜をつくるよりも素晴らしいものを創造しなければならない。書くことの目的は、未来へ向けて生命の本質を伝えることではないだろうか。

だから文学と生物学には類似点が多いのだろうか？　Culture には「文化」と「栽培」両方の意味がある。確かに思想は植物のように異種交配できるし、果樹のように接ぎ木することもできる。読みにくい表現部分は花壇の植物のように間引きして、有機的なリズムを得ることができる。単語は他の言語に移植できるし、ハイブリッドを生み出すこともできる。発想力を開花し、連想を枝分かれさせ、書かれた世界に香りと影をもたらすことができる。

考えてみれば、執筆とガーデニングには、じつに多くの共通点がある。自然と張り合うことはできないが、自然がそうするように、これから芽吹きそうな表現に時間を与え、世話することはできる。だから私は大工だけでなく、庭師にも親しみを感じるのだろう。

家族と過ごした休暇の日々は、時間を忘れるほど濃厚なものだった。振り返ってみれば、まるで時間が種子に詰め込まれたようだった。その種子にはもちろん、成長するだけの力が備わっている。思い出は植物のように遠くまで広がり、その登場人物がいなくなったあとで

も、ずっと残ることができる。

若い世代が引き続きコテージで休暇を楽しんでいたので、私は他の場所に移った。庭師に会うために私がコテージに戻ったとき、森の中のブルーベリーの茂みがところどころ黒ずんでいた。しかし、もっと大きな変化があった。夏の干ばつのせいで、この辺一帯の井戸が枯れ、敷地内のほとんどすべてのシラカバが枯れていたのだ。八月なのにすでに葉を落とし、元気を取り戻すことはなかった。

私はエッダが伝えるユグドラシルの運命を思い出して落ち込んだ。ヘビのニーズヘッグが三つ目の根をどんどん齧り、そのうえ二つ目の根の栄養源だったミーミルの泉がゆっくりと腐りはじめた。唯一残った一つ目の根元では、ノルンたちが生命の糸を紡ぎ、撚り、そして切っている。ユグドラシルの枝の葉が黄色くなっていくのを見たノルンたちは心配するが、ミズガルズの人間たちは以前と同じような生活を続けた。そしてついに嵐のためユグドラシルが倒れ、洪水が押し寄せた。神々はこの世界樹のことを諦め、空を赤く照らす炎に任せることにした。

コテージの周りを歩いてみると、建物の角に立つ一本のシラカバがどうにか干ばつに耐えていたことがわかった。おそらく根がそうとう深いのだろう。この木は、敷地内の他のシラカバの木々に何が起こったのかを知っているに違いない。なぜなら彼らは親戚であり、木々はコミュニケーションできるからだ。コテージの反対側には、姉か妹にあたるシラカバが骸骨のように立っている。玄関を開けると嫌でも目につく悲しい光景だ。最初の春には、そこに揺れる巣箱を掛けたというのに。その木はいつも鳥でいっぱいだった。六月には、生い茂る枝にハイタカが飛び込み、果実を採るくらいやすやすとアオガラを捕まえるのを見たことがある。見ていて楽しい光景ではなかったが、ともかくその木はあらゆる鳥を歓迎していた。

そして、最も豪華な花でさえ、生物にとって死は避けられないということを仄めかしている。春に咲くライラックの香りには、タンパク質が腐敗したときに生じる有機化合物のインドールが含まれている。この二重の性質〔インドールは通常、悪臭を放つが、低濃度であれば花の香りがする〕は、夏に花を咲かせるセリ科の植物群にも存在する。パセリ、パースニップ、キャラウェイ、チャービルなどは料理に風味を添え、また薬効もある。だがドクニンジンやドクゼリを、フェンネルなどと間違えて鍋に入れてしまうと、食べた人が死ぬことがある。これらはすべて同じ植物の科に属し、見分けようと思えば、茎、葉、果実、根などにある細かい特徴、そして開花時期や生息地の違いなどに注意を払うしかない。編み物の裏と表のように、生と死は複雑に絡み合っている。森の中の種《しゅ》の半分は枯れ木を棲み処にし、土壌は植物に栄養を与えるが、それは微生物がタンパク質を分解しているからだ。それでも完全に分解されず地中に残っているものもあり、それらはこの豊かな大地が、かつて生きていた生物の相互作用の結果、生まれたのだということを教えてくれる。

地面の枯れ葉を掻き集め、堆肥《コンポスト》の山に運んだ。この敷地の中で最も活発な一角だ。表面の土の下には、私の周囲と同じくらい多様な風景が広がっていた。そこでは花粉が、砕石、バクテリア、その他の無数の小さな生物と混ざり合っていた。菌糸体の森のどこかに、トビムシの愛の庭があるはずだ。どこかでカブトムシがご馳走を見つけ、ジムカデがワラジムシを食べているに違いない。この混沌とした世界には、たいていの場合、名前が付けられていない。地下生物の種については、ほんの一握りしか知られていないからだ。それでも、腐葉土ができるのは、彼らが揃っているからなのだ。古代ギリシャ人は土を元素の一つと見なしていたが、実際にはそれは、水、空気、粒子、そして無数の小さな生物の流動的な相互作用の結果なのだ。

コンポスト内の土を鋤ですくって、よく見てみた。そこにはおそらく数百万のバクテリア、一〇万の微細な蠕虫《ぜんちゅう》、そしておそらく二万のダニが、さまざまな菌類や藻類の中にいるはずだ。これらの何十億もの〝大食漢〟たちは、物質を腐敗させ、植物の栄養に変えている。彼らは巨大な宴会場にいるようなものだ。ビールとワイン、チーズとパンを私たちに与えてくれる酵母は、ここでは葉の残留糖分をアルコールに変えている。そしてそのアルコールをバクテリアが飲み込んで酢酸に変え、他の生物に与える。これはろうそくの炎のように強い燃焼だ。その炎は、地球自らが回転するように、すべてのものを回転させる。ある物語の終わりが、次の物語の始まりになるように。

コンポストで作業中に手に小さな傷ができたので、コテージに戻って丁寧に洗った。バクテリアは巧妙だ。その種《しゅ》は膨大な数に上り、目に見えない性質もさまざまだ。植物には栄養を与えるが、人体に入ると死を招くものもある。

微生物の世界では多くの奇妙なことが起こる。土壌の種類ごとに独自の微生物部隊がいるだけではない。同時に、抗生物質でその身を守る菌類に対して、静かな戦争が繰り広げられているのだ。古代エジプト人は、バクテリアと菌類の戦いについて何も知らなかったが、怪我をしたときにはカビの生えたパンを粥状にして傷口を覆っていたという。おそらく偶然にその効果を目にしたからだろう。その理由が二〇世紀になって明らかになったのも、まったく偶然によるものだった。アレクサンダー・フレミング〔一八八一～一九五五年。イギリスの細菌学者〕はバクテリア培養中のシャーレを暖かい実験室に置き忘れてしまった。そこへカビが侵入したが、その周囲だけバクテリアは育たなかった。これを見たフレミングは原因を突き止めようとする。

子どものころの私は、バクテリアと菌類の戦場だった。ある熱心な医者が、私に大量の抗生物質を投与することによって、頻発する感染症を完全に治したいと考えた。「そうすればバクテリアは全滅するでしょう」。この治療は一面的には成功した――だが私は突然、何とも言えないほど疲れ果て、ほとんどすべてのものにアレルギーを起こした。当時は複数の犬を飼っていたが、動物にも植物にも耐えられなくなった私にとって、森の中の散歩は拷問だった。私は無菌状態に住みたいとは思わなかったので、母に頼んで自然療法に連れていってもらい、ようやくアレルギーがなくなった。菌類とバクテリアのバランスが回復したせいか、私は以前より丈夫になった。治療法の一つは、花粉の糖衣錠の服用だったのを覚えている。

このあとに発見されたのが、体内の全バクテリアを集めると脳と同じくらいの重さになり、しかも脳と同じくらい重要な働きをするという事実だった。免疫システムを訓練するタイプもあれば、酵素やビタミンを生成して栄養素を放つもの、また皮膚に付着した外来バクテリアの働きを抑えるものもある。さらには脳に神経伝達物質を送るものもあり、うつ病、自閉症、ＡＤＨＤなどとの関連性が注目されている。確かに人間の体はバクテリアの全生態系を抱えている。それらは適切な部位に適切な割合で存在してくれることが望ましい。体内にある数十億個のバクテリアに基づいて、その人の分類ができると言ってもいいだろう。

バクテリアは数が多いだけでなく、その生命力も信じられないほど強い。塩《しお》の結晶の中で二億五千万年を過ごしたバクテリアが発見されたが、水分を少々与えるとすぐに動き出し、すぐに増殖を始めた。バクテリアにとって増殖はお手のものだ。彼らは二〇分ごとに分裂し、死ぬまでそれを繰り返す。栄養源に向かって自由に移動し、光、温度、化学および磁場の変化を感知できる。また、バクテリア同士で分子やＤＮＡを交換することができ、アリのように広大なネットワークをつくりあげる。おまけにバクテリアは地球上のすべての生物の中にいる。それだけ共存する理由があるということだ。大洋の過去に、バクテリアと人間の共通の起源がある。

進化の初期段階のバクテリアの役割は、ごく最近になって発見された。一九六〇年代、若い生物学者のリン・マーギュリス〔一九三八～二〇一一。アメリカ人〕はその重要性について仮説を立てたが、当時、彼女は進化論の通常の解釈に反対していたため、奇妙な反逆者としか見なされなかった。当時の解釈は「進化とは強いものが生き残る戦いのようなもの」だったが、彼女にとって進化とは、競争よりも互いの弱点を補い合うものだった。確かに自然選択は適者生存につながるが、それでは新しい種《しゅ》を生み出すことはできない。反対に協力し合えば、結果的に奪うより与えるものが多くなるので、新しい種を生み出すことができる。さらに、生き残ったほとんどの種は周囲の環境に適応したものであり、かつ他の生物によって構成されている。簡単に言えば、あらゆるものが依存し合っているのだ。地球が八百万もの種を擁しているのは、そのうちの一つだけに利益を与えるためではない。

動物学者が動物を使って進化の説明をしていることも、マーギュリスの目には「誤解を招く」と映った。動物は進化史のあとのほうに登場するからだ。彼女が着目していたのは、原始の海の最初の細胞だった。そこにさえ、共生の兆しがあったのだ。彼女の仮説は、バクテリアは進化の早い段階で他の細胞に侵入し、そこで一種の原動力になったということだった。このことが進化の多様性につながったのではないか。やがて、彼女の理論は遺伝子研究によって裏付けられ、彼女は現代生物学の中心的研究者の一人と呼ばれるようになった。

だが、彼女が正当に評価されるまでには時間がかかった。生命の系統樹にバクテリアを載せることは、ヒトは類人猿の子孫だと主張するよりも評判が悪く、彼女が論文を送っても断固として掲載を拒否した科学雑誌は一五誌にも上った。それでも彼女は臆することなく研究を続けた。

彼女はバクテリアがガスを生成することに気づき、これが大気に影響を与えたのではないかと考えた。彼女は天体物理学者のカール・セーガン〔一九三四～一九九六〕と結婚していたので、微視的視点と天文学的視点には共通点が多いことを理解していた。そして、自分の理論がNASAの生化学研究者だったジェームズ・ラブロック〔一九一九～二〇二二〕の理論に近いことを知った。

地球の大気を火星や金星の大気と比較したラブロックは、その差異から、地球の大気をつくったのは生物だという結論に達した。地球大気を創造したのは活発な有機体であり、それは現在でも大気の状況に影響を与えていると考えられる。大気、つまり私たちが空気と呼んでいるものは、土壌と同じく、すべての地球生物がつくり出したものであり、それゆえ独特なのだ。

ある意味、地表からの限られた視界よりも、宇宙から地球を見るほうが簡単なのかもしれない。最初の宇宙飛行士たちは、きらめく青緑色の小さな真珠に目を見張った。そこにはなんの境界もなく、山はなだらかに谷へと続くだけだったので、宇宙飛行士たちは雨と風が地球の周りを滑らかに移動する様子を見ることができた。

マーギュリスとラブロックの知識を統合すると、極小の視点と極大の視点が絡み合い、説得力を持った。二人が発見したのは、細胞から大気に至る、常時フィードバックする相互作用だった。それはまるで、植物、動物、菌類、微生物が相互に依存する織物のようだった。進化は必ずしもよい方向に向かうとは限らず、新しいものは古いものより必ずしも堅牢ではなかった。ただし生命史の初期に登場したバクテリアなら、どの生物より長く生き残ることは確実だろう。

では、この仮説は何と呼ばれるべきだろう？　ラブロックは、近所に住む作家のウィリアム・ゴールディング〔一九一一～一九九三〕と長い散歩をするのが好きだった。ゴールディングはのちにノーベル文学賞を受賞するが、若いころには自然科学を研究していた。ラブロックとマーギュリスの共同作業から生まれた仮説について聴くと、ゴールディングはそれに夢中になった。その理論に名前を付けるのなら、古代ギリシャの大地の女神ガイアがいいと思う。彼女はギリシャ語でGe《ゲー》と呼ばれ、「地質学 geology」や「地理学 geography」にも含まれている。ゴールディングは小説家として、物語を発展させる主人公の造形に優れていた。ギリシャ神話の世界では、ガイアは大地、母性、そして豊饒の女神だ。女神に人間の特徴を少しばかり投影するのは簡単なので、この名前なら概念の理解を促進するのではないか。ロマンチストのラブロックはゴールディングの提案を受け入れ、「ガイア理論」がその仮説の名前になった。

だが、リン・マーギュリスはそれをよしとはしなかった。女神ガイアは誤った連想につながる比喩だった。彼女の仮説は、単一の動力源とはまったく関係がなかった――それどころか、バクテリアから植物や動物まで、地球上のすべての有機体間の柔軟な相互作用を扱っているのだ。いささか人間的な特徴が地球生命を操ってきたと聞けば、人々は興味を持つかもしれないが、彼女の仮説はその逆なのだ。

マーギュリスの不安は現実になった。古代神話の女神の名を冠せられたことから、ガイア理論はオカルト的なニューエイジ・ファンタジーを連想させた。また女性原理と関連付けて解釈されるようになり、マーギュリス自身も現代のガイアとして、「科学界の手に負えない孟母」扱いされるようになった。それゆえ、彼女の仮説の中心的な考え方——地球上の全生命がつながっていること——は、別の名前に結び付けられるようになった。アリストテレスは地球上のつながりを共同世帯にたとえており、ギリシャ語で「家」を意味する言葉は「エコロジー」の素《もと》になった。この用語は一九世紀に生物学者のエルンスト・ヘッケルが初めて使用し、一九六〇年代に新たな環境運動が始まると一般に広まるようになった。

ラブロックとマーギュリスの理論は、最終的には学界の支持をほぼ全面的に勝ち得たが、ガイアという名称は慎重に避けられた。今日では「地球生理学」または「地球システム科学」が好んで用いられ、地球の相互作用に科学的なイメージを与えている。また、相互接続されたコンピューター・ネットワークと比較されている。これは、ステファノ・マンクーゾがアリと植物に共通する知性を説明する方法でもあった。規模の違いはあれ、すべてはネットワークで成り立っているのだ。

堆肥の処理が終わったので、私はベランダに座り、地球の相互作用のさまざまなイメージについて考えることにした。一つのネットは強靱さと脆弱さを兼ね備えており、どの網の目も重要だ。それは一般的な糸ではない。地中で広がるその糸とは、木の下の菌糸体なのだ。私は、コテージの角にあるシラカバを見ながら、古い世界樹はそのイメージにぴったりだと考えた。女神、家、コンピューターとは異なり、木は地球上に実在する生き物だ。シラカバの樹皮は老人の肌のようにしわだらけだが、枝では春の新芽が顔を出そうとしている。どの新芽も一つの幹を頼りにしているが、木はさまざまな可能性を持つ遺伝子のモザイクでもある。あの木が生きていられるのは、その多様性のおかげなのだ。各部分は独自に完結しているので、体内にいくつもの生があっても無駄ではないのだ。

私が夏に幼い子どもたちのために描いた家系図は、もちろん、私たち家族に関するもの

だった。だが、「私たち」と「他の人たち」を隔てる線はどこにあるのだろう？　研究者たちは、はるかに広大な〝家系図〟をつくり、地球上の全生命の最小公分母を発見した。その範囲は微生物から植物、そして動物にまで及んだ。そしてその起源をLast Universal Common Ancestor の略であるＬＵＣＡと呼んだ。ＬＵＣＡは複数の場所で発生したと考えられているが、ともかくそれが原始細胞だった。

辺りを見渡すと、きらめく海峡をバックに、シラカバとアオガラが目に入った。ＬＵＣＡがすべての生物の始祖なら、私の体内の細胞は他の生物とつながっていることになり、つまりはこの敷地は私の親戚だらけということになる。外見は似ていないが、その最深部は共通しているのだ。

細胞がこのように多様な生物をつくるなんて、あまりにも現実離れしているように思えた。だが、その秘密は、新しい世界を次々につくり出すことができる遺伝子情報なのだ。それは文字が書籍を生み出すのと似ている。私の体内には約百万の遺伝子がある。その一つは私の神経系の設計図だが、昆虫やミミズにも同じものがある。それだけではない。私は樹木やユリとも同じ遺伝子を共有しているのだ。

もちろん、この敷地にあるのは、地球上の全生命の一握りでしかない。私の視界を広げてくれたのは、生命史が概観できると謳う、ある自然史博物館だった。天井ドームにくっきりと映し出された映画はまずビッグバンから始まり、すべての元素が形成されると、無数の星をちりばめた夜空が広がった。生まれたばかりの地球にズームインすると、流星群の下で火山が大噴火するのが見えた。次に、赤く輝く地球、溶岩で黒くなった地球、白い霜に覆われた地球が続き、その後、緑の地球では生命が急成長した。

次に鉱物展示室を訪れた私は、時間とともに模様がついたり、圧縮されて宝石になったりした鉱物を見てまわった。そこには化石となった頭足類の殻や先祖の頭蓋骨があった。それから動物たち——絶滅したか、たんに死んでいるか——の隊列《キャラバン》の横を通り過ぎた。無表情に何かを見つめているアナグマを見たあと、蝶が失われた瞬間のようにピン留めされている展示室に入った。蝶の下ではカブトムシがきらめく軍隊を結成し、別の展示台では砒素《ひそ》で保存された鳥の羽が光彩を放っていた。有名な植物標本室は、乾燥した希少植物の重みで床がたわんでいた。

しかし、これらのホールやその展示物には何かが欠けていた。それは生命だ。互いに栄養を与え、交尾し、会話し、追いかけたり逃げたりするために、絶えずその手を伸ばそうとする有機体。お互いだけでなく、大地、水、空気とも濃く密接な関係を持ちながら。これは、すべてを生かそうとする永遠の相互作用だ。その原動力は、生きることへの願望、いや、もっと多くの生を獲得したいという終わりなき渇望だろう。人々が異なる種のあいだに建てた壁には、裏と表という二つの面がある。これから私が寝ることになるコテージの壁はアリやハチで断熱されている。屋根が鳥の床になることもあるし、床はキツネの天井になることもある。

だが、まだ疑問が残っていた。にぎやかな全体像はどうやって統合されるのだろう？　私は、無数のドットが集まって点描画になることや、スクリーン上のピクセルが集まって画像になることを思い出した。ドットの数が多いほど画像は鮮明になるので、各ドットはニュアンスやディテールの表現に貢献していることになる。

それらを一つの物語にまとめることは不可能だ。それに、物語を見る視点は一つに限られているので、生命の多様な層を見るのに適さない。しかし、私は絵画の授業で遠近法を深める方法を学んだ。その秘訣は、ルネサンス期に誕生した黄金比を利用することだった。驚くことに、それは自然界でも利用されているようなのだ。作家のピーター・ニルソン〔一九三七～一九九八。スウェーデンの天文学者、作家〕は、カタツムリ、松ぼっくり、ヒマワリの構造に黄金比が存在していることを発見した。自然と芸術は類似の法則に従っているのだろうか？

天文学者としてのニルソンは、宇宙と音楽の接点さえ見つけた。最初の原子の動きが振動となって宇宙空間を進み、コンピューターのいわゆる「フリッカーノイズ」の原因となっているのだ。これは、遠方の恒星系だけでなく、地球の水流や風の騒音、自然災害、株式市場の変動からも発見された。

生き物同士にも共通する音のパターンがある。テナガザルの歌を二倍速で再生すると、鳥のさえずりのように聞こえ、反対にゆっくり再生すると、クジラの歌に似ている。周波数のカーブをグラフにすると、そのパターンはどれも同じになる。違いはスケールとテンポだ。これはまるで、一本の小枝が一本の木に似ているようなものだ。

また、テンポは他のいくつかの違いも補う。ハチは一秒間に人間よりも百倍速い動きを知覚することができる。代謝が速い小さな動物は、大きな動物よりも多くの世界を受け入れる。小型の鳥やネズミの心臓は、まるでそよ風に舞う木の葉のように、毎分六百回も脈打つ。クジラの心臓のテンポは百倍遅いので、生き物の生涯の心拍数はサイズの大小にかかわらず、ほぼ同じになる。

このように動物は、それぞれ独自のリズムを持っている。昆虫の動きが十六分音符で、哺乳類の動きが四分音符だとしたら、アナグマのノロノロ歩きは全音符になる。彼らが奏でているのは、無限のバリエーションを持つ流麗な音楽だ。バリエーションの基本は、地球内部の磁場にある共通の持続低音で、一秒間に八回から一六回変動する。私の脳が安静状態のときも同じリズムを持っている。くらくらするような考えだ。私たちは地球に同調することができるのだろうか？

それから私は、NASAが地球の電磁振動を記録したことを思い出した。音に変換すると、それは始まりも終わりもない怒涛のハーモニーとなった。地球上のすべての生命はその轟音の一部なのだろうか？　生化学者のジェスパー・ホフマイヤー〔一九四二〜二〇一九。デンマークの生物学者〕は、地球のコミュニケーションの全領域を「記号圏」と呼び、何百万もの表現方法を有する生物学的言語のようなものだと表した。それらの表現方法とは、香り、色と形、化学的信号、接触と動き、あらゆる種類の波と電界……要するに、生物の生きている証なら何でもありだ。クロウタドリの変調も、シジュウカラの五度音程も、昆虫の羽音も。クジラの歌も、魚のさまざまな声も、その背景に聞こえる軟体動物の太鼓を叩くような音も。パートナーを求める遠吠えも、母ギツネが鼻をクンクンする音も、アナグマの唸り声も、野ネズミの超音波の歌も、そしてミミズが出すかすかな音も、みんな何かを表現しているのだ。

すべての生物の中核にも、静かに振動する遺伝子の和音が潜んでいる。四つの音調《トーン》を持つ楽器で演奏した音楽に通じるものがあるそうだ。一個の遺伝子は百の和音を持っているとも言われ、他の遺伝子と相まって、古いテーマをまったく新しいサウンドに変えることができる。生命は永遠に未完成の交響曲なので、改変が止まることはない。

晩夏の空気は澄み切っていて、軽やかだった。そろそろ渡り鳥が飛び立つころだ。地球の風景が変化するさまを眼下に見る前に、小さな胃袋にせっせと食べ物を詰め込んでいる。

私はもう渡り鳥についていきたいとは思わなかった。彼らを運ぶ空気ならここにもある。それは、数千種類ものにおい、羽ばたきの振動、そして数百万回の過去の呼吸を含んでいる。さらにそこには地球生命のかけらも散らばっている。空気中の分子の中に、数百種類の藻類、四万種類の菌類の胞子、一万種類の植物の花粉の痕跡があるからだ。そこに塩、灰、粘土、さらにはトパーズの微粒子も編み込まれ、まるで無限に広がる空気の中に世界が集合しているようだ。私自身もそれに貢献している。一時間ごとに百万個の小さな粒子が私の皮膚から飛び立っている。しかも、その多くは目に見えない乗客を乗せて。

私の感覚器官ではそれらを捉えることができない。私の脳内で一つの世界をつくりあげた神経細胞でさえ、私にとって未知のものだ。神経細胞の数は銀河の星ほどあり、私がおぼろげにでも知覚できるものはすべて、その広大なネットワークのどこかを通過する。私が〝何か〟を考えたその瞬間、それは脳内で再構築される。私の注意力が他に向けられても、その〝何か〟は脳内にひっそりと残っている。そう、まるで私が目をそらした隙にこの敷地で起こる出来事のように。

それでも、私は自分の周りのものごとのほんの一部しか把握できない。他の生き物の鋭敏な感覚と比較してみよう。キツネは、ミミズが剛毛を使って草の上を這う音を聞き取り、暗中模索する植物の根は、土壌のわずかな化学物質でも察知する。ウナギは、湖面に広がった香りのエッセンスが指ぬき程度の大きさでも感知できるし、イルカはエコーを利用して百メートル離れた物体の性質を理解しようとする。渡り鳥の脳内にはコンパス、気象レーダー、GPSが装備されているし、蚊のオスは数キロ離れたメスのにおいを嗅ぎつける。アリはにおいを使って社会全体のインフラストラクチャーを構築する。

それに、ミツバチが知覚できるものの多さといったら！　彼らの広大な脳内地図には、花々の位置だけでなく、その開花時期とそこへ至るまでの飛行時間も記されているのだろう。ミツバチは花の中の紫外線の反射を見分けることができるので、それを利用して〔蜜がある〕花の真ん中へ着地することができる。また鳥も紫外線を感知できる。

これらの特別な感覚をすべて組み合わせることができたら、どうなるのだろうか？　何を見せてくれるのだろうか？　私たちは何かの画像や音楽の一部に過ぎないのだろうか？　その音楽は、一条の川の中でつくられたのだろう。そして川の形を決めたのは、それを満たすものだった。このようにして命が、あらゆる動物や植物の中に入り込んだ。

この敷地にある命は、さまざまな形をまとっている。私はそれらをすべて愛することができるのだろうか？　地表ではムラサキベンケイソウがまだ咲いていた。茎が一本、折れていたので、何本かの小枝と一緒にベランダのテーブルの上の水差しに入れた。すぐにマルハナバチが蜜を探しにやってきた。翅や葉がこすれ合う音が私を包む。これは命の音だ。シラカバの枝が揺れ、西の壁をこすった。見上げてみると、ちょうどリスが枝の上で止まったところだった。尻尾が細いのを見ると、これからこの敷地を引き継ぐ新世代に属しているのだろう。そのリスは眠たげに私を見たあと、一瞬目を閉じた。そしてまた目を開けると私をまっすぐに見た。地球には、私が見たことのない千の種《しゅ》と、私が習得できそうにない千の言語があるが、言葉がいらない出会いもあるのだ。今この瞬間のように。私は幸福感に包まれた。

そのとき私の心にラタトスク〔北欧神話に登場するリスのメッセンジャー。ユグドラシルの樹冠と根元に棲む怪物の不仲を煽っている〕が浮かんだ。そこから動かないでちょうだい。その木は大切にしないといけないからね。

参考文献

第一章　自然の中へ

Barnes, Jonathan, *Aristotle. A Very Short Introduction*, Oxford 2000

Burton, Nina, *Gutenberggalaxens nova. En essäberättelse om Erasmus av Rotterdam*, humanismen och 1500-talets medierevolution, Stockholm 2016

Farrington, Benjamin, *Grekisk vetenskap. Från Thales till Ptolemaios*, övers. Lennart Edberg, Stockholm 1965（原題 *Greek science : its meaning for us. Vol. 1 Thales to Aristotle*, London 1944）

Leroi, A.M., *The Lagoon. How Aristotle Invented Science*, London 2015

第二章　青い屋根

Ackerman, Jennifer, *Bevingad intelligens. I huvudet på en fågel*, övers. Shu-Chin Hysing, Stockholm 2018（ジェニファー・アッカーマン『鳥！驚異の知能 道具をつくり、心を読み、確率を理解する』、鍛原多惠子訳、講談社、2018）

Alderton, David, *Animal Grief. How Animals Mourn*, Poundbury 2011

Bach, Richard, *Måsen: berättelsen om Jonathan Livingston Seagull*, övers. Tove Bouveng, Stockholm 1973（リチャード・バック『かもめのジョナサン 完成版』、五木寛之訳、新潮社、2015）

Barnes, Simon, *The Meaning of Birds*, London 2016

Bastock, Margaret, *Uppvaktning i djurvärlden. En bok om parningsspel och könsurval*, övers. Sverre Sjölander, Stockholm 1967（原題 *Courtship : a zoological study*, London 1967）

Bright, Michael, *Intelligens bland djuren*, övers. Roland Staav, Stockholm 2000（原題 *Intelligence in Animals*, New York 1994）

– *Djurens hemliga liv*, övers. Roland Staav, Stockholm 2002（原題 *The Secret Life of Animals*, New York 1996）

Burton, Nina, *Den hundrade poeten. Tendenser i fem decenniers poesi*, Stockholm 1988

Caras, Roger, *Djurens privatliv*, övers. Bo och Gunnel Petersson, Stockholm 1978（原題 *The Private Life of Animals*, New York 1974）

Chaline, Eric, *Femtio djur som ändrat historiens gång*, övers. Hans Dalén, Stockholm 2016（エリック・シャリーン『図説 世界史を変えた50の動物』甲斐理恵子訳、原書房、2012）

Edberg, Rolf, *Spillran av ett moln*, Stockholm 1966/68

Fridell, Staffan & Svanberg, Ingvar, *Däggdjur i svensk folklig tradition*, Stockholm 2007

Graebner, Karl-Erich, *Livet i himmel, på jord, i vatten*, övers. Roland Adlerberth, Stockholm 1975（原題 *Natur*, Stuttgart 1971）

– *Naturen – livets oändliga mångfald*, övers. Roland Adlerberth, Stockholm 1974（原題 *Natur - Reich der tausend Wunder*, Stuttgart 1971）

Gorman, Gerard, *Woodpeckers*, London 2018

Griffin, Donald R, *Animal Minds*, Chicago 1992（ドナルド・R.グリフィン『動物の心』、長野敬、宮木陽子訳、青土社、1995）

Hagberg, Knut, *Svenskt djurliv i mark och hävd*, Stockholm 1950

Haupt, Lyanda Lynn, *Mozart's Starling*, New York 2017（ライアンダ・リン・ハウプト『モーツァルトのムクドリ』宇丹貴代実訳、青土社、2018）

Ingelf, Jarl, *Sjukvård i djurvärlden*, Stockholm 2002

Isaacson, Walter, *Leonardo da Vinci*, övers. Margareta Eklöf, Stockholm 2018（ウォルター・アイザックソン『レオナルド・ダ・ヴィンチ』土方奈美訳、文藝春秋、2019）

King, Doreen, *Squirrels in your garden*, London 1997

Linsenmair, Karl-Eduard, *Varför sjunger fåglarna? Fågelsångens former och funktioner*, Stockholm 1972

Lorenz, Konrad, *I samspråk med djuren*, övers. Gemma Snellman, Stockholm 1967（コンラート・ローレンツ『ソロモンの指環―動物行動学入門（新装版）』、日高敏隆訳、早川書房、2006）

– *Grågåsens år*, övers. Håkan Hallander, Stockholm 1980（コンラート・ローレンツ『ローレンツの世界―ハイイロガンの四季』、羽田節子訳、日本経済新聞出版、1984）

Lagerlöf, Selma, *Nils Holgerssons underbara resa genom Sverige*, Stockholm 1907（セルマ・ラーゲルレーヴ『ニルスのふしぎな旅』菱木晃子訳、福音館書店、2007）

Leroi, A.M., *The Lagoon. How Aristotle Invented Science*, London 2015

Marend, Mart, *Vingkraft*, Klintehamn 2012

Meijer, Eva, *Djurens språk. Det hemliga samtalet i naturens värld*, övers. Johanna Hedenberg, Stockholm 2019（エヴァ・メイヤー『言葉を使う動物たち』、安部恵子訳、柏書房、2020）

Milne, Lorus J. och Margery, *Människans och djurens sinnen*, övers. Svante Arvidsson, Stockholm 1965（原題 *The Senses of Animals and Men*, New York

1962）
Nilson, Peter, *Stjärnvägar. En bok om kosmos*, Stockholm 1996
Robbins, Jim, *The Wonder of Birds*, London 2018
Rosen, Björn von, *Samtal med en nötväcka*, Stockholm 1993
Rosenberg, Erik, *Fåglar i Sverige*, Stockholm 1967
Rådbo, Marie, *Ögon känsliga för stjärnor. En bok om rymden*, Stockholm 2008
Safina, Carl, *Beyond Words. What Animals Think and Feel*, New York 2015
Sax, Boria, *Crow*, London 2017
Signaler i djurvärlden, red. Dietrich Burkhardt, Wolfgang Schleidt, Helmut Altner,
övers. Sverre Sjölander, Stockholm 1969（原題 *Signale in der Tierwelt*, Munich 1966）
Tinbergen, Niko, *Beteenden i djurvärlden*, övers. Inga Ulvönäs, Stockholm 1969（ニコ・ティンバーゲン『動物の行動』丘直通訳、タイムライフブックス、1969）
Taylor, Marianne, *401 Amazing Animal Facts*, London 2010
Ulfstrand, Staffan, *Flugsnapparnas vita fläckar. Forskningsnytt från djurens liv i svensk natur*,
Stockholm 2000
– *Fågelgrannar*, med Sven-Olof Ahlgren, Stockholm 2015
Wallin, Nils L., *Biomusicology. Neurophysiological, Neuropsychological and Evolutionary*
Perspectives on the Origins and Purposes of Music, New York 1992
Watson, Lyall, *Lifetide*, London 1979（ライアル・ワトソン『生命潮流―来たるべきものの予感』、木幡和枝訳、工作舎、1981）
– *Supernature II*, London 1986（ライアル・ワトソン『スーパーネイチャーII』、内田美恵、中野恵津子訳、日本教文社、1988）
Wickler, Wolfgang, *Häcka, löpa, leka. Om parbildning och fortplantning i djurvärlden*,
övers. Anders Byttner, Stockholm 1973（原題 *Sind wir Sünder? Naturgesetze der Ehe*, Munich 1969）
Wills, Simon, *A History of Birds*, Barnsley 2017
Wohlleben, Peter, *Djurens gåtfulla liv*, övers. Jim Jakobsson, Stockholm 2017（ピーター・ヴォールレーベン『動物たちの内なる生活――森林管理官が聴いた野生の声』、本田雅也訳、早川書房、2018）
Zänkert, Adolf, *Varthän – Varför. En bok om djurens vandringar*, övers. Birger Bohlin,
Malmö 1959（原題 *Das grosse Wandern : Die Reisen der Tiere*, Stuttgart 1958）

・論文、記事

Bounter, David och Shah, Shailee, A Noble Vision of Gulls, Summer 2016 issue of

Living Bird Magazine

Burton, Nina, Den sagolika verklighetens genre, De Nios litterära kalender 2007

Denbaum, Philip, Kråkor, Dagens Nyheter 8 feb 2018

Ekstrand, Lena, Därför är kråkfåglar så smarta, Göteborgs-Posten 18 dec 2016

Olkowicz, Seweryn, m.fl., Birds have primate-like number of neurons in the

forebrain, Proceedings of the National Academy of Sciences 13 juni 2016

Snaprud, Per, Så hittar fåglarna, Dagens Nyheter 11 maj 2002

Svahn, Clas, 2,9 miljarder fåglar har försvunnit i Nordamerika på 50 år,

Dagens Nyheter 19 sept 2018

Symposium för Kungl. Fysiografiska sällskapet 14 september 2017 på Palaestra,

Lund, The Thinking Animal – are other animals intelligent?

Bugnyar, Thomas, Testing bird brains. Raven politics

Emery, Nathan, Bird brains make brainy birds

Roth, Gerhard, What makes an intelligent brain intelligent ?

http://classics.mit.edu/Aristotle/history_anim.mb.txt

https://www.natursidan.se/nyheter/talgoxar-som-attackerar-smafaglar-utsprittfenomen-som-dokumenterats-länge

https://www.svt.se/nyheter/lokalt/skane/talgoxen-utmanar-schimpansen

https://fof.se/tidning/2015/6/artikel/var-smarta-smafagel

https://djurfabriken.se/kycklingfabriken

第12章　ドアのそばで羽音が

Ackerman, Jennifer, *Bevingad intelligens. I huvudet på en fågel*, övers. Shu-Chin Hysing, Stockholm 2018（第11章に既出）

Bergengren, Göran, *Meningen med bin*, Stockholm 2018

Boston, David H., *Beehive Paintings from Slovenia*, London 1984

Bright, Michael, *Intelligens bland djuren*, övers. Roland Staav, Stockholm 2000（第11章に既出）

– *Djurens hemliga liv*, övers. Roland Staav, Stockholm 2002（第11章に既出）

Caras, Roger, *Djurens privatliv*, övers. Bo och Gunnel Petersson, Stockholm 1978（第11章に既出）

Carson, Rachel, *Tyst vår*, övers. Roland Adlerberth, Lund 1979（レイチェル・カーソン『沈黙の春』、青樹簗一訳、新潮社、1974）

Casta, Stefan & Fagerberg, Maj, *Humlans blomsterbok*, Bromma 2002

Chaline, Eric, *Femtio djur som ändrat historiens gång*, övers. Hans Dalén, Stockholm 2016（第1章に既出）

Comont, Richard, *Bumblebees*, London 2017

Dröscher, Vitus B., *Hur djuren upplever världen*, övers. Roland Adlerberth, Stockholm 1969（原題 *Magie der Sinne im Tierreich. Neue Forschungen*, Munich 1966）

Goulson, Dave, *Galen i humlor. En berättelse om små men viktiga varelser*, övers. Helena Sjöstrand Svenn & Gösta Svenn, Stockholm 2015（原題 A Sting in the Tale: My Adventures with Bumblebees, London 2014）

– *Galen i insekter. En berättelse om småkrypens magiska värld*, övers. Helena Sjöstrand Svenn & Gösta Svenn, Stockholm 2016（原題 *A Buzz in the Meadow: The Natural History of a French Farm*, London 2015）

– *Den stora humleresan*, övers. Helena Sjöstrand Svenn & Gösta Svenn, Stockholm 2018（原題 *Bee Quest*, London 2017）

Graebner, Karl-Erich, *Naturen – livets oändliga mångfald*, övers. Roland Adlerberth, Stockholm 1974（第1章に既出）

– *Livet i himmel, på jord, i vatten*, övers. Roland Adlerberth, Stockholm 1975（第1章に既出）

Griffin, Donald R, *Animal Minds*, Chicago 1992（第1章に既出）

Hanson, Thor, *Buzz. The Nature and Necessity of Bees*, New York & London 2018（ソーア・ハンソン『ハナバチがつくった美味しい食卓 食と生命を支えるハチの進化と現在』、黒沢令子訳、白揚社、2021）

Hansson, Åke, *Biet och bisamhället, i Landskap för människor och bin*, Stockholm 1981

Klinting, Lars, *Första insektsboken*, Stockholm 1991

Lindroth, Carl H., *Myran Emma*, Stockholm 1948

– *Från insekternas värld*, Stockholm 1963

Lloyd, Christopher, *The Story of the World in 100 Species*, London 2016

Meijer, Eva, *Djurens språk. Det hemliga samtalet i naturens värld*, övers. Johanna Hedenberg, Stockholm 2019（第1章に既出）

Milne, Lorus J. och Margery, *Människans och djurens sinnen*, övers. Svante Arvidsson, Stockholm 1965（第1章に既出）

Mossberg, Bo & Cederberg, Björn, *Humlor i Sverige. 40 arter att älska och förundras*, Stockholm 2012

Munz, Tania, *The Dancing Bees. Karl von Frisch and the Discovery of the Honeybee Language*, Chicago 2016

Möller, Lotte, *Bin och människor. Om bin och biskötare i religion, revolution och evolution samt många andra bisaker*, Stockholm 2019

Nielsen, Anker, *Insekternas sinnesorgan*, övers. Steffen Arnmark, Stockholm 1969（原題 *Insekternes sanseverden*）

Russell, Peter, *The Brain Book*, London 1979

Signaler i djurvärlden, red. Dietrich Burkhardt m.fl., övers. Sverre Sjölander, Stockholm 1969（第11章に既出）

Safina, Carl, *Beyond Words. What Animals Think and Feel*, New York 2015

Sverdrup-Thygeson, Anne, *Insekternas planet. Om småkrypen vi inte kan leva utan*, övers. Helena Sjöstrand Svenn & Gösta Svenn, Stockholm 2018（アンヌ・スヴェルトルップ＝ティーゲソン『昆虫の惑星 虫たちは今日も地球を回す』、小林玲子訳、丸山宗利監修、辰巳出版、2022）

Tinbergen, Niko, *Beteenden i djurvärlden*, övers. Inga Ulvönäs, Stockholm 1969（第11章に既出）

Watson, Lyall, *Supernature II*, London 1986（第11章に既出）

Wohlleben, Peter, *Djurens gåtfulla liv*, Stockholm 2017（第11章に既出）

Thomas, Lewis, *Cellens liv*, övers. Karl Erik Lorentz, fackgranskning Bo Holmberg, Stockholm 1976（原題 *The Lives of a Cell: Notes of a Biology Watcher*, New York 1974）

・論文、記事

Aktuellt i korthet. Särbegåvad. Att bin kan räkna … Sveriges Natur 4 /2018

Humlan känner igen ditt ansikte, Allt om vetenskap 17 aug 2007

Humlor – smartare än du tror, TT, AB 24 feb 2017

Jones, Evelyn, Därför kan vi inte leva utan insekterna, Dagens Nyheter 16 mars 2019

Nordström, Andreas, Kärleken till humlan hänger på håret, Expressen 10 mars 2011

Ottosson, Mats, Lycklig av bin, Sveriges Natur 1/05

Pejrud, Nils, Humlor och blommor – en elektrisk kärlekshistoria, svt.se/nyheter/

vetenskap 21 feb2013

Studie visar att insekter har ett medvetande, TT, DN 19 april 2016

Undseth, Michelle TT, Insekter har medvetande, SV T vetenskap 18 april 2016

Symposium för Kungl. Fysiografiska sällskapet 14 september 2017 på Palaestra, Lund, The Thinking Animal – are other animals intelligent?

Chittka, Lars, Are insects intelligent ?

https://natgeo.se / djur / insekter / bin-kan-ocksa-bli-ledsna

https://svenskhonungsforadling.se / honung / honungsskolan

https://www.biodlarna.se / bin-och-biodling / biodlingens-produkter / honung

https://meinhoney.com /news/ the-researchers-found-that-a-honeybee-has-thesame-amount-of-hairs-as-a-squirrel-3-million

https://www.bumblebeeconservation.org / bee-faqs / bumblebee-predators /

https://tv.nrk.no / serie / insekter-og-musikk

第四章　アリの壁

Bright, Michael, *Intelligens bland djuren*, övers. Roland Staav, Stockholm 2000（第1章に既出）

– *Djurens hemliga liv*, övers. Roland Staav, Stockholm 2002（第1章に既出）

Burton, Nina, *Det splittrade alfabetet. Tankar om tecken och tystnad mellan naturvetenskap, teknik och poesi*, Stockholm 1998

– *Det som muser viskat. Sju frågor och hundra svar om skapande och kreativitet*, Stockholm 2002

Caras, Roger, *Djurens privatliv*, övers. Bo och Gunnel Petersson, Stockholm 1978（第1章に既出）

Dröscher, Vitus B., *Hur djuren upplever världen*, övers. Roland Adlerberth, Stockholm 1969（第11章に既出）

Goulson, Dave, *Galen i insekter. En berättelse om småkrypens magiska värld*, övers. Helena Sjöstrand Svenn & Gösta Svenn, Stockholm 2016（第11章に既出）

Graebner, Karl-Erich, *Naturen – livets oändliga mångfald*, övers. Roland Adlerberth, Stockholm 1974（第1章に既出）

– *Livet i himmel, på jord, i vatten*, övers. Roland Adlerberth, Stockholm 1975（第1章に既出）

Griffin, Donald R., *Animal Minds*, Chicago 1992（第1章に既出）

Hölldobler, Bert & Wilson, Edward, *The Superorganism. The Beauty, Elegance, and Strangeness of Insect Societies*, New York & London 2009

Ingelf, Jarl, *Sjukvård i djurvärlden*, Stockholm 2002

Johnson, Steven, *Emergence. The connected lives of ants, brains, cities, and software*, New York 2001 & 2004（スティーブン・ジョンソン『創発―蟻・脳・都市・ソフトウェアの自己組織化ネットワーク』山形浩生訳、ソフトバンククリエイティブ、2004）

Lindroth, Carl H., *Från insekternas värld*, Stockholm 1962

Lindroth, Carl H. & Nilsson, Lennart, *Myror*, Stockholm 1959

Martinson, Harry, *Vinden på marken*, Stockholm 1964

Maeterlinck, Maurice, *Bikupan*, Stockholm 1922（モーリス・メーテルリンク『蜜蜂の生活』、山下知夫、橋本綱訳、工作舎、2000）

– *Myrornas liv*, övers. Hugo Hultenberg, Stockholm 1931（モーリス・メーテルリンク『蟻の生活』、田中義広訳、工作舎、2000）

Milne, Lorus J. och Margery, *Människans och djurens sinnen*, övers. Svante Arvidsson, Stockholm 1965（第二章に既出）

Nielsen, Anker, *Insekternas sinnesorgan*, övers. Steffen Arnmark, Stockholm 1969（第三章に既出）

Russel, Peter, *The Brain Book*, London 1979

Safina, Carl, *Beyond Words. What Animals Think and Feel*, New York 2015

Sverdrup-Thygeson, Anne, *Insekternas planet. Om småkrypen vi inte kan leva utan*, övers. Helena Sjöstrand Svenn & Gösta Svenn, Stockholm 2018（第三章に既出）

Taylor, Marianne, *401 Amazing Animal Facts*, London 2010

Thomas, Lewis, *Cellens liv*, övers. Karl Erik Lorentz, Stockholm 1976（第三章に既出）

Wilson, E. O., *Anthill*, New York 2010

Wilson, E. O., *On human nature*, Harward 1978（エドワード・O・ウィルソン『人間の本性について』、岸由二訳、筑摩書房、1997）

Wohlleben, Peter, *Naturens dolda nätverk*, övers. Jim Jakobsson, Stockholm 2018（原題 *Das geheime Netzwerk der Natur*, Munich 2017）

・論文、記事

Exploderande myror, Svenska Dagbladet 9 juli 2018

Johansson, Roland, Vägbygget som inte behöver planeras, Svenska Dagbladet 9 feb 2019

Myror kan räkna, Allt om vetenskap nr 6-2011

Rosengren, Izabella, Kyssens korta historia, forskning.se 14 feb 2017

Thyr, Håkan, Myror mäter med pi, Ny Teknik 2000
Wallerius, Anders, Prat med myror blir möjligt, Ny Teknik 20-08

第五章　海が見えるベランダ

Ackerman, Diane, *The Human Age. The World Shaped by Us*, New York 2014
Beerling, David, *The Emerald Planet*, New York 2007
Black, Maggie, *Water: Life Force*, Toronto 2004
Bright, Michael, *Intelligens bland djuren*, övers. Roland Staav, Stockholm 2000（第11章に既出）
– *Djurens hemliga liv*, Stockholm 2002（第11章に既出）
Burton, Nina, *Flodernas bok. Ett äventyr genom livet, tiden och tre europeiska flöden*, Stockholm 2012
Capra, Fritjof, *The Web of Life*, London 1997
Caras, Roger, *Djurens privatliv*, övers. Bo och Gunnel Petersson, Stockholm 1978（第11章に既出）
Carson, Rachel L., *Havet*, övers. Hans Pettersson, Stockholm 1951（レイチェル・L・カーソン『われらをめぐる海』、日下実男訳、早川書房、1977）
Chaline, Eric, *Femtio djur som ändrat historiens gång*, övers. Hans Dalén, Stockholm 2016（第11章に既出）
Davis, K.S. & Day, J.A., *Vatten, vetenskapens spegel*, övers. Leif Björk, Stockholm 1961（原題 *WATER the Mirror of Science*, London 1961）
Day, Trevor, *Sardine*, London 2018
Dröscher, Vitus B., *Hur djuren upplever världen*, övers. Roland Adlerberth, Stockholm 1969（第11章に既出）
Edberg, Rolf, *Droppar av vatten, droppar av liv*, Höganäs 1984
– *Årsbarn med Plejaderna*, Stockholm 1987
Ellervik, Ulf, *Ursprung. Berättelser om livets början, och dess framtid*, Stockholm 2016
Evans, L.O., *Jordens historia och geologi*, övers. Marcel Cohen, Stockholm 1972（原題 *The Earth*）
Graebner, Karl-Erich, *Livet i himmel, på jord, i vatten*, övers. Roland Adlerberth,
Stockholm 1975（第11章に既出）
– *Naturen – livets oändliga mångfald*, övers. Roland Adlerberth, Stockholm 1974（第11章に既出）
Harari, Yuval Noah, *Sapiens. En kort historik över mänskligheten*, övers. Joachim Retzlaff, Stockholm 2015（ユヴァル・ノア・ハラリ『サピエンス全史　文明の構造と人類の幸福』（上下）、柴田裕之訳、河出書房新社、2016）
– *Homo Deus. En kort historik över morgondagen*, övers. Joachim

Retzlaff, Stockholm 2017（ユヴァル・ノア・ハラリ『ホモ・デウス テクノロジーとサピエンスの未来』（上下）、柴田裕之訳、河出書房新社、2018）
Henderson, Caspar, *The Book of Barely Imagined Beings. A 21st Century Bestiary*, Chicago 2013（キャスパー・ヘンダーソン『ほとんど想像すらされない奇妙な生き物たちの記録』、岸田麻矢訳、エクスナレッジ、2014）
Isaacson, Walter, *Leonardo da Vinci*, övers. Margareta Eklöf, Stockholm 2018（第二章に既出）
Kallenberg, Lena & Falk, Bisse, *Urtidsboken. Från jordens födelse till dinosauriernas undergång*, Stockholm 1996
Kuberski, Philip, *Chaosmos*, New York 1994
Lloyd, Christopher, *The Story of the World in 100 Species*, London 2016
Meijer, Eva, *Djurens språk. Det hemliga samtalet i naturens värld*, övers. Johanna Hedenberg, Stockholm 2019（第二章に既出）
Melville, Herman, *Moby Dick eller Den vita valen*, övers. Hugo Hultenberg, Stockholm 2016（ハーマン・メルヴィル『白鯨』（上中下）、八木敏雄訳、岩波書店、2004）
Meulengracht-Madsen, Jens, *Fiskarnas beteende*, Stockholm 1969
Milne, Lorus J. och Margery, *Människan och djurens sinnen*, övers. Svante Arvidsson, Stockholm 1965（第二章に既出）
Nicol, Stephen, *The Curious Life of Krill. A Conservation Story from the Bottom of the World*, Washington 2018
Nilson, Peter, *Stjärnvägar*, Stockholm 1991
Philbrick, Nathaniel, *I hjärtat av havet. Den tragiska berättelsen om valfångsfartyget Essex*, övers. Hans Berggren, Stockholm 2001（ナサニエル・フィルブリック『白鯨との闘い』、相原真理子訳、集英社、2015）
Russell, Peter, *The Brain Book*, London 1979
Safina, Carl, *Beyond Words. What Animals Think and Feel*, New York 2015
Sagan, Carl, *Lustgårdens drakar. Den mänskliga intelligensens utveckling*, övers. Carl G. Liungman, Stockholm 1979（カール・セーガン『エデンの恐竜』、長野敬訳、秀潤社、1978）
Signaler i djurvärlden, red. Dietrich Burkhardt m.fl., övers. Sverre Sjölander, Stockholm 1969（第二章に既出）
Sörlin, Sverker, *Antropocen. En essä om människans tidsålder*, Stockholm 2017
Teschke, Holger, *Sill. Ett porträtt*, övers. Joachim Retzlaff, Stockholm 2018（原題 Heringe, Berlin 2014）

Thomas, Lewis, *Cellens liv*, övers. Karl Erik Lorentz, fackgranskning Bo Holmberg, Stockholm 1976（第三章に既出）

Tinbergen, Niko, *Beteenden i djurvärlden*, övers. Inga Ulvönäs, Stockholm 1969（第二章に既出）

Waal, Frans de, *Are We Smart Enough to Know How Smart Animals Are?* New York 2016（フランス・ドゥ・ヴァール『動物の賢さがわかるほど人間は賢いのか』、柴田裕之訳、松沢哲郎監修、紀伊国屋書店、2017）

Watson, Lyall, *Lifetide*, London 1979（第二章に既出）

– *Heaven's Breath. A Natural History of the Wind*, London 1984（ライアル・ワトソン『風の博物誌』、木幡和枝訳、河出書房新社、1985）

– *The Water Planet. A Celebration of the Wonder of Water*, New York 1988（ライアル・ワトソン『水の惑星』、内田美恵訳、河出書房新社、1988）

Wege, Karla, *Väder*, övers. Thomas Grundberg, Stockholm 1993（原題 *Wetter*, Stuttgart 1992）

Welland, Michael, *Sand. The Never-ending Story*, Berkeley 2009（マイケル・ウェランド『砂』、林裕美子訳、築地書館、2011）

Wilson, Edward O., *On Human Nature*, Cambridge, Massachusetts 1978 & 2004（第四章に既出）

– *Half Earth. Our Planet's Fight for Life*, New York 2016

Wohlleben, Peter, *Djurens gåtfulla liv*, övers. Jim Jakobsson, Stockholm 2017（第二章に既出）

Zänkert, Adolf, *Varthän – Varför. En bok om djurens vandringar*, övers. Birger Bohlin, Malmö 1959（第二章に既出）

・論文、記事

Backman, Maria, Tyst, vi störs ! Sveriges Natur 5 /2017

– Känner med vän, Sveriges Natur 1 /2020

Bertilsson, Cecilia, Utan öron, inga ljud, Sveriges Natur 2 / 2004

Britton, Sven, Cellerna dör för nästan, Dagens Nyheter 28 mars 1995

Brusewitz, Martin, Alger, hajp eller hopp ? Sveriges Natur 2 / 18

Djur i rymden, Dagens Nyheter 6 feb 2013

Djuret som lurar evolutionen, Forskning och Framsteg 20 april 2019

Högselius, Per, Spår i sand berättar om jordens historia, Svenska Dagbladet 14 april 2011

Kerpner, Joachim, Vattnet på väg att ta slut i 17 länder,

A^3onbladet 7 aug 2019
Livet uppstod i en vattenpöl, Illustrerad vetenskap 20 april 2019
Schjærff Engelbrecht, Nønne /TT, 33 storstäder hotas av vattenbrist, Svenska Dagbladet 7 aug 2019
Thorman, Staffan, Att leva i vatten, ur utställningskatalogen Vatten. Myt. Konst. Teknik. Vetenskap, Lövstabruk 1991
Symposium för Kungl. Fysiografiska sällskapet 14 september 2017 på Palaestra,
Lund, The Thinking Animal – are other animals intelligent ?
Mather, Jennifer, Mind in the water
https://blueplanetsociety.org /2015/ 03 / the-importance-of-plankton /
https://www.forskning.se /2017/ 09 / 18 / fiskhonor-gillar-hanar-som-sjunger /
https://octopusworlds.com / octopus-intelligence
https://svt.se / nyheter / inrikes / odlad-lax-full-av-forbjudet-bekampningsmedel
https://tonyasumaa.wordpress.com /2013/ 09 / 30 / varlden-konsumerar-143- miljarderliter-olja-per-dag /

第六章　野生の力

Almqvist, Carl Jonas Love, *Jaktslottet med flera berättelser*, Stockholm 1969
Angulo, Jaime de, *Indian Tales*, New York 1974
Baker, Nick, *ReWild. The Art of Returning to Nature*, London 2017
Barkham, Patrick, *Badgerlands. The Twilight World of Britain's Most Enigmatic Animal*, London 2013
Bonniers stora verk om jordens djur, Stockholm 1996
Dröscher, Vitus B., *Hur djuren upplever världen*, övers. Roland Adlerberth, Stockholm 1969（第11章に既出）
Dugatkin, Lee Alan & Trut, Lyudmila, *How to Tame a Fox (and Build a Dog)*, London 2017
Fridell, Staffan & Svanberg, Ingvar, *Däggdjur i svensk folklig tradition*, Stockholm 2007
Graebner, Livet i himmel, *på jord, i vatten*, övers. Roland Adlerberth, Stockholm 1975（第11章に既出）
Grahame, Kenneth, *Det susar i säven*, övers. Signe Hallström, Stockholm 1949（ケネス・グレーアム『たのしい川べ：ヒキガエルの冒険』、石井桃子訳、岩波書店、1963）
Hagberg, Knut, *Svenskt djurliv i mark och hävd*, Stockholm 1950
Handberg, Peter, *Jag ville leva på djupet*, Stockholm 2017

Heintzenberg, Felix, *Nordiska nätter. Djurliv mellan skymning och gryning*, Lund 2013
Ingelf, Jarl, *Sjukvård i djurvärlden*, Stockholm 2002
Lindström, Erik, *Lär känna rödräven*, Stockholm 1987
Lowen, James, *Badgers*, London 2016
Meijer, Eva, *Djurens språk. Det hemliga samtalet i naturens värld*, övers. Johanna Hedenberg, Stockholm 2019（第1章に既出）
Milne, Lorus J. och Margery, *Människans och djurens sinnen*, övers. Svante Arvidsson, Stockholm 1965（第1章に既出）
Safina, Carl, *Beyond Words. What Animals Think and Feel*, New York 2015
Saint-Exupéry, Antoine de, *Lille prinsen*, övers. Gunvor Bang, Stockholm 1973（サン=テグジュペリ『星の王子様』、河野万里子訳、新潮社、2006）
Thomas, Chris D., *Inheritors of the Earth. How Nature Is Thriving in an Age of Extinction*, New York 2017（クリス・D・トマス『なぜわれわれは外来生物を受け入れる必要があるのか』、上原ゆうこ訳、原書房、2018）
Thoreau, Henry David, *Dagboksanteckningar*, övers. Peter Handberg, Stockholm 2017（ヘンリー・ソロー『ヘンリー・ソロー全日記』、山口晃訳、而立書房、2020）
Unwin, Mike, *Foxes*, London 2015
Waal, Frans de, *Are We Smart Enough to Know How Smart Animals Are?* New York 2016（第五章に既出）
Wohlleben, Peter, *Djurens gåtfulla liv*, övers. Jim Jakobsson, Stockholm 2017（第1章に既出）

・論文、記事

Anthropologists discover earliest cemetery in Middle East, Science Daily 2 feb 2011
Burton, Nina & Ekner, Reidar, Indianerna i USA. Ett reportage, Ord & Bild nr 1 1976
Ekdahl, Åke, Mickel. Naturens egen supervinnare, Dagens Nyheter 13 april 2002
Engström, Mia, »Vi är ekologiska analfabeter«, intervju med professor Carl Folke, Svenska Dagbladet 8 april 2014
Flores, Juan, Bläckfisk som byter färg i sömnen förtrollar, Dagens Nyheter 29 sept 2019
Herzberg, Nathaniel, L'homme pousse les animaux à une vie nocturne, Le Monde 2 juni 2018
Snaprud, Per, Möss och människor nästan lika som bär, Dagens Nyheter 5 dec 2002

Walker, Matthew, Sömngåtan, Svenska Dagbladet 3 juli 2018
800 000 kostar deppiga hundar, Dagens Nyheter 26 jan 2018
https://www.livescience.com / 11713-prehistoric-cemetery-reveals-man-fox- pals.html
https//:www.natursidan.se / nyheter / vilda-djur-utgor-bara-4-av-alla-daggdjur-restenar-boskap-och-manniskor
https://www.newscientist.com / article / 2116583-there-are-five-times-more- urbanfoxes-in-england-than-we-thought
https://www.sciencedaily.com / realeases /2011/02/110202132609.htm

第七章　守護樹

Ackerman, Diane, *Sinnenas naturlära*, övers. Margareta Eklöf, Stockholm 1993（ダイアン・アッカーマン『「感覚」の博物誌』、岩崎徹、原田大介訳、河出書房新社、1996）
Aftel, Mandy, *Parfym En väldoftande historia*, övers. Margareta Eklöf, Stockholm 2003（原題 *Essence and alchemy: A Book of Perfume*, New York 2001）
Andrews, Michael, *De små liven inpå livet. Upptäcktsresa på människans hud*, övers. Nils Olof Lindgren, Stockholm 1980（原題 *The life that lives on man*, New York 1977）
Beering, David, *The Emerald Planet*, New York 2007
Buch, Walter, *Daggmasken i trädgård och jordbruk*, övers Sixten Tegelström, Göteborg 1987（原題 *Der Regenwurm im Garten*, Stuttgart 1986）
Burton, Nina, *Den nya kvinnostaden. Pionjärer och glömda kvinnor under tvåtusen år*, Stockholm 2005
Capra, Fritjof, *The Web of Life*, London 1997
Carson, Rachel, *Tyst vår*, övers. Roland Adlerberth, Lund 1979（第三章に既出）
Cook, Roger, *The Tree of Life. Image for the Cosmos*, London 1974（ロジャー・クック『イメージの博物誌 15　生命の樹：中心のシンボリズム』、植島啓司訳、平凡社、1982）
Dennett, Daniel C., *Från bakterier till Bach och tillbaka. Medvetandets evolution*, övers. Jim Jakobsson, Stockholm 2017（ダニエル・C・デネット『心の進化を解明する ―バクテリアからバッハへ』、木島泰三訳、青土社、2018）
Dillard, Annie, *For the Time Being*, New York 2000
Edberg, Rolf, *Vid trädets fot*, Stockholm 1971
Graebner, Karl-Erich, *Livet i himmel, på jord, i vatten*, övers.

Roland Adlerberth, Stockholm 1975（第二章に既出）
– *Naturen – livets oändliga mångfald*, övers. Roland Adlerberth, Stockholm 1974（第二章に既出）
Greenfield, Susan A., *Hjärnans mysterier*, övers. Nils-Åke Björkegren, Stockholm 1997（原題 *The Human Mind Explained: The Centre of the Living Machine*, London 1996）
Hansson, Gunnar D, *Idegransöarna*, Stockholm 1994
Harari, Yuval, *Homo Deus. En kort historik över morgondagen*, övers. Joachim Retzlaff, Stockholm 2017（第五章に既出）
Henrikson, Alf & Lindahl, Edward, *Asken Yggdrasil. En gammal gudomlig historia*, Stockholm 1973
Hjort, Harriet, *Blomstervandringar*, Stockholm 1970
Hoffmeyer, Jesper, *En snegl på vejen, Betydningens naturhistorie*, Köpenhamn 1995
Hope Jahren, Anne, *Träd, kärlek och andra växter*, övers. Joachim Retzlaff, Stockholm 2016（ホープ・ヤーレン『ラボ・ガール 植物と研究を愛した女性科学者の物語』、小坂恵理訳、化学同人、2017）
King, Janine m.fl., *Scents*, London 1993
Kvant, Christel, *Trädets tid*, Stockholm 2011
Laws, Bill, *Femtio växter som ändrat historiens gång*, övers. Lennart Engstrand & Marie Widén, Stockholm 2016（ビル・ローズ『図説 世界史を変えた50の植物』、柴田譲治訳、原書房、2012）
Lloyd, Christopher, *The Story of the World in 100 Species*, London 2016
Lovelock, James, *Gaia. A New Look at Life on Earth*, Oxford 1979, 1995（ジェームズ・ラブロック『地球生命圏 ガイアの科学』、星川淳訳、工作舎、1984）
Maeterlinck, Maurice, *Blommornas intelligens*, övers. Hugo Hultenberg, Stockholm 1910（モーリス・メーテルリンク『花の知恵』、高尾歩訳、工作舎、1992）
Mancuso, Stefano & Viola, Alessandra, *Intelligenta växter. Den överraskande vetenskapen om växternas hemliga liv*, övers. Olov Hyllienmark, Stockholm 2018（ステファノ・マンクーゾ、アレッサンドラ・ヴィオラ『植物は〈知性〉をもっている 20の感覚で思考する生命システム』、久保耕司訳、NHK出版、2015）
Newman, Eric A., red., *The Beautiful Brain*, New York 2017
Nilson, Peter, *Stjärnvägar*, Stockholm 1991
– *Ljuden från kosmos*, Stockholm 2000
Nissen, T. Vincents, *Mikroorganismerna omkring oss*, övers. Steffen Arnmark, Stockholm 1972（原題 *Mikroorganismerne omkring os*, Copenhagen,

1966）

Nordström, Henrik, *Gräs*, Stockholm 1990

Stigsdotter, Marit & Hertzberg, Bertil, *Björk. Trädet, människan och naturen*,

Stockholm 2013

Taylor, Marianne, *401 Amazing Animal Facts*, London 2010

Thomas, Chris D., *Inheritors of the Earth. How Nature is Thriving in an Age of Extinction*, New York 2017（第六章に既出）

Thomas, Lewis, *Cellens liv*, övers. Karl Erik Lorentz, fackgranskning Bo Holmberg, Stockholm 1976（第三章に既出）

Tompkins, Peter & Bird, Christopher, *The Secret Life of Plants*, London 1974（ピーター・トムプキンズ、クリストファー・バード『植物の神秘生活―緑の賢者たちの新しい博物誌』、新井昭広訳、工作舎、1987）

Watson, Lyall, *Supernature*, London 1973（第三章に既出）

– *Heaven's Breath. A Natural History of the Wind*, London 1984（第五章に既出）

– *Jacobson's Organ and the Remarkable Nature of Smell*, London 2000

Went, Frits W., *Växterna*, övers. Roland Adlerberth, Stockholm 1964（原題 *The Plants*, New York 1963）

Wilson, E.O., *Half Earth. Our Planet's Fight for Life*, New York 2016

Wohlleben, Peter, *Trädens hemliga liv*, övers. Jim Jakobsson, Stockholm 2016（ペーター・ヴォールレーベン『樹木たちの知られざる生活：森林管理官が聴いた森の声』、長谷川圭訳、早川書房、2017）

– *Naturens dolda nätverk*, övers. Jim Jakobsson, Stockholm 2017（第四章に既出）

Yong, Ed, *I Contain Multitudes. The Microbes Within Us and a Grander View of Life*,New York 2016（エド・ヨン『世界は細菌にあふれ、人は細菌によって生かされる』、安部恵子訳、柏書房、2017）

・論文、記事

Ajanki, Tord, Fattig munk blev genetikens fader, Populär Historia 1 / 1998

Bojs, Karin, Världens äldsta bacill kan förökas, Dagens Nyheter 19 okt 2000

– Du är mer bakterie än människa, Dagens Nyheter 17 jan 2012

Dahlgren, Eva F, Bakterier som släcker solen, Dagens Nyheter 31 okt 1999

Ennart, Henrik, Bajsbanken kan bli framtidens föryngringskur, Svenska Dagbladet 12 feb 2017

Forskare: Så dog urtidsmänniskan Lucy, TT, Expressen 29 aug 2016

Fredrikzon, Johan, Fotot som blev hela mänsklighetens selfie, Svenska Dagbladet 16 sept 2017

Gyllander, Roland, Bakterien outrotlig, Dagens Nyheter 23 okt 1994

Johansson, Roland, Antalet arter på jorden är lagbundet, Svenska Dagbladet 20 dec 2012

Majsplantor pratar med varandra under jord, TT, A^{3}onbladet 4 maj 2018

Mathlein, Anders, Kaffets symbolvärde en smakrik historia, Svenska Dagbladet 14 okt 2011

Niklasson, Sten, Bakterierna behöver oss – därför finns vi, Svenska Dagbladet 24 jan 2013

Rydén, Rolf, Träd och människor – myt och verklighet, Naturvetaren nr 5 & 11 2002

Sempler, Kaianders, Munken och ärtorna avslöjade är^{3}lighet, Ny Teknik 17 juni 2017

Snaprud, Per, En formel för medvetandet, Forskning & Framsteg 1 /2017

Spross, Åke, Bakterier o^{3}a bättre än sitt rykte, Apoteket 3 / 2000

https: / /earthobservatory.nasa.gov / features /Lawn

https: / /grist.org / article / lawns-are-the-no-1-agricultural-crop-in-america-they-needto-die /

https: / /www.earthwormwatch.org /blogs/ darwins-worms

https: / /www.forskning.se /2017/ 07 / 14 / bakterier-visar-flockbeteende /

https: / /www.forskning.se /2018/ 08 /01/ livet-i-jorden-ett-konstant-krig-om- naring /

https: / /www.forskning.se /2017/ 12 / 05 / livet-under-markytan-i-direktsandning /

https: / /www.forskning.se /2017/ 09 / 28 / vaxter-taligare-i-symbios-med-svamp

https: / /www.forskning.se /2017/02/ 15 / hoppstjartarnas-mangfald-har-sin-forklaring

https/ /www.slu.se / ew-nyheter /2019/ 1 / trangsel-far-majsen-att-aktivera- forsvaretoch-do^{3}signaler-far-plantor-pa-hall-att-gora-likadant

https: / /www.svt.se / nyheter / vetenskap / 8-7-miljoner-arter-pa-jorden

著者略歴――――
ニーナ・バートン *Nina Burton*

抒情詩とサイエンスを組み合わせた独自のスタイルで有名なスウェーデンの詩人・エッセイスト。2016年、『The Gutenberg Galaxy Nova』でスウェーデン国内でもっとも権威あるアウグスト賞（ノンフィクション部門）を受賞。スウェーデン・ノーベル・アカデミーのエッセイ賞なども受賞している。

訳者略歴――――
羽根由 はね・ゆかり

大阪市立大学（現・大阪公立大学）法学部卒業。スウェーデン・ルンド大学法学部修士課程修了。共訳書にラーゲルクランツ『ミレニアム4 蜘蛛の巣を払う女』（2015）、ルースルンド＆トゥンベリ『熊と踊れ』（2016、以上、早川書房）、ノーデンゲン『「人間とは何か」はすべて脳が教えてくれる』（誠文堂新光社、2020）、『海馬を求めて潜水を』（みすず書房、2021）など。単訳書にゴールドベリ＆ラーション『マインクラフト 革命的ゲームの真実』（KADOKAWA、2014）、エルンマン他『グレタ たったひとりのストライキ』（海と月社、2019）、『ノーベル文学賞が消えた日』（平凡社、2021）などがある。

森の来訪者たち
北欧のコテージで見つけた生命の輝き

2022年11月3日　第1刷発行

著　　者　ニーナ・バートン
訳　　者　羽根由
装 幀 者　大倉真一郎
装　　画　福田利之
発 行 者　藤田　博
発 行 所　株式会社草思社
〒160-0022　東京都新宿区新宿1-10-1
電話　営業 03(4580)7676　編集 03(4580)7680

本文組版　有限会社マーリンクレイン
本文印刷　株式会社三陽社
付物印刷　株式会社平河工業社
製 本 所　大口製本印刷株式会社

ISBN978-4-7942-2611-2 Printed in Japan

草思社刊

ビーバー
――世界を救う可愛いすぎる生物

ゴールドファーブ 著
木高恵子 訳

驚くべき生態、人類との深い関わり、衝撃的な自然回復力…生物学、文化史、治水学にまたがりながら、この類まれなる生物の全貌に迫る、ビーバー本の決定版。

本体 3,300円

ミツバチと文明
――宗教、芸術から科学、政治まで文化を形づくった偉大な昆虫の物語

プレストン 著
倉橋俊介 訳

キリスト教からシェイクスピア劇、ガウディの建築まで…その高度な社会性や巣作りの技術によって、人類のあらゆる文化に影響を与えたミツバチの偉大さに迫る！

本体 1,800円

酵母 文明を発酵させる菌の話

マネー 著
田沢恭子 訳

ワイン、ビール、パンから遺伝子解析、マクロビオティック、次世代燃料まで。長きにわたり人類の発展に不可欠な存在であり続ける酵母の、科学と文化の物語。

本体 2,000円

ペットが死について知っていること
――伴侶動物との別れをめぐる心の科学

マッソン 著
青樹玲 訳

愛する動物との「最期の別れ」をめぐる感情世界の問題について、驚くほど多様な動物との交流を紹介しながらその核心に迫る。ペットと人間の絆を考える最良の書。

本体 1,800円

＊定価は本体価格に消費税を加えた金額です。

草思社刊

文庫 庭仕事の愉しみ

ヘッセ 著
岡田朝雄 訳

庭仕事は瞑想である。草花や樹木が教えてくれる生命の秘密。文豪ヘッセが庭仕事を通して学んだ「自然と人生」の叡知を詩とエッセイに綴る。自筆水彩画を多数挿入。

本体 1,000円

夜、寝る前に読みたい宇宙の話

野田祥代 著

心の宇宙旅行に出かけよう。なぜ私たちは時速10万キロでひた走る、小さな岩の惑星に生まれてきたのか。「宇宙からの視点」が、あたりまえの日常を根本から変える。

本体 1,400円

人生を走る
——ウルトラトレイル女王の哲学

ホーカー 著
藤村奈緒美 訳

過酷な長距離走競技で圧倒的な記録を打ち立てたリジー・ホーカー氏が、競技への挑戦を通して学んだ走ることの意味を語る、すべての「走る人」のための物語。

本体 2,000円

都市で進化する生物たち
——"ダーウィン"が街にやってくる

スヒルトハウゼン 著
岸由二 訳
小宮繁 訳

進化の最前線は、手つかずの自然ではなく、人工の都市だった！我々の身近にある様々な進化の実態に迫り、生物にとっての都市の価値を問い直す、生物学の新常識。

本体 2,000円

＊定価は本体価格に消費税を加えた金額です。